BASTEI LÜBBE

Sophie Mouette

SCHARFE KRALLEN

Erotischer Roman

Aus dem Englischen von
Sandra Green

BASTEI
LÜBBE

BASTEI LÜBBE TASCHENBUCH
Band 15 712

1. Auflage: Juli 2007

Vollständige Taschenbuchausgabe

Bastei Lübbe Taschenbücher in der Verlagsgruppe Lübbe

Deutsche Erstausgabe

Titel der Originalausgabe: »Cat Scratch Fever«
Published by Arrangement with Virgin Books Ltd., London, England

Dieses Werk wurde vermittelt durch die Literarische Agentur
Thomas Schlück GmbH, 30827 Garbsen
Titelillustration: getty-images/Lisa Spindler Photography Inc.
Umschlaggestaltung: Tanja Østlyngen
Satz: SatzKonzept, Düsseldorf
Druck und Verarbeitung: Nørhaven Paperback
Printed in Denmark
ISBN 978-3-404-15712-9

Sie finden uns im Internet unter
www.luebbe.de

Der Preis dieses Bandes versteht sich einschließlich
der gesetzlichen Mehrwertsteuer.

Für Jeff, Ken und Random, die wissen,
wie sie mich zum Schnurren bringen

Erstes Kapitel

Felicia DuBois befand sich gerade in einem kritischen Moment, als ihr Handy klingelte. Der kritische Moment ergab sich daraus, dass Bob (oder war es Rob?) ihr gerade Rock und T-Shirt ausgezogen und sie, nur mit blauem Satin-BH und String bekleidet, auf die geblümte Decke des Hotelbetts geworfen hatte.

Sie schickte ihrem Handy eine telepathische Nachricht – verschwinde – und bemühte sich, an nichts anderes zu denken als an den großen blonden Mann, der ihren Körper das erste Mal erforschte.

»Da gehst du doch jetzt nicht ran?«

Es mochte eine Frage sein, aber wie seine große Hand über den klammen Stoff des Strings rieb, handelte es sich um eine rhetorische Frage. Sie murmelte irgendwas und hob ihre Hüfte an, um ihm zu signalisieren, dass er sich auf dem richtigen Weg befand.

Bob-oder-Rob grinste selbstzufrieden. »Schon so nass. Was für ein böses Mädchen.« Seine Finger kreisten langsam auf dem dünnen Stoff über der geschwollenen Klitoris.

Verzweifelt wäre die zutreffendere Beschreibung ihres Zustands gewesen, dachte Felicia. Verzweifelt nicht nur nach Sex, obwohl das letzte Mal schon viel zu lange zurücklag, sondern verzweifelt auch auf der Suche nach dem vorübergehenden Vergessen ihrer beruflichen Sorgen. Der Handyanrufer wollte das offenkundig verhindern. Ihr Gerät hatte auf Voice Mail geschaltet, aber der Anrufer wählte neu und ließ es klingeln, bis die Voice Mail ihm erneut anbot, seine

Nachricht loszuwerden. Er schien ebenso versessen wie sie – er wollte mit ihr reden, und sie wollte ihn ignorieren.

Ja, sie war verzweifelt, und als der breitschultrige Fremde sie mit seinem lang gezogenen texanischen Akzent angegangen war, hatte sie ja gesagt. Vor seinem Angebot hatte er nicht viel mit ihr gesprochen. Er hatte ihre langen Beine gesehen, die grünen Augen, das gelockte braune Haar, und das hatte ihm wohl genügt. Er hatte sie auch nicht nach ihrem Job gefragt – und diese absolute Interesselosigkeit an ihrem sonstigen Leben konnte genau die Ablenkung bringen, die sie gesucht hatte, und außerdem versprach sie sich mit ihm mehr Spaß, als den Abend allein mit einer überteuerten Flasche Sauvignon Blanc zu verbringen.

Wenn er doch nur (Bob, sie war jetzt sicher, dass er Bob und nicht Rob hieß, aber um sich nichts zu verderben, stöhnte sie »Ob«, als sie mit ihren aufgestauten Gefühlen irgendwohin musste) aufhörte, sie so lange zu necken, um dann endlich zur Sache zu kommen.

»Leck mich«, bat sie und spreizte die Beine weiter. Sie hob ein Bein an, um ihm mehr Platz zu bieten.

»Entspann dich«, murmelte er und fuhr fort, sie durch den String zu streicheln. »Wir haben doch die ganze Nacht vor uns.«

Nein, hatten sie eben nicht. Sie hatte noch einen wichtigen Termin, denn tagsüber brachte sie nicht alles unter, was es an dringenden Themen gab. Aber das brauchte er nicht zu wissen. Das Handy hatte aufgehört zu bimmeln, und die Bewegungen seiner Finger machten sie ganz kribbelig.

Er schob den dünnen Stoffstreifen zur Seite, der ihre frisch gewachste Pussy bedeckte. Allein die Berührung durch die Luft brachte sie dazu, den Rücken zu krümmen und leise zu schnurren. Sie wand sich auf dem Bett und hörte sich schluchzen und bitten und betteln.

»Verlass dich drauf, Baby, ich kümmere mich noch gründlich um dich.«

»Dann fang an«, zischte sie. Ein Teil von Felicias Gehirn, der noch funktionierte, sagte ihr, dass sie sonst von so einem gönnerhaften Verhalten abgeschreckt wäre. Aber dann sagte sie sich, wenn ihr ganzes Gehirn noch funktionierte, hätte sie sich bei Brennan's nicht so einfach anquatschen lassen. Gewöhnlich zog sie es vor, mit Freunden zu spielen.

Aber leider stand im Moment niemand zur Verfügung.

Es gab ein paar interessante Entwicklungen unter ihren Arbeitskollegen im Southern California Cat Sanctuary, aber allein die Tatsache, dass sie auch dort arbeiteten, bedeutete, dass sie nicht weniger im Stress waren als sie, und nicht jeder Manager würde zustimmen, dass Sex mit Arbeitskollegen zu stressfreien Arbeitsbedingungen führte.

Nein, jetzt nicht an die Arbeit denken. Sie muss zurück an eine Stelle, wo alle Vernunft schwindet und nur ihre Empfindungen existieren, das Pochen in ihrer Pussy, das Klopfen in ihren empfindlichen Brustwarzen. Sie nahm seine Hand und führte sie dorthin, wo sie gebraucht wurde.

Ihr Handy klingelte wieder.

Sie fluchte. »Kannst du mir das verdammte Ding mal reichen?«, fragte sie ihn, denn sie hatte das Handy auf den Nachttisch gelegt. »Ich stelle es ab, was ich schon vorhin hätte tun sollen.«

Aber dann sah sie die Nummer des Anrufers: Das Sicherheitsbüro im SCCS.

»Oh, verdammt!« Sie setzte sich auf. »Ich muss den Anruf annehmen.«

Felicia rannte auf das Ozelotgehege zu. Ihre hohen Absätze klackten auf dem Asphalt. Nach einem warmen Tag war die

Temperatur merklich gefallen. Der Wind der Wüstennacht fühlte sich gut an auf ihrer Haut, aber nicht so gut auf dem nassen Höschen.

Sie hatte damit gerechnet, Alan, den Sicherheitsmann, vor dem Gehege zu treffen, damit er ihr das beschädigte Schloss zeigen konnte, denn dadurch hatten ein paar Abenteuer suchende kleine Großkatzen den Weg ins Freie finden können. Mit José Martinez, dem Tierarzt des Zoos, hatte sie nicht gerechnet – und auch nicht mit der kleinen gefleckten Kreatur, die ausgestreckt auf dem Gras lag.

»Nein!«, rief sie, blieb abrupt stehen und fürchtete sich, näher auf das verwundete oder gar tote Tier zuzugehen.

»Reg dich nicht auf, Felicia.« José trat auf sie zu. Er wollte sie mit einer Hand streicheln, aber dann sah er das Blut auf seinem Handschuh, und er zog die Hand rasch zurück. »Magnolia hat sich nur in ihre Tatze geschnitten. Ich werde sie gleich mit ein paar Stichen nähen, dann ist alles in Ordnung.«

»Aber sie liegt so reglos da.«

»Ich habe sie ruhig gestellt. Sie hatte Panik und hätte mich nicht an sich herangelassen.«

Josés sanfte, tiefe Stimme hatte eine hypnotische Wirkung auf sie wie auch auf seine tierischen Schützlinge. Während er redete, spürte sie, wie der Adrenalinschub in ihrem Körper langsam abfloss.

Natürlich war es nicht nur seine Stimme, die für ihn sprach, denn er sah ausgesprochen gut aus: gebräunte Haut, breite Schultern, sanfte braune Augen und Haare, in denen sich Weiß und Schwarz abwechselten. Er war älter als Felicia, aber nicht alt genug, um ihr Vater zu sein, eher der frivole jüngere Onkel, für den sie als junges Mädchen bestimmt geschwärmt hätte. Es wäre ihr lieb, wenn es ein angeheirateter Onkel wäre, damit sie ihre Attraktion ausleben konnte.

Himmel, was dachte sie denn da?

Es war nicht das erste Mal, dass ihr auffiel, wie gut ihr Kollege aussah. In vielen langweiligen Sitzungen hatte sie genug Zeit gehabt, ihn über Stunden immer wieder zu betrachten; damals, als es im SCCS noch langweilige Sitzungen gegeben hatte. Heute lief jede Sitzung mit Herzklopfen ab – werden wir es schaffen, wenigstens noch den nächsten Ersten zu überleben?

Dies war jedenfalls nicht der Zeitpunkt, um darüber zu spekulieren, wie José im Bett war.

Obwohl ihre Unterwäsche nach ihrem so plötzlich zu Ende gegangenen Erlebnis so nass war, dass sie sie hätte auswringen können, war sie noch so sehr in Fahrt, dass sie den Vet – oder jeden anderen attraktiven Mann – am liebsten angesprungen hätte.

Atme tief durch und konzentriere dich. »Sind noch andere Ozelots abgehauen?«

»Ja, Captain«, antwortete Alan. Endlich war er auch da. Mit seiner kräftigen Statur und seinem vertrauten Gesicht – leichter Silberblick – stand er wie ein Fels in der Brandung da. »Er ist auf einen Baum geklettert. Ich dachte schon, wir müssten Mel rufen.«

»Aber du kennst doch Captain«, sagte José. »Ein bisschen Fleisch und ein bisschen gutes Zureden, dann geht er zu jedem.«

Captain war ein illegal eingeführtes Tier gewesen, das man zu ihnen ins Sanctuary gebracht hatte. Er machte es sich am liebsten auf dem Schoß der Leute gemütlich. Wenn sie mit ihm zum Spendensammeln in die Stadt ging, brachte er mehr ein als jede andere Katze.

José ging wieder zu der Katze. »Magnolia ist jetzt völlig weg«, sagte er leise. »Ich kümmere mich um sie.« Er hob den schlaffen Ozelot in seine kräftigen Arme, kuschelte ihn an seine Brust und trug ihn hinüber zur medizinischen Versorgungsstation.

Felicia spürte einen Stich verrückten Neids, dass Magnolia diese liebevolle Behandlung des Veterinärs erhielt. Bei ihm würde sie sogar das Nähen einer Fleischwunde aushalten. Ah, lieber nicht. Aber Doktorspiele mit José mussten wunderbar sein. Sie stellte sich vor, wie sie ausgestreckt auf seinem großen Stahltisch lag, während er sie mit liebender Gründlichkeit untersuchte.

Das Bild, das sie vor sich sah, schoss kleine spitze Pfeile zu ihrer Klitoris und schüttelte sie so kräftig durch, dass ihre Hüfte vor und zurück ruckten.

Sie musste sich solche Gedanken aus dem Kopf schlagen. Sie hatte genug Arbeit zu erledigen. Sie atmete tief ein, damit ihre Stimme fest wurde, und wandte sich an Alan. »Also, was ist geschehen?«

Alan sah kurz hinüber zu José, der in der Dunkelheit nicht mehr zu sehen war, und wandte sich an Felicia. »Nachdem wir die Tore geschlossen hatten, bin ich wie üblich meine Runde gegangen, um mich davon zu überzeugen, dass alle Besucher auch wirklich die Anlage verlassen hatten. Alle Gehege und Ställe waren abgeschlossen, und niemand war zu sehen außer Mel und ihrer freiwilligen Helferin. Sie waren noch dabei, die Tiere zur Nacht zu füttern. Die letzte Strecke ihrer Runde ging ich mit ihnen, und dann verriegelte ich hinter ihnen das Haupttor.«

»Wie spät war es da?«

Er hob die Schultern. »Ich habe nicht auf die Uhr geschaut. So gegen sieben, schätze ich, denn die Dämmerung hatte eingesetzt.«

Um diese Zeit hatte Rob/Bob sie angequatscht.

»Danach habe ich bei den Jungen von Pallas gestanden, die gerade aufwachten, und dabei muss ich wohl das Gefühl für die Zeit verloren haben. Sie sind so reizend, als hätte ein Alien versucht, die alte Hauskatze nachzuzüchten und wäre nicht sehr erfolgreich dabei gewesen.« Alan vermied es, Felicia anzusehen, als wäre es ihm peinlich, seine Faszination für die Nachtkatzen Zentralasiens einzugestehen.

Trotz ihrer Sorgen musste Felicia lächeln. Alan war ein pensionierter Cop aus einer Nachbarstadt. Er wollte seine Pension etwas aufbessern, aber inzwischen schien er die Tiere nicht weniger zu lieben als sie alle.

»Als ich das nächste Mal bei den Ozelots vorbeischaute, war es etwa halb neun. Und da fiel mir auf, dass die Tür offen stand.«

»Hast du gesehen, dass Mel die Tür nach der Fütterung abgeschlossen hat? Die Ozelots sind klug genug, sie drücken die Tür auf, wenn sie nicht verschlossen ist.«

Alan schloss die Augen, als er versuchte, sich die Szene ganz genau vorzustellen. Nach einer Weile, die Felicia länger vorkam, als sie wirklich war, schlug er die Augen auf und schüttelte den Kopf. »Ich habe es nicht gesehen, aber wir reden von Mel. Wenn es um ihre Katzen geht, ist sie hundertfünfzigprozentig zuverlässig.«

Felicia nickte. Das war auch ihre Ansicht, aber Mel war eine gute Freundin, da war es gut, dass ein Neutraler ihre Meinung bestätigte.

»Zuerst wollte ich dich nicht mit der Sache behelligen«, fuhr Alan fort. »Aber ich musste schließlich José holen, und er riet mir, entweder dich oder die Direktorin zu informieren; und die Direktorin ...«

Er beendete den Satz nicht, aber Felicia wusste, wie er weiterging. *Die Direktorin kann den Stress noch weniger gebrauchen als du.* Das Tierheim war Katherines Baby. Sie alle würden den Job verlieren, wenn das Sanctuary schließen musste, aber Katherine würde ihre Lebensaufgabe verlieren, ihren Lebenssinn.

»Während wir auf dich warteten«, sagte Alan, »ist mir das hier aufgefallen.« Er winkte sie näher heran und richtete den Strahl der Taschenlampe auf das Türschloss.

Um das Schlüsselloch herum waren sehr viele Kratzer zu sehen.

Felicia brauchte ein paar Sekunden, bis sie begriffen hatte. Ihr Gehirn schwamm noch in einem See aus Sex- und Stress-Hormonen, und das Glas Wein, das sie schon vor ein paar Stunden bei Brennan's getrunken hatte, schien ihren Kopf immer noch zu benebeln. »Du glaubst, jemand hat das Schloss gewaltsam aufgebrochen?«, fragte sie gepresst.

»Nun, es sieht verdammt danach aus. Das Haupttor war verschlossen – José musste es aufschließen, weil er zum Essen gegangen war, aber dabei könnte er natürlich Spuren verwischt haben.«

Felicia sah schon die Polizei in der Anlage, und das machte sie auf einen Schlag stocknüchtern. »Bitte, ruf nicht die Polizei«, sagte sie.

»Aber ...« Plötzlich sah sie Verständnis in Alans Augen. »Es ist wegen der Sponsoren, nicht wahr? Du willst keine negativen Schlagzeilen haben, die könnten deine Sponsoren stören.«

»Ich will mit Katherine und dem Vorstand sprechen, bevor wir die Polizei einschalten. Schlechte Publicity könnte uns den Todesstoß versetzen. Vielleicht steckt ja auch gar nichts hinter dem Vorfall. Kann sein, dass Mel glaubte, ihre Helferin hätte abgeschlossen. Die Kratzer könnten vom jahrelangen Benutzen der Schlüssel stammen, besonders in der Dunkelheit.«

»Ja, könnten«, murmelte Alan, aber überzeugt klang er nicht.

Felicia war es auch nicht. Auch ohne Alans polizeiliche Erfahrung roch sie, dass an der Sache was faul war. Aber die Lokalzeitungen hatten schon über die Geldnot des Sanctuary berichtet, und Felicia wollte verhindern, dass weitere negative Schlagzeilen sie weiter ins Gerede brachten.

»Die Zoologische Vereinigung, verdammt!«, rief sie und lief zum medizinischen Versorgungszentrum. Alan starrte ihr nach, Unverständnis im Blick.

Trotz ihres Laufs über den abschüssigen Weg betrat Felicia das Gebäude gefasst, denn sie wollte José nicht in einem heiklen Moment stören. Er blickte nicht einmal auf, als sie eintrat, den Blick auf den kleinen Patienten gerichtet. Die Katze lag ausgestreckt auf dem Tisch, auf dem auch ein ausgewachsener Tiger genug Platz gehabt hätte. Magnolias Augen waren weit geöffnet, aber sie lag immer noch reglos da.

Die Zorneswelle, die durch Felicias Körper schoss, erstaunte sie selbst. Okay, vielleicht war es ratsam, die Polizei noch nicht einzuschalten, aber sie würde dem geheimnisvollen Anschlag auf den Grund gehen wollen. Wenn es absichtlicher Vandalismus war ... oh, Rache war ja so süß.

Schließlich beendete José seine Arbeit, blickte auf und nahm jetzt erst Felicias Anwesenheit zur Kenntnis. »Öffne die Käfigtür bitte«, sagte er, bevor er die betäubte Katze auf ein paar Tücher legte.

»Sie ist bald wieder auf den Beinen«, sagte er, während er die Handschuhe abstreifte und sich die Hände wusch. »Sie hat nur ein paar Stiche gebraucht. Ich behalte sie einen Tag oder zwei hier, damit sie die Pfote schonen kann.«

»Ich weiß ja, dass sie bei dir in guten Händen ist, José.« Sehr gute Hände sogar, dachte sie und schaute ihm zu, wie er sie wusch und sich jeden Finger einzeln vornahm. Sie stellte sich vor, was diese kräftigen dunklen Finger mit ihr anstellen könnten.

Der Tierarzt unterdrückte ein Gähnen. »Ich schreibe meine Berichte erst morgen«, sagte er. »Es ist zwar noch nicht spät, aber ich bin erschöpft.«

»Könntest du die Berichte noch ein bisschen länger ruhen lassen?«

Er drehte sich um. Zuerst schien er nicht zu begreifen, was sie meinte, aber dann gluckste er. »Du meinst, ich sollte vor allem die Kopie ›verlieren‹, die ich an die Zoologische Vereinigung schicken muss? Das würde ich gern tun, denn ich verstehe immer noch nicht, was sie sich von dem Gutachter erhoffen, den sie uns auf den Hals hetzen. Sie sagen selbst, dass unsere Versorgung der Tiere erstklassig ist – was stört es dann, wenn unsere Gebäude ein bisschen schäbig aussehen?«

»Wenn sie wollen, dass wir mit den Reparaturen beginnen, sollen sie uns das Geld dafür geben. Hübsche neue Gehege und Ställe bringen uns nichts, wenn wir danach aus Geldmangel schließen müssen.« Felicia war entsetzt, als sie spürte, wie ihre Tränen zu fließen begannen.

Himmel, war sie müde. Niemals würde sie in der Lage sein, zu Hause noch zu arbeiten. Ein heißes Bad und dann ins Bett.

Als José aber eine Hand auf ihre Schulter legte, musste sie um ein gleichgültiges Gesicht ringen. Die Berührung, obwohl sie nur freundschaftlich gemeint war, vibrierte in ihr.

»Es wird schon alles gut gehen«, sagte er mit seiner sanften Stimme. »Du hast ein großartiges Komitee für die Sponsoren, und wir stehen alle hinter dir.«

»Aber die Barbery Foundation nicht.« Sie schickte einen stummen Fluch in die allgemeine Richtung ihres früheren größten Sponsors, der sich ohne Vorwarnung zurückgezogen hatte. »Und die Zoologische Vereinigung auch nicht. Und wer auch immer die Ozelots herausgelassen und Magnolia verletzt hat, steht auch nicht auf meiner Seite.«

»Nun, da haben wir eine Sorge weniger. Niemand hat die Katze verletzt. Sie ist auf einen spitzen Stein getreten, er steckte noch in der Wunde, als ich zu ihr ging. Und sie wird bald verheilt sein.« José machte eine Bewegung auf Felicia zu, als wollte er sie an seine starke Brust drücken.

Aus den Augenwinkeln konnte Felicia auf den stählernen Operationstisch blicken. Josés Nähe, die Hitze seines Körpers und der Tisch brachten ihre Phantasie von eben wieder ins Leben zurück. Sie konnte sich gut vorstellen, sich an ihn zu kuscheln, sich an ihm zu reiben und nach seiner Erektion zu greifen.

»Das ist eine Erleichterung«, sagte sie und tat so, als hätte sie seine Körpersprache nicht wahrgenommen. Statt sich an ihn zu werfen und damit das heraufzubeschwören, was sich daraus ergeben konnte, ging sie einen Schritt zurück, damit sie das Fell der Katze durch die Gitterstäbe kraulen konnte. »Aber es tut weh, sie so hilflos zu sehen, mir wäre viel lieber, dass sie mich wieder beißt wie sonst. Ihr Fell ist so weich, ich kann einem gelegentlichen Streicheln nicht widerstehen.«

Felicia spürte immer noch, wie ihre Klitoris pulsierte und die Nippel sich gegen den BH drückten, aber der kritische Moment war aus und vorbei. Sie hatte sich professionell verhalten. Fast jedenfalls. Und das, sagte sie sich, war wichtiger als eine heiße Nummer.

Ihr Verstand sagte das auch, aber es gab Teile von ihr, die ganz anderer Meinung waren.

Als sie auf halbem Weg nach Hause war, wünschte sie, sie hätte es darauf ankommen lassen. Da die unmittelbare Gefahr für die Großkatzen abgewendet war, kehrte ihre Lüsternheit zurück und schien alle Gehirnzellen zu übernehmen, die noch in Betrieb waren. Ihr Körper schmerzte vor frustriertem Verlangen. Vor sich auf der Straße sah sie Bilder aus ihrer Phantasie – Bob aus Texas, José, verschiedene Freunde, Antonio Banderas, Jude Law und diesen Burschen, der in *Buffy, Der Vampir-Schlachter,* den Spike gespielt hatte. Sie alle besorgten es ihr auf jede mögliche Weise, und ab und zu auch auf unmögliche Weise, aber es war trotzdem heiß, sich diese Szenen vorzustellen.

Schließlich fuhr sie an einer besonders einsamen Stelle auf der Desert Canyon Road rechts heran, schaltete das Licht aus und öffnete das Schiebedach, um den Mondschein und die würzige Pinienluft ins Innere zu lassen. Ihr Herz klopfte, als sie den Rock bis zur Hüfte hob und ihr feuchtes Höschen auszog. Sie öffnete die Bluse und den Vorderverschluss ihres BHs, um ihre überempfindlichen Brüste ins Freie zu lassen.

Sie entblößte sich den Sternen, nahm beide Warzen mit Daumen und Zeigefinger in Beschlag, zupfte und zog daran. Manchmal war ein langsamer Aufbau gut, aber so überhitzt, wie sie war, lechzte sie nach der Art Stimulierung, die sie direkt vor dem Orgasmus brauchte, härter, entschiedener, fast schmerzvoll, nur dass es nicht wehtat sondern so herrlich gut.

Die guten Gefühle fluteten durch ihren Körper und zogen sich zwischen ihren Schenkeln zusammen. Ihre Hüfte bog sich vor und zurück, als trieben sie es mit der dünnen kühlen Luft, aber Felicia konzentrierte sich noch auf ihre Nippel, zwirbelte sie und streichelte sie dann ganz zärtlich. Ihre Säfte hatten schon früher angefangen zu fließen, und sie spürte, wie sie immer nasser wurde.

Gesichter, Körper, Glieder blitzten durch ihren Kopf. Sie konnte sich nicht auf einen bestimmten Mann festlegen, also entfachte sie eine mentale Orgie: Sie hatte Antonio Banderas im Mund, Bob aus Texas stimulierte ihre Klitoris, José trieb seinen Schaft in ihre Pussy, und ein Ex-Freund, der sich auf solche Sachen verstand, besuchte ihren Anus. Und – darauf kam es jetzt auch nicht mehr an – ihre Freundin Mel spielte mit ihren Brüsten.

Felicia hatte sich immer für »normal« gehalten, »normal, aber nicht eingeschränkt«, wie sie einmal gesagt hatte, aber Mel, die kleine süße Asiatin mit den kurzen schwarzen Haaren, änderte an diesem Abend Felicias Einschätzung – zumindest in ihrer Phantasie: Jetzt, dachte sie, gehst du bestenfalls noch als »fast normal« durch.

Nachdem sie ihre Liebhaber strategisch verteilt hatte, griff Felicia mit einer Hand zwischen ihre Schenkel. Zwei Finger stieß sie in sich hinein, während ihr Daumen mit der Klitoris spielte. Oh, ja, gut, aber nicht gut genug. Sie zwickte eine Brustwarze, und ihr Kopf ging auf und ab, als hätte sie einen Schaft zwischen den Lippen.

Sie stellte sich die Szenen mit so vielen Details wie nur möglich vor, während sie es sich selbst besorgte: Josés warmer, würziger Geruch und seine tiefe Stimme, die Geräusche, die ihr Ex immer von sich gab, Antonio Banderas' sexy Akzent und Mels kleine, schwielige Hände. Ihre inneren Muskeln molken an ihren Fingern, und sie stellte sich vor, wie José jetzt schneller zustoßen würde, um sie beide ans Ziel zu bringen. Dieses Bild brachte es. Sie war jetzt so nah …

Ein donnernder Motor hinter ihr riss sie vom Gipfel in die Tiefe. Im Innenspiegel sah sie die Scheinwerfer eines Trucks, der sich ihr langsam näherte. Der Fahrer würde überlegen, was sie in der Dunkelheit an dieser Stelle zu suchen hatte oder ob sie vielleicht sogar Hilfe brauchte. Sie winkte ihn vorbei.

Erst nachdem er weitergefahren war, wurde ihr bewusst, dass sie ihren Rock noch nicht nach unten gezogen hatte.

Nun, wenn er was gesehen hatte, hatte er es sich verdient: In der Not hätte er ihr geholfen.

Als ihr Herzschlag sich normalisiert hatte, säuberte sie sich mit ein paar Papiertüchern, die sie im Handschuhfach gefunden hatte, und richtete ihre Kleidung wieder. So verlockend es auch war, ihre kleine Phantasie fortzusetzen, so sehr musste sie sich eingestehen, dass sie sich leichtsinnig einer Gefahr ausgesetzt hatte. Und wegen Erregung öffentlichen Ärgernisses verhaftet zu werden, würde auch für keine positiven Schlagzeilen für das Sanctuary sorgen.

Ihre Zähne knirschten, als sie den Gang einlegte. Jetzt hatte sie nur noch ein Ziel vor Augen: Nicht wegen zu schnellen Fahrens verhaftet zu werden.

Zweites Kapitel

»Ja, Mrs. Turner.« Felicia kritzelte Mrs. Turners Namen an den Rand ihres gelben Notizblocks. Die übrige Seite war mit allen möglichen Krakeleien, Kreisen und Pfeilen und einigen Ausrufezeichen bedeckt, wenn sie sich unbedingt an gewisse Dinge erinnern wollte. Es war, als wollte diese Seite das Chaos symbolisieren, das in ihrem winzigen Büro im SCCS herrschte.

Ihren Laptop hatte sie auf den einzigen Besucherstuhl gelegt, den sie nahe zu sich herangezogen hatte. Meistens schrieb sie, wenn sie den Computer auf dem Schoß hatte, weil es auf dem Schreibtisch keine freie Stelle mehr gab. Ein Stapel Briefe, die sie neu drucken musste, weil sie einen Namen falsch geschrieben hatte, Kulis, Stifte, Broschüren von Zeltverleihern und Cateringfirmen, und eine tote Aloe. Die Pflanze gab ihr einige Rätsel auf. Wieso ging eine Aloe einfach ein?

»Das ist aber eine ungewöhnliche Erweiterung der Idee, Mrs. Turner.« Auf dem gelben Blatt malte Felicia einen Kreis um den Namen und zog dann einen Strich durch den Kreis – sie setzte den Bleistift so hart auf, dass die Spitze brach.

Valerie Turner befand sich in einem Zustand, der die Einweisung in eine Heilanstalt gerechtfertigt hätte. Verrückt wie ein Skunk. Sie war Mitglied des Vorstands und der größte Sponsor des Sanctuary, und deshalb musste Felicia ihr aufmerksam zuhören. Selbst wenn sie mit den abstrusesten Ideen der Welt herauskam.

»Ich sehe, was ich machen kann, Mrs. Turner. Vielen Dank

für Ihre wie immer sehr anregenden Vorschläge. Ich wünsche Ihnen noch einen schönen Tag.«

Felicia legte den Hörer auf und schlug beide Hände vors Gesicht. Clowns! Jetzt will sie auch noch Clowns haben! Und das beim jetzigen Stand der Vorbereitungen.

Eigentlich hätte es sie nicht überraschen sollen, dass Rob oder Bob (nein – Rob) längst gegangen war, als sie sich im Hotel nach ihm erkundigte. Der abgebrochene Versuch, sich im Auto selbst zu erleichtern, hatte sie fast in den Wahnsinn getrieben. So war sie mit Mr. Twist, ihrem Vibrator mit den Häschenohren, in ihr Bett gegangen. Mr. Twist ließ sie nie im Stich, es sei denn, seine Batterien waren zu alt. Zum Glück hatte sie ihn erst vor kurzem mit neuen gefüttert.

Es klopfte an ihre Tür. Felicia setzte sich auf, denn sie hatte erst jetzt bemerkt, dass sie auf ihrem Stuhl mehr lag als saß, und in Erinnerung an den Orgasmus, den sie sich gestern Abend selbst verschafft hatte, wollte sie gerade unter ihren Rock greifen.

Sie strich den Rock glatt, als die Tür geöffnet wurde.

»Du telefonierst nicht mehr?« Katherine, ihre Chefin, steckte den Kopf durch die Tür. Sie sah fast immer bedrückt aus in letzter Zeit, und zwischen den Augen hatte sich eine senkrechte Falte gebildet. Katherine lebte von Kaffee und Stress.

Was Katherine brauchte, war ein völliges Fallenlassen, dachte Felicia, sie musste lernen, die Kontrolle über sich selbst zu verlieren. Am besten wäre, sie zu fesseln und zu verhauen. Sie konnte sich ihren Boss gut vorstellen, wie sie ausgestreckt dalag, ihr Gesicht so feurig rot wie die krausen Haare, wie sie sich wand und die Anspannung aus sich herausschrie. Nicht, dass Felicia selbst ihr die Schläge auf den Po verabreichen wollte, schließlich war Katherine eben der Boss, aber sie wusste, dass diese Erfahrung befreiend wirken konnte.

Aufhören mit den Gedanken an Sex.

»Ja, endlich«, reagierte sie auf Katherines Frage. »Mrs. Turner meint, wir sollten Clowns als Unterhaltung einbauen.«

Die Stirnfalte vertiefte sich noch. »Du bist die Expertin, aber ich weiß nicht, wie die zu unserem Motto passen.«

»Keine Sorge, es gibt keine Clowns«, versicherte Felicia ihr. »Ich werde mir was einfallen lassen, um Mrs. Turner auf die sanfte Tour zu versöhnen.«

»Ja, gut.« Für einen Moment sah Katherine erleichtert aus. »Ich bin froh, dass du Zeit hast, denn Gabriel Sullivan ist eingetroffen, und es wäre mir lieb, wenn du ihn herumführen könntest.«

Wer? Felicia suchte auf ihrem Schreibtisch nach einer Notiz, die vielleicht erhellte, wer dieser Sullivan war und warum sie ihm den Fremdenführer spielen musste.

»Er ist ein Vertreter der Zoologischen Vereinigung«, sagte Katherine.

Oh. Der Bote des Bösen, der herausfinden wollte, ob ihre finanziellen Probleme sich auf das Wohlergehen der Katzen auswirkten. Bei dem bloßen Gedanken allein war Felicia nach Knurren zumute, und wenn sie könnte, würde sie ihre Krallen ausfahren. Es war undenkbar, dass irgendeiner vom Personal sich nicht hundertprozentig für die Tiere einsetzte. Verdammt, sie hatten schon freiwillig auf einen Teil ihres Gehalts verzichtet. Okay, SCCS sah von außen ein bisschen schäbig aus, aber das war nur Kosmetik. Die Katzen hatten Priorität: Futter, Gehege und Zuchtprogramm.

Sie mochte ihn von Anfang an nicht.

Gabriel. Der Name rief in ihr das Bild eines unscheinbaren Mannes hervor, klein und rund und auf dem Weg zur Glatze. Mit blinzelnden Augen. Einer, der schon länger keinen Sex mehr hatte als sie. Felicia leckte sich die Lippen und lächelte. Gut. Sie würde ihn mit ihrem Charme einlullen und blenden; er würde einen freundlichen Bericht schreiben, und alle würden glücklich sein.

»Ich breche gleich auf«, sagte sie zu Katherine.

Sie tastete unter ihrem Schreibtisch mit den Füßen nach den Sandalen, die sie abgestreift hatte; dann stand sie auf und strich ihren Rock glatt. Wegen der Hitze hatte sie auf Strumpfhosen verzichtet. Ihre Beine waren lang und hübsch gebräunt. *Damit ich dich besser umgarnen kann, du unscheinbarer Mann.*

Sie trug Lip Gloss auf die Unterlippe auf und ging hinaus, um ihn zu begrüßen.

Im Geschenkeladen gab es keinen kurzen Mann mit schütteren Haaren. Dafür aber stand da jemand, der mit der Gestalt aus Felicias häufigster Phantasie nahe verwandt sein musste: Groß, breitschultrig und mit einem knackigen Arsch, was man unter den frisch gebügelten Khakis sehen konnte. Seine hellen braunen Haare blühten in den Spitzen golden wie bei einem bengalischen Tiger.

Er stand vor den Rugbyshirts (appliziert mit dem SCCS Logo), drehte sich um und lächelte. Um den Mund bildeten sich kleine Grübchen.

Ihr Mund wurde trocken. »Mr. Sullivan«, brachte sie heraus.

Sein Händedruck war kräftig, die Hand warm und trocken, ein wenig schwielig, was verriet, dass er mit den Händen arbeitete.

Nun denke bloß nicht daran, wie diese Hände auf deinem Körper arbeiten könnten.

»Nennen Sie mich Gab, bitte.«

Ah, dieser Name passte schon viel besser zu ihm. Kurz und männlich, und im Moment der Ekstase konnte man ihn voller Inbrunst ausstoßen.

Oh, nein, sie musste aufhören, an solche Sachen zu denken. Er war der Eindringling, der Feind. Sie setzte das beste Verkaufslächeln auf, atmete tief durch und begann ihren Vortrag über SCCS. »Wir sind das Heim für viele der Katzen, die auf der Liste der bedrohten Arten stehen«, sagte sie, »das ist auch der Grund, warum wir auf die Nachkommenschaften so großen Wert legen.«

Sie hielt die Glastür für ihn auf. Die trockene Wüstenluft schlug ihnen entgegen, als sie den ersten Fuß ins Freie setzten, und ihr wurde der Speichel im Mund trocken. Sie blieben einen Moment stehen, bis sie sich an das gleißende Sonnenlicht gewöhnt hatten. In der Wüste, so weit weg von Los Angeles, gab es weder Wolken noch Smog, die das direkte Sonnenlicht filtern konnten.

»Mir ist die Arbeit von SCCS vertraut, Felicia«, sagte er. »Ich habe meine Hausaufgaben gemacht. Ich brauche auch Ihre Broschüre nicht.« Bevor sie auch nur verärgert die Luft ausstoßen konnte, fragte er: »Wieso sind Sie eigentlich hier gelandet?«

»Ich hatte es satt, in der Stadt zu arbeiten«, antwortete sie. »Ich hatte das Mobbing satt und die Leute, denen es egal war, wo und für wen sie arbeiten. Mir kam alles um mich herum so oberflächlich vor.«

Er sagte nichts, während sie den Weg entlanggingen, und etwas drängte sie hinzuzufügen: »Ich habe Tiere immer geliebt, besonders die großen Katzen. Meine Eltern mussten mich immer mit Plüschtigern bestechen, damit ich mich endlich vom Tigergehege im L. A.-Zoo losreißen konnte – deshalb ist dies der ideale Arbeitsplatz für mich.«

Oh, Himmel. Jetzt erzählte sie ihm schon Geschichten aus der Kindheit. Sehr unprofessionell und alles andere als sexy. Aber er lächelte, und sie verlor den Faden und starrte nur fasziniert auf die kleinen Grübchen. Das auf der linken Wange war stärker ausgebildet.

Dann war das Lächeln verschwunden, und er schaute nicht mehr auf sie, sondern auf einen kahlen, öden Käfig. Auf einer Sperrholzkiste, die als »Höhle« diente, lag ein Jaguar, der sie träge betrachtete.

Felicia erklärt hastig: »Es gibt zwar noch einige alte Käfige, aber wir arbeiten daran, für alle Katzen Gehege anzulegen, in denen sie ihre natürliche Umgebung vorfinden.«

»Dafür wollen Sie zukünftige Spendengelder verwenden?«

Sie überlegte, was sie darauf antworten sollte. Vermutlich kannte er die Antwort schon und wollte sie nur testen. »Nicht wirklich«, räumte sie ein. »Obwohl das unser langfristiges Ziel ist, brauchen wir die neuen Gelder für die Grundbedürfnisse. Wir haben in den letzten Jahren einige wichtige Sponsoren verloren, deshalb müssen wir uns eine neue Mannschaft von Förderern suchen.«

Sie sagte nichts über andere Gefahren, die drohten. Die Gemeinde von Addison will sich ausdehnen und käme mit der neuen Bebauung – zum Beispiel mit einem Einkaufszentrum – dem Grundstück der SCCS nahe. Wenn es nicht gelang, eine stattliche Anzahl neuer Förderer zu gewinnen, konnte das Sanctuary seine Rechnungen nicht mehr zahlen, und es würde eine leichte Beute für Grundstücksspekulanten

Um das zu verhindern, planten sie eine große Gala mit allen möglichen Attraktionen, und es lag an Felicia, die Einzelheiten festzulegen und mögliche Sponsoren aus dieser Aktion zu gewinnen.

Sie war sich Gabs Gegenwart sehr bewusst, als sie den Pfad weiter hinuntergingen. Er roch gut, es war ein würziger Duft, den sie auffing, halb Rasierwasser, halb gesunder maskuliner Schweiß. Die Hitze schien ihm nichts auszumachen; das blaue (passte zur Augenfarbe) ärmellose Hemd sah immer noch frisch und adrett aus.

Nichts davon half ihrer Libido.

Ihre Nippel zogen sich unter dem Spitzen-BH und der apricotfarbenen Seidenbluse zusammen. Alle ihrer Kleider schienen sie viel zu stark einzuengen. Sie wollte, dass jemand sie von ihrer Haut schälte, langsam und genüsslich. Sie wollte in einen kühlen Teich sinken, neben sich einen harten, nackten Mann.

Sie bemühte sich sehr, nicht daran zu denken, dass Gab dieser Mann sein könnte, aber, zum Teufel, sie war auch nur ein Mensch!

Seine Körperbehaarung würde ebenso mit goldenen Spitzen besetzt sein wie die auf dem Kopf, keine dicke Matte auf der Brust, aber gerade so viel, dass sie ihre Finger durch die Härchen wühlen und ab und zu mal zupfen konnte. Rosa Nippel würden scheu aus dem Wäldchen lugen. Sie stellte sich vor, wie sie mit der Zungenspitze darüber strich, und wie er schnaufend und mit einem stummen Flehen darauf reagierte. Viele Männer wussten gar nicht, wie erogen ihre Nippel sein konnten, und schmunzelnd dachte sie darüber nach, ob Gab zu dieser Sorte gehörte.

Sie würde es gern herausfinden, und wenn, dann würde es ihm gefallen, wie sie mit seinen Brustwarzen spielte. Sie freute sich schon auf seine Erektion, die sich zu diesem Zeitpunkt gegen ihren Bauch streckte. Wie würde sein Schwanz aussehen? Zuerst blass, dann errötend wie eine jungfräuliche Braut, wenn er hart wurde und um ihre Aufmerksamkeit heischte. Den ersten klaren Tropfen würde sie auflecken, dann würde sie zu ihm aufschauen und seine Reaktion abwarten.

Diese blauen Augen würden dunkel wie Schiefer werden. Ob er es wieder seinen Augen überließ, sie um mehr zu bitten? Sie hoffte, dass er es verbal ausdrücken würde. Es ließ sie am ganzen Körper beben, wenn ein Mann um etwas bat. Ihr sagte, was er wollte.

Er war bestimmt der Typ, der nicht von einer Frau abließ, bis sie rundum befriedigt war. Für ihn würde das eine Frage des Stolzes sein.

Ihre Schenkel zitterten, ganz schwach vor Lust. Sie blieb mit dem Absatz an einer leichten Bodenerhebung hängen und geriet ins Stolpern. Gab streckte eine helfende Hand aus und hielt ihren Arm fest. Sie schwor, dass ihre nackte Haut glühte, wo er sie angefasst hatte. Ihre schon steifen Nippel begannen zu schmerzen. Seine Hand war groß und kräftig, und Felicia stellte sich vor, wie er ihre Taille mit beiden Händen umfing und sie hochhob, sie gegen das Gitter des Käfigs presste und tief in sie hineinstieß.

»Ist alles in Ordnung mit Ihnen?«

Sie fand aus ihrer Phantasie zurück und sah Gab vor ihr stehen, der sie mit Sorge betrachtete.

Sie konnte sich nicht bremsen. Sie legte eine Hand auf seine und schnurrte: »Ja, es geht mir sogar sehr gut.«

Später war sie nicht sicher, wie es ihr gelungen war, die ganze Führung zu absolvieren. Nach ihrem Flirten – unklug aber, nicht aufzuhören – starrte er sie oft an, nicht mehr in Sorge, sondern mit einem undeutbaren Ausdruck in diesen babyblauen Augen. Er nahm einen tiefen Atemzug durch die Nase, und Felicia erkannte, dass er um Kontrolle rang. Auch sie musste sich beherrschen, dass sie nicht nach unten schaute, um zu sehen, was sich in seinem Schoß tat.

Schließlich gelang ihr ein Lächeln. »Möchten Sie sonst noch etwas sehen?«, fragte sie, bevor ihr bewusst wurde, wie sich das anhören musste. Das Lächeln blieb auf ihrem

Gesicht, aber ihr Verstand raunte ihr zu: *Ich kann nicht glauben, dass du das eben gesagt hast.*

Seine Nasenflügel bebten. »Ja, definitiv ja.«

Sie schrieb den Morgen ab unter der Rubrik »Das Stupideste, was ich je getan habe«.

Aber dann sagte er: »Ich möchte gern mit Ihrem Veterinär sprechen, wenn er Zeit hat.«

Mit wackligen Knien führte sie ihn zum Tor, das den Teil fürs Publikum vom internen Betrieb trennte. Zum Glück hielt sich das Zittern ihrer Hände in Grenzen, als sie den Schlüssel ins Schloss steckte, obwohl sie seine Nähe spürte. Sie schloss auf und löste die Sicherheitsketten.

Nachdem sie ihn mit José bekannt gemacht hatte, zog sie sich hastig in ihr Büro zurück. So sehr sie sich auch diesen Augenschmaus gönnen würde – sie konnte ihn anschauen, bis ihr Kopf vor unerfülltem Verlangen explodierte –, sie hatte eine Menge Arbeit auf ihrem Schreibtisch liegen. Wenn sie an ihrem großen Tag nicht genug Sponsoren fanden, war es völlig egal, wie Gabs Bericht ausfiel, denn dann würde es keine SCCS mehr geben.

Die Klimaanlage kühlte die Luft im Gebäude auf einen sehr angenehmen Gradbereich (ein kleines Wunder, denn häufig versagte sie gerade dann, wenn man sie am nötigsten brauchte), aber sie konnte die Hitze in Felicia nicht wirklich löschen. Sie rief acht Leute zurück, die sie in ihrer Abwesenheit hatten erreichen wollen, und las die dreizehn E-Mails, die in der Zwischenzeit eingetroffen waren. Dann stellte sie sich vor den Ventilator in ihrem Büro und versuchte, an alles zu denken, nur nicht weiter an Gab.

Es gelang ihr. Fast.

Denn als sie etwas später von ihrer Arbeit aufsah, stand er in der Tür, und die Grübchen wurden tiefer, als er sie unschuldig anlächelte.

Er stand, und sie saß, also fiel ihr Blick auf seinen Schoß. Keine Erektion (wenn da eine gewesen wäre nach seinem Besuch bei José, hätte sie Gabs und Josés Neigungen völlig falsch eingeschätzt), aber sie hatte den Eindruck, dass sich da in seiner Hose ein stattliches Paket befand. Sie hob den Blick und wünschte, sie könnte mit den Händen ihren Blicken folgen.

»Ich wollte mich nur für die Führung bei Ihnen bedanken und Ihnen noch einen guten Tag wünschen«, sagte er.

Konnte er ihre Erregung riechen? Sie faltete die Hände in ihrem Schoß. »Gern geschehen. Auch Ihnen einen schönen Tag.«

»Wir sehen uns morgen.«

Er kam wieder? »Morgen?«

Er nickte. »Hat Katherine Ihnen das nicht gesagt? Ich sehe mich hier wahrscheinlich bis zum Tag der großen Gala um. Aber das steht noch nicht fest.«

Sie starrte auf seinen Rücken, nachdem er sich umgedreht hatte und ging. Oh ja, Mr. Twist würde heute Abend erneut zum Einsatz kommen, und ein paar neue Phantasien würden die alten ablösen.

Aber warum würde er sich so lange im Sanctuary aufhalten? Hatte er irgendwas gefunden, was gegen irgendeine Auflage verstieß? Ihre Augen verengten sich zu Schlitzen, während sie darüber nachdachte, dass ihre Phantasien vielleicht bald eine mörderische Variante erfahren würden.

Bei der Verabschiedung war er recht freundlich gewesen. Auf der anderen Seite kannte sie viele Hollywood Schauspieler und wusste, dass ein lächelnder Abschied oft genug nur vom Dolch im Rücken ablenken sollte.

Nun, er hatte viel Zeit bei José verbracht, deshalb würde sich der Vet eine Meinung über ihn gebildet haben. Sie suchte sich Arbeit für zu Hause aus, schloss ihr Büro ab und wollte José besuchen, ehe sie heimfuhr. Einer der Amur-Leoparden war hoch trächtig, und José würde die Nächte auf der Liege in der Klinik verbringen, bis Noelle ihren Nachwuchs zur Welt gebracht hatte.

Als sie sich der Klinik näherte – ein eingeschossiger Bau, den Augen des Publikums verborgen –, hörte sie ein lang gezogenes Stöhnen. Es war ein unheimlicher Laut, aber sie wusste, dass einige Katzen schon seltsame Geräusche ausstoßen können, wenn sie verletzt sind.

Ihr drehte sich der Magen um. Nach dem gestrigen Abend wollte sie nicht schon wieder eine leidende Katze sehen. Noelle konnte es nicht sein, denn der Mitleid erregende Laut war aus der Klinik gedrungen und nicht aus dem Leopardengehege.

Wieder hörte sie das Stöhnen. Felicia spürte, wie sich ihre Nackenhaare aufrichteten.

Sie wollte José nicht erschrecken und schaute deshalb erst einmal durchs Fenster in der oberen Hälfte der Metalltür. Sie hielt die Luft an. Was sie gehört hatte, war kein Katzenlaut und auch kein Schmerzstöhnen gewesen.

Es waren lustvolle Geräusche, die von Mel ausgestoßen wurden. Felicias Pussy zog sich zusammen. Sie würde auch so ein Lustwimmern von sich geben, wenn José sein Gesicht zwischen ihre Schenkel drückte.

Mel befand sich auf dem Operationstisch, halb sitzend, halb liegend. Seltsam, dachte Felicia, das war gestern Abend noch ihre Phantasie gewesen. Mel hatte einen Fuß auf den Tisch gesetzt, damit José besseren Zugang hatte. Ihr Kopf lag im Nacken, und mit einer Hand zwickte sie ihre Nippel. Sie hatte kleine feste Brüste, und die geröteten Brustwarzen ließen Felicia das Wasser im Mund zusammenlaufen.

Und José, nun, er saß nackt auf dem Untersuchungsstuhl, die Füße auf dem Boden, damit der Stuhl nicht wegrollen konnte. Felicia schluckte, als sie seinen Schaft sah. Lang und unbeschnitten, sah er genau wie in ihren Phantasien aus.

Sie musste wieder an gestern Abend denken, als sie sowohl an Mel wie auch an José gedacht hatte, um ihren Orgasmus auszulösen. Sie hatte nicht gewusst, dass die beiden ein Paar waren, und jetzt wüsste sie gern, wie lange die beiden schon jene Träume auslebten, die eigentlich ihr gehörten.

Sie fühlte, wie ihre Säfte zu brodeln begannen. Ihre Klitoris schmerzte. Sie wollte einen Mund darauf spüren. Eine Zunge, die sie hin und her wetzte.

Verärgert schob sie Gabs Gesicht aus ihren Gedanken, wo es sich eingenistet hatte. Sie musste sich von ihm lösen. Mel und José waren ihre Freunde.

Bevor sie darüber nachdenken konnte und das Für und Wider abwog, drückte sie die Tür auf.

Drittes Kapitel

Mel gewahrte sie zuerst und erstarrte. Ihre Mandelaugen wurden groß wie die des Rehs im Scheinwerferlicht. José brauchte länger, ehe er realisierte, dass etwas anders war als vorher; vermutlich, weil er sich seiner Aufgabe so intensiv widmete (was ihm hoch anzurechnen war) und weil die Ohren durch Mels Schenkel nur gedämpft hören konnten.

Schließlich schaute er auf, denn er hatte bemerkt, dass Mels Reaktionen ausblieben. Sein Gesicht glänzte von ihren Säften, und seine dunklen Augen wurden so groß wie ihre.

Erwischt.

»Meinetwegen braucht ihr nicht aufzuhören«, sagte Felicia. »Ich hoffe, ihr habt nichts dagegen, wenn ich ein wenig zuschaue.«

Niemand sagte etwas, der Verstand noch im Nebel. Felicia beugte sich über José und leckte mit der Zunge über sein Kinn, um Mels Süße zu schmecken.

»Herrlich«, sagte sie. »Habt ihr was dagegen, wenn ich mich einschalte?«

Als sie ihre Schuhe abgestreift hatte und begann, sich nackt auszuziehen, begriffen die beiden anderen. Sie beugte sich über Mel und küsste sie auf den Mund, während José seine Arbeit zwischen den Schenkeln der Tierbetreuerin wieder aufnahm. Felicia spürte, wie Mel zusammenzuckte, als seine Zunge gegen ihre Klitoris stieß. Ihre eigene Klitoris pochte aus Sympathie gleich mit.

Mels Lippen waren weich und geschmeidig. Es war lange her, dass Felicia eine andere Frau geküsst hatte. Es musste eine besondere Frau sein, ehe ihr Interesse geweckt war. Mel hatte sie von Anfang an fasziniert.

Sie war klein und kräftig, ihre weiblichen Kurven unter Jeans und Arbeitshemd verborgen. Aber ihre kleinen Brüste drückten sich gegen den Hemdenstoff, und die Unterlippe war so verlockend geschürzt, dass Felicia gern daran genagt hätte, während sie mit den Händen durch die kurzen blauschwarzen Haare strich und die Frau zu einem Kuss dichter an sich heranzog.

Mel stöhnte in Felicias Mund, die beiden Zungen berührten sich. Mit der Spitze strich Mel über die Breite von Felicias Zunge, und sie tat das auf eine so erregende Weise, dass Felicia nicht wusste, ob sie sich Mel oder José an ihrem Kitzler wünschte. Vielleicht erst der eine, dann die andere.

Teilen war gut. Das hatte sie schon im Kindergarten gelernt.

Dann ließ Mels Konzentration nach, und Felicia ahnte, dass die Freundin dem Orgasmus sehr nahe war. Sie brach den Kuss ab, beugte den Kopf und fing einen von Mels Nippeln ein, die die Farbe von reifen Pflaumen angenommen hatten. Die andere Warze nahm sie zwischen die Fingerspitzen. Sie saugte und zwickte, zwickte und saugte, und dann schrie Mel auf, ihr Körper wand sich und schlingerte auf dem Metalltisch hin und her.

Felicia wimmerte leise. Sie hatte diese Erleichterung noch nicht erlebt.

Aber der Anblick einer anderen Frau beim Orgasmus goss Öl auf ihr Feuer und führte sie zu einem höheren Plateau ihrer Erregung. Beinahe konnte sie auch diese Zuckungen spüren, sie waren nicht so stark und nicht so intensiv, eher wie ein Echo von Mels wogenden Wellen. Und es machte sie stolz, dass sie zu Mels Höhepunkt ihren Teil beigetragen hatte.

Ohne weiter darüber nachzudenken, schob sie Mel auf dem Tisch weiter nach hinten. Felicia zog Rock und Höschen aus, schob José zur Seite und kletterte zwischen Mels angezogene Knie. Sie konnte den Duft der anderen Frau riechen, würziger und kräftiger als ihr eigener.

Sie wollte Mel wieder schreien hören.

Sie strich mit einer Hand über Mels Pussy, wühlte in den kurzen rauen Härchen und fuhr mit zwei Fingern in die nasse Höhle ein.

Mel schluchzte etwas Unverständliches.

»Sage mir, was du haben willst«, flüsterte Felicia und beugte sich so weit über Mel, dass sich ihre Gesichter fast berührten.

»Mach's mir«, ächzte Mel. Dann blickte sie über Felicias Schulter und sagte: »Besorg es ihr.«

Felicia hatte sich so sehr auf Mels Pussy konzentriert, dass sie nicht wusste, was sich hinter ihrem Rücken abspielte. Das bemerkte sie erst, als José hinter ihr auf den Tisch stieg.

Überall wunderbare Sensationen. Sie spürte seinen Atem auf ihrem Po, dann seine sanften Hände, die über Schenkel und Hüfte streichelten. Er langte unter sie und zwickte beide Nippel gleichzeitig. Sie liebte seine kräftigen Finger und schwenkte ungeduldig ihren Po. Felicia war nicht weniger ungeduldig als Mel.

Dann spürte sie die Eichel zwischen ihren geschwollenen nassen Labien. Sie spannte die Muskeln an, als wollte sie ihn in sich hineinsaugen, aber er ahnte ihr Vorhaben und hielt noch eine Weile seine Position.

Er beugte sich über sie, drückte seinen harten Körper gegen ihren Rücken und raunte in ihr Ohr: »Du hast gehört, was das Mädchen will. Lass die Arme nicht so lange warten.«

Während Felicia ihre Finger in Mels heiße Pussy stieß, gab

José ihr endlich auch, wonach sie lechzte, und versenkte seinen Schaft tief in ihr.

Einen Moment lang verharrten sie alle drei; ein verbotenes sexuelles Tableau am Rand des Orgasmus.

»Bitte«, sagte Mel, und Felicia klang wie ihr Echo, als sie sich an José wandte und »bitte«, sagte.

Sie zog ihre Finger zur Hälfte heraus, und José zog sich auch halb zurück, und dann stießen beide synchron hinein. Zwei Finger, dann drei, passten in Mel hinein, die mit den Fäusten auf den Metalltisch trommelte und ihre Hüfte hob, Felicias Fingern entgegen.

Felicia nahm es kaum wahr, gerade noch genug, um Mel mit den Fingern zu bedienen. José stieß aus einem idealen Winkel in sie hinein; er füllte sie ganz aus und wünschte, sie würde noch stundenlang in dieser Position bleiben.

Sie verlor sich in einem Tumult aus Hitze, Nässe und steter Bewegung. Sie fühlte, wie sich Mels Muskeln um ihre Finger spannten; sie krümmte die Finger und kratzte mit den Nägeln am tropfenden Gewölbe. Mel schrie wieder, und Felicia fügte ihre eigenen Schreie hinzu. Mels Leidenschaft stachelte ihre eigene noch an, und dann spürte sie, wie sich ihr Orgasmus ankündigte, wie die Wellen der Lust sich in Bewegung setzten und dadurch Josés Höhepunkt einleiteten. Seine Stöße wurden schneller, und Sekunden später lagen sie alle übereinander. Es dauerte seine Zeit, bis sie wieder genug Kraft geschöpft hatten, um aufrecht stehen zu können.

Ihr Telefongespräch mit einem potenziellen Sponsor hatte sie gerade beendet, und in ein paar Minuten würde die neue Firma eintreffen, die für Essen und Trinken am Tag der großen Gala verantwortlich war. Trotzdem gönnte sich Felicia ein bisschen Zeit, um sich das Geschehen des gestrigen Abends noch einmal durch den Kopf gehen zu lassen.

José und Mel, so stellte sich heraus, waren nicht wirklich ein Paar, aber sie trafen sich zu einem kleinen Lustfest, wann immer sich eine Gelegenheit bot. Als sie wieder bei Sinnen waren, luden die beiden sie ein, doch auch beim nächsten Mal wieder dabei zu sein.

Und warum drängte sich Gab in ihre Gedanken ein, wenn sie die einzelnen Szenen des Abends in ihrem Kopf abspielte? José wusste, wie man einer Frau – oder auch zwei Frauen – eine gute Zeit bescherte, aber es war Gab, der ihr unter die Haut gegangen war.

Verdammt, sie musste damit aufhören. Mit ihm zu flirten, war eine Sache, sie konnte sich sogar nützlich für den SCCS auswirken. Aber sich mit dem Spion der Zoologischen Vereinigung auf ein sexuelles Abenteuer einzulassen, konnte nur zu Schwierigkeiten führen, ganz egal, wie sexy er war.

Zeit, sich um den neuen Caterer zu kümmern. Mal sehen, was sie alles zu bieten hatte. Für Felicia eine willkommene Ablenkung.

Sie hatte Debbie Landstrom noch nicht kennen gelernt, aber sie hatten mehrmals telefoniert und E-Mails ausgetauscht. Ihre Referenzen von einigen renommierten Clubs aus Los Angeles hätten besser nicht sein können.

Ein Mitglied des Vorstands, Richard Enoch, hatte Debbie in den höchsten Tönen gelobt, nachdem er sie bei verschiedenen Anlässen engagiert hatte. Richard war ein Genießer, was Essen und Trinken anging, seine Empfehlung allein hätte Felicia schon genügt.

Der entscheidende Punkt würde ihr jetziges Treffen sein. Du kannst nur dann über einen Menschen urteilen, wenn du ihm gegenüberstehst, dachte Felicia. Die Körpersprache verrät eine Menge.

Denk nicht an Gab.

DenknichtanGab.

Felicia warf einen Blick auf die Uhr und ordnete das Chaos auf ihrem Schreibtisch in fein gehäufte Stapel. Die tote Aloe versteckte sie in einem Aktenschrank, nicht ohne sich bei den braunen Stängeln zu entschuldigen.

Sie hatte gerade die Schranktür geschlossen, als Debbie eintraf. Ha, die Körpersprache! Ein paar Sekunden lang war das alles, was Felicia denken konnte. Am Telefon hatte Debbie temperamentvoll geklungen, und Felicia hatte sich einen Körper vorgestellt, der zu der Stimme passte: Kurze Haare, keckes Gesicht und ein bisschen füllig.

Die Frau, die durch Felicias Tür trat, war eine klassische kalifornische Bombe – groß, gebräunt, vollbusig und mit einer Mähne champagnerfarbener Haare. Ihre Kleidung war lässig: Jeans, die ihren runden Po umschmiegten, ein enges purpurnes T-Shirt mit einem tiefen V-Ausschnitt, der den Blick in das Tal ihrer Brüste freigab und auch auf ein verschnörkeltes »D«, das an einer Goldkette baumelte. Ihre sandfarbenen Sandalen hatten so hohe Absätze, dass Felicia schon bei ihrem Anblick ins Stolpern geriet.

Lippen, Finger- und Zehennägel zeigten alle dasselbe glänzende Rot. Felicia war sicher, dass weder Haarfarbe, Bräunung noch Brüste echt waren, aber alle drei Arbeiten waren allererste Sahne. Das scheinbar schlichte Outfit hatte bestimmt teure Designateliers verlassen. Nur eins hatte Felicia auszusetzen – eine quadratische Schultertasche, die ihr viel zu unbequem gewesen wäre, aber sie ahnte, dass Debbie auch mit diesem Accessoire im Trend lag. Bei diesem Outfit lag sowohl die Gefahr nahe, dass sie zu freizeitmäßig als auch, dass sie zu schlampig wirkte. Aber Debbie war die schmale Gratwanderung gelungen, und Felicia hätte gern gewusst, ob alles zu Debbies Planung gehörte.

Debbie schüttelte Felicias ausgestreckte Hand. »Ich bin ja so froh, dass wir uns endlich kennen lernen. Richard hat mir viel über Sie und Ihr SCCS erzählt.« Die Worte gingen ineinander über. Ichbinjasofroh.

»Er hat mir auch viel über Sie erzählt«, antwortete Felicia. »Oder mehr noch über Ihre wunderbaren Sushi-Kreationen, über Ihren göttlichen – das war seine Wortwahl – Spargelrisotto und über die mit Schweinefleisch gefüllten Auberginen.«

Debbie beugte sich vor und winkte Felicia heran. Felicia kam ihr so nahe, wie es ging, ohne mit der Nase in Debbies Ausschnitt zu hängen.

»Sagen Sie es niemandem«, flüsterte Debbie verschwörerisch, »aber dieses Rezept habe ich aus der Feinschmeckerzeitschrift *Gourmet*. Es war also nichts Besonderes. Und meine neue Variation hat er noch nicht probiert. Ich fülle die Auberginen jetzt mit Morcheln und Lamm. Sie schmelzen in deinem Mund. Ich biete auch eine Vegetarierversion an; sie besteht aus Champignons mit Knoblauch, und sie sind einfach nur ...« Sie hauchte einen Kuss in die Luft und kicherte wie ein junges Mädchen. »Es tut mir leid, aber ich finde kein Ende, wenn ich über meine Arbeit spreche.«

Felicia lief das Wasser im Mund zusammen. »Hört sich köstlich an.«

»Sie brauchen sich nicht nur auf mein Wort zu verlassen.« Debbie öffnete ihre quadratische Schultertasche, aus der die verführerischsten Aromen drangen. Also doch keine hässliche Tasche, sondern ein isolierter Container mit Beispielen von Debbies Handwerk.

Felicia probierte und geriet ins Schwärmen. Das war ja fast so wie ein guter Orgasmus. Debbie mochte zwar wie eine zweite Pamela Anderson herumlaufen, aber wie bei Pam steckte auch bei ihr eine gewiefte Geschäftsfrau unter all dem Silikon und dem Haarspray, das dafür ausreichen sollte, dass ein Ozonloch nach ihr benannt werden könnte.

Wenn Debbie über Essen und Rezepte redete, ging ihr kicherndes Temperament mit ihr durch; sie wirkte so verspielt, dass man sie kaum ernst nehmen konnte, aber die Proben, die sie mitgebracht hatte, waren nichts anderes als essbare Poesie. Erotik für die Zunge. Felicia unterdrückte ein Stöhnen und fragte sich, ob es möglich wäre, nur vom Feinschmeckeressen zu kommen.

Sie riss sich zusammen und fragte: »Wieso kommen Sie den weiten Weg hinaus für diesen Auftrag? Bei solchen köstlichen Dingen müssten Sie bis zum Ende des Milleniums ausgebucht sein.«

Debbie lachte und hob die Schultern. Sie wollte gerade eine Antwort geben, als das Telefon klingelte.

Valeria Turner, las Felicia auf dem Display.

»Entschuldigung«, sagte Felicia und hob mit zwei Fingern den Hörer ans Ohr, als hätte sie Angst, er könnte beißen.

Mrs. Turner legte sofort los, ohne auch nur hallo zu sagen. »Ich habe die beste Idee für das Menü. Sie müssen exotisches Wild präsentieren. Natürlich würde ich die Kosten übernehmen und auch dafür sorgen, dass sich das herumspricht. Fleisch, das auch die Katzen mögen. Zebra, Gazelle, solche Dinge. Roh, wie ein Steak Tartar.«

Felicia verdrehte die Augen und machte eine Gurgel durchschneidende Bewegung mit der freien Hand. Debbie kicherte hinter der vorgehaltenen manikürten Hand.

»Das ist gewiss ein kreativer Vorschlag, aber ich kann mir vorstellen, dass wir Belieferungsprobleme haben werden«, sagte Felicia schließlich. Dann kam ihr die rettende Idee, auch wenn sie ein bisschen unfair war. »Zum Glück haben wir gerade die Frau der Cateringfirma hier. Lassen Sie mich einen Moment mit ihr sprechen, dann kann ich ihr erklären, was Sie sich ausgedacht haben.«

Nach ihrer langen Erfahrung im Umgang mit Sonderlingen schaffte sie es, die Leitung kurz zu unterbrechen, bevor es aus ihr herausplatzte. Zwischen ihren Heiterkeitsausbrüchen teilte sie Debbie mit, um was es ging.

Debbies perfekter Lippenstiftmund bildete ein großes O. »Oh, das darf nicht wahr sein. Nein, es ist wahr. Okay, ich werde mit ihr reden. Ich kenne mich mit reichen skurrilen Damen aus.«

Sie zog die Schultern zurück, wodurch ihre Brüste wie Torpedos aussahen, und nahm den Hörer. »Mrs. Turner? Hallo! Ich bin Debbie Landstrom von der Landstrom Catering. Miss DuBois erzählte mir gerade von Ihrer faszinierenden Idee. Sehr gut, sehr originell. Wir müssen sie ein wenig abwandeln, wegen der strengen Gesundheitsvorschriften, ich nehme an, Sie haben davon gehört.«

Weil Debbie so schnell sprach, konnte Mrs. Turner kaum ein Wort einwerfen, und im Lauf des Gesprächs schaffte es Debbie, die alte Dame davon zu überzeugen, dass ein zartes Straußenfilet ausreichte, um das Thema zu bedienen (»weil Löwen Straußenfleisch mögen«). Zebrasteaks konnte sie Mrs. Turner ausreden. »Lieber Gott! Nicht Zebra! Haben Sie schon mal Zebra gegessen? Es ist so zäh ...«

Als die anstrengende Sponsorin endlich Ruhe gab, fiel Debbie erschöpft auf ihrem Stuhl zurück – es erging ihr so wie sonst Felicia nach einem Gespräch mit Mrs. Turner. Aber das hielt nicht lange an. Sie richtete sich schneller auf als BH-lose Nippel vor der Kühltheke in einem Supermarkt.

»Sie ist eine Nervensäge, wie man sie nur in L.A. findet«, stellte Debbie fest. »Aber ich glaube, ich habe ihr den einen oder anderen Zahn gezogen. Sie besteht auf absoluter Kontrolle, was? Sie muss das Gefühl haben, dass man ihren Ideen zuhört.«

Felicia nickte schwach. Debbie war fast so anstrengend wie Mrs. Turner, aber auf eine positive Art.

Debbie notierte sich die Änderung in ihrem Handcomputer. »Straußenfilets sind fabelhaft. Jeder wird sie mögen. Ich kenne die große Straußenfarm im Norden. Vielleicht spenden sie sogar das Fleisch, damit sie mit ihrem Namen bessere Publicity erhalten.«

»Selbst wenn ich Zweifel gehabt hätte, die ich nach den ersten Proben nicht mehr hatte, dann hätten Sie mich durch die Art und Weise überzeugt, wie Sie mit Mrs. Turner gesprochen haben«, sagte Felicia. »Ich könnte Sie küssen.«

Debbie grinste und beugte sich vor. »Bitte sehr.« Sie zog eine Schnute mit ihrem Mund und sah Felicia an, wobei ihre Lider übertrieben flatterten.

Sie scherzte, aber etwa eine halbe Sekunde lang überlegte Felicia, ob sie es tun sollte. Debbie war nicht ihr Typ, aber jeder, der Mrs. Turner im Griff hatte, verdiente sich eine Belohnung.

Dann lehnte sich Debbie wieder zurück und kicherte. Sie stand auf und streckte ihre Hand aus.

Felicia nahm die Hand und sagte: »Ich freue mich auf die Zusammenarbeit.« Sie bot an, Debbie hinauszubegleiten, denn sie wollte ohnehin zu Mel und José, um eine Pressemitteilung über Noelles zu erwartende Junge abzustimmen. In den Wirren rund um die Geburt wollte sie die beiden nicht aus der Arbeit reißen. Deshalb hatte sie einen Text vorbereitet, der später nur noch mit dem richtigen Datum und der Anzahl der Jungen und ihren Namen versehen werden musste.

Natürlich hätte sie den Text auch als E-Mail weitergeben können, das hätte ihr ein paar Minuten eingespart, aber wo blieb der Spaß dabei? Ein kleiner Flirt in der Hektik des Tages war genau das, was sie jetzt brauchte.

Sie hatten gerade das Besucherzentrum erreicht, als Gab um die Ecke kam und beinahe mit ihr und Debbie zusammengestoßen wäre.

Debbies Haltung verwandelte sich von einer Sekunde zur nächsten. Wenn sie über den angebotenen Kuss von Felicia noch gewitzelt hatte, dann war sie jetzt nicht zum Scherzen aufgelegt. Wie eine hungrige Frau ein Schokoladenbüfett anstarrt, so starrte sie Gab an. Das hätte Felicia ja noch als Ausdruck guten Geschmacks verzeihen können, aber ihr Schwarm Gab Sullivan schien nicht fähig, seinen Blick von Debbie loszureißen.

Wenn sie nicht rasch einschritt, würde ihm der Speichel aus den Mundwinkeln rinnen, und das würde alle in Verlegenheit bringen (nun, vielleicht Debbie nicht, die sich in dem Anblick aalen würde).

Es gab einige gute, vernünftige und professionelle Lösungen für das Problem. Stattdessen fiel ihr als Erstes nur ein Trick aus der High-School-Zeit ein. Felicia ließ den Zettel mit der Pressemitteilung auf den Boden fallen, dann drehte sie sich um und hob ihn auf. Langsam. Strategisch. Die Beine durchgedrückt.

Ihr Rock war nicht ganz so kurz, dass Gab sehen konnte, was sie darunter trug, aber er war so kurz, dass sie sicher war, er könnte dem Anblick nicht widerstehen.

Zwischen ihren Schenkeln riskierte sie einen Blick. Ja, er schaute hin.

Es war, als würden die Blicke seiner blauen Augen ihre Haut versengen und als könnte er durch ihren Rock starren – auch noch durch ihren violetten String? Dann würde er bemerken, wie das Blut in ihre Klitoris schoss, und das nur, weil er hinter ihr stand.

Sehr gut. Die Yogastunden machten sich bezahlt.

Ahnte er, wie sehr sie sich wünschte, dass er sie an der Hüfte packte und in dieser Position in sie einfuhr? Okay, auf Dauer würde es eine unbequeme Position sein, aber er schien kräftig genug, dass er sie im Gleichgewicht halten konnte, während er sie beglückte. Sie konnte sich die Hitze vorstellen, die ihre Körper erzeugten.

Gab trat mit einem Fuß auf die Pressemitteilung, bevor der Wind sie davontreiben konnte.

»Danke«, murmelte sie. Na, großartig, dachte sie. Jetzt hält er mich für eine Schlampe und für einen Trottel. Sie griff sich das Papier und richtete sich auf. Sie fuhr sich durch die Haare, als wollte sie von der Röte in ihrem Gesicht ablenken.

Aber sie hatte ihre Mission erfolgreich abgeschlossen. Debbie bedachte Gab immer noch mit Blicken, für die andere Männer töten würden, aber die Anziehungskraft seiner Grübchen richtete sich nun wieder auf Felicia. Okay, auf sie beide, wie sie widerwillig zugeben musste (er müsste schwul oder tot sein, wenn ihm ihr tiefer Ausschnitt nicht gefallen hätte), aber öfter und länger sah er Felicia an.

Sein Ausdruck kam ihr vertraut vor, wenn sie auch nicht sagen konnte, warum, bis sie begriff, dass ihr Gesichtsausdruck auch nicht anders war – die einstudierte Leere, die dazu diente, unanständige Gedanken zu verschleiern.

Muss mich ablenken.

Nach einem tiefen Atemzug stellte sie Gab vor und nahm es mit einer gewissen Genugtuung hin, dass Gab die Büfettfrau zwar höflich begrüßte, mehr aber nicht.

Sie plauderten noch ein paar Minuten, dann sah Debbie auf ihre Uhr. »Ich muss mich beeilen. In Pacoima wartet eine nervöse Braut auf mich.« Sie flüsterte Felicia ins Ohr: »Wo gibt es ein Klo?«

Felicia zeigte in die Richtung, und sie ging und ließ Gab und Felicia zurück.

»Sie scheinen ziemlich beschäftigt zu sein«, sagte Gab.

Tatsächlich war heute mehr los als an anderen Werktagen. Wusste er das? Wollte er von ihrer Begeisterung hören, dass sich die Dinge zum Guten wandten, oder würde er daraus den Schluss ziehen, dass sie in der verregneten Saison nicht viele Besucher gehabt hatten? Es war wohl besser, sich zunächst nicht festzulegen.

»Wir haben heute ein paar größere Gruppen bei uns. Heute Morgen trafen mehrere Schulbusse ein, ich schätze, Sie hören es am Lärm. Jetzt gegen Mittag erwarten wir zwei Busladungen japanischer Touristen, dann stehen noch eine Seniorengruppe aus Pasadena und das hiesige YMCA mit ihren Tagesschützlingen aus.«

Er nickte. »Ich bin mit Katherine und Ihrer Buchhalterin zum Essen verabredet, und ich glaube, ich habe mich schon ein wenig verspätet.«

Felicia winkte und begab sich auf die Suche nach Mel, immer noch auf einer Wolke aus Hormonen.

Sie hatte fast das Pumagehege erreicht, wo sie Mel um diese Uhrzeit anzutreffen glaubte, als die Feuersirene losging. Felicia blieb wie erstarrt stehen und versuchte herauszufinden, woher das Sirenengeheul kam.

Das Besucherzentrum.

Ihr erster Gedanke war einer der Erleichterung, dass es an diesem Ort keine Tiere zu retten gab. Die Busfahrer würden gerade an der Kasse stehen. In einem Klassenzimmer saßen Kinder und hörten sich einen Vortrag über das Programm zur Arterhaltung an. Kleine Kinder, alte Leute und dann noch eine Gruppe, die wenig oder gar kein Englisch verstand. Trotzdem, sie konnten eher in Sicherheit gebracht werden als Tiere, die in Panik gerieten. Auf der anderen Seite konnten

Tiere keinem Fernsehreporter erzählen, wie schlecht der SCCS auf eine solche Gefahr vorbereitet war.

Sie rannte zurück, an schreienden Kindern vorbei, und musste einigen Sprenkelanlagen ausweichen, die sich nach Lust und Laune ein- und ausschalteten. Viele japanische Touristen schimpften verärgert und wollten ihr Eintrittsgeld zurück.

Eins sah Felicia nicht – irgendein Zeichen eines Feuers. Was für den Moment für Erleichterung sorgte – bis die Sirenen an anderen Stellen aufheulten.

Als die Feuerwehr von Addison eintraf, die Sirenen neu einstellte und sich festlegte, dass sich jemand einen üblen Scherz erlaubt hatte – wahrscheinlich einer der Schüler –, war der Nachmittag vorbei. Die meisten Besucher waren gegangen. Die Gäste aus der Umgebung erhielten einen Gutschein für einen anderen Besuchstag; die Touristen hatten fast alle auf der Erstattung des Eintritts bestanden.

»So viel zu einem guten Tag«, murmelte Felicia und ließ sich auf eine Bank des Besucherzentrums fallen.

»Würde es helfen, wenn ich Sie zum Abendessen einlade, nachdem Sie Ihr Mittagessen schon verpasst haben?«, fragte Gab, der vor ihr stand und cool und adrett wie immer aussah. Das würde ein köstliches Abendessen.

Viertes Kapitel

Abendessen. Felicia dachte über das Angebot nach. Ein richtiges Essen mit verschiedenen Gängen, die ihr gereicht wurden, dazu ein Glas Wein oder zwei. Was für ein radikaler Unterschied zu ihren Schnellgerichten aus der Mikrowelle, von denen sie in letzter Zeit gelebt hatte.

Aber ein Abendessen mit Gab bedeutete auch, dass sie zu Hause nicht mehr arbeiten konnte, und es bedeutete weiter ein paar Stunden der Versuchung und Frustration.

Sie stand von der Bank auf, strich ihren schieferblauen Rock glatt und bedachte Gab mit einem Lächeln. »Ja, gern. Ich muss nur noch den Computer ausschalten und Katherine sagen, dass ich gehe.«

»Großartig. Wir treffen uns vorn.«

Sie eilte in ihr Büro, warf noch ein paar Dinge in ihre Ledertasche, holte den Leinenblazer vom Bügel und schloss die Tür hinter sich ab. Schräg gegenüber befand sich das Büro ihrer Chefin.

Katherines krause rote Haare waren zerzaust; sie musste sich einige Male die Haare gerauft haben, schloss Felicia. Das war kein gutes Zeichen und deutete auf besonderen Stress hin. Auf dem Schreibtisch stand ein angebissenes Hühnchensandwich, und auch das war kein gutes Zeichen: Katherine musste es schon vor Stunden gekauft haben.

»Geh nach Hause«, sagte Felicia zu ihr.

Katherine schaute auf, die Finger auf der Tastatur der Rechenmaschine.

»Geh nach Hause«, wiederholte Felicia. »Du siehst kaputt

aus. Nimm ein heißes Bad mit einer dieser Schaumbomben, die ich dir zu Weihnachten geschenkt habe, dann trinkst du ein Glas Wein und gehst mal früh ins Bett. Wenn du dich nicht entspannst, brichst du noch zusammen.«

Zu ihrer Überraschung hoben sich Katherines Mundwinkel. »Ich habe ein wunderbares Anti-Stress-Programm für diesen Abend geplant.« Sie warf einen Blick auf die Wanduhr, es war ein Exemplar der Serie, die sie im Geschenkeshop verkauften. Unterschiedliche Katzen ersetzten die Ziffern, ein Affe hing in der Mitte, und seine Arme waren die Zeiger. »Ich kann dir versprechen, dass ich in einer halben Stunde weg bin, sonst würde ich mich verspäten.« Ihr Lächeln vertiefte sich. »Ich bin froh, dass du auch mal zu einer anständigen Zeit nach Hause gehst.«

»Oh, ich bin noch im Dienst – ich gehe mit Gab zum Essen«, sagte Felicia. »Mal sehen, ob ich ihn mehr auf unsere Seite bringen kann. Vielleicht kann ich aus ihm herauskitzeln, was in seinem Bericht stehen wird und ob er glaubt, dass wir ein ernstes Problem haben.« Sie senkte die Stimme und sagte im Verschwörerton: »Und wenn das nicht klappt, fahre ich ihn in die Wüste und werfe ihn aus dem Auto, wo ihn niemand finden wird.«

Katherine lachte herzhaft, und das freute Felicia. Sie hatte die Chefin lange nicht mehr lachen gehört.

»Du bist schrecklich«, sagte Katherine. »Genieß dein Essen und tu nichts über deine Pflicht hinaus.«

Felicia wünschte, dass es zu ihrer Pflicht gehörte, sich den Vertreter der Zoologischen Vereinigung gefügig zu machen. Es müsste sogar in ihrer Arbeitsplatzbeschreibung stehen. Aber sie hatte ein Gefühl, dass Mr. Gabriel »nenn mich Gab« Sullivan kein Iota von seinem Bericht abrücken würde, ganz egal, wie viel Spaß sie miteinander haben würden. Jedenfalls schätzte sie ihn so ein – zu ehrenwert.

Und sie war vielleicht zu ehrenwert, um nur deshalb mit ihm zu vögeln, damit das Sanctuary besser wegkam.

Schade in beiden Fällen.

Sie wünschte Katherine einen schönen Abend und ging.

Gab stand auf dem breiten Weg, der vom Besucherzentrum zum Parkplatz führte. Er schaute hinunter auf die Steine, die den Weg pflasterten. In viele Steine war der Name eines Lieblingstiers der jeweiligen Besucherfamilie eingeritzt. Die Gedenksteine gehörten zu den populärsten Spendenquellen des Sanctuary, vor allem auch, weil die geforderten Beträge relativ gering waren.

Die frühe Abendsonne brach durch die Schatten spendenden Palmen, die den Weg säumten, und tauchte Gabs Haarspitzen in ein goldenes Licht. Er hatte seine Krawatte gelockert und den Kragenknopf geöffnet. Die Hände steckten locker in seinen Hosentaschen.

Ja, wirklich sehr schade.

Da sie mit zwei Autos da waren, beschlossen sie, zu seinem Hotel zu fahren, und von dort würden sie gemeinsam nur ein Auto benutzen. Felicia schwebte ein besonders interessantes Restaurant vor.

Vor dem Hotel warf er seine Aktentasche auf den Rücksitz ihres Autos, damit er sich den Weg auf sein Zimmer ersparte.

»Ah, so wie man sich ein Auto in Kalifornien vorstellt«, sagte er, als er in ihr VW Kabrio einstieg.

Sie hob die Schultern. »Ja, das ist wohl so.« Sie band einen Schal um ihren Kopf. »Aber wir haben meistens schönes Wetter, das viel zu schade ist, aus einem Auto ausgesperrt zu werden.« Sie legte einen Gang ein und fuhr los. »Ich hoffe, Sie haben noch keinen großen Hunger; ich will ein Stück fahren, um Ihnen einen anderen Teil des südlichen Kalifornien zu zeigen – das weniger dem Klischee entspricht.«

»Ich bin Ihnen ausgeliefert«, sagte er. »Ich bitte nur, gnädig mit mir umzugehen.«

Felicia unterdrückte ein Aufstöhnen. Oh, nein, sie würde nicht gnädig mit ihm sein. Sie hatte zwar nur selten etwas für harte Sachen übrig, aber oft liebte sie es schnell und fest und tief. Und wenn es nötig war, konnte sich ihre Lust auch durch Kratzen und ein bisschen Beißen äußern. Sollte sie Gab in ihre Finger bekommen, würde er sich von seinen Hemdenknöpfen verabschieden müssen. Und das wäre erst der Anfang.

Weil ihr Körper auf ihre schlüpfrigen Gedanken reagierte, schaffte sie es gerade noch, sich in den fließenden Verkehr auf dem Freeway einzureihen. Sie fühlte, wie sich ihre Nippel unter der mitternachtsblauen Seide versteiften, und sie nahm an, dass auch Gab sehen konnte, was mit ihr los war, denn sie hatte auf einen BH verzichtet.

Ein scheuer Seitenblick bestätigte ihren Verdacht. Sie hoffte, dass seine körperliche Reaktion hinter ihrer nicht zurückstand.

Sie fuhren aus der Stadt hinaus, als die Sonne hinter dem Meer zu sinken begann. Gab saß neben ihr, nur eine Handbreit von ihr entfernt, und wenn sie den Gang wechselte, konnte sie ihn berühren, wenn sie sich traute.

Du musst an etwas anderes denken.

Zum Glück lieferte er selbst die Ablenkung, die sie dringend brauchte, indem er sie fragte, wie sie zum SCCS gestoßen wäre.

»Mein Studium der Geisteswissenschaften ließ mir nicht viele Optionen, in denen nicht die Frage ›Wollen Sie Fritten dazu haben?‹ auftauchte.« Gab gluckste, und Felicia fuhr fort: »Ich habe einen Job bei einer AIDS-Stiftung angenommen und mich in kurzer Zeit zur Büroleiterin und danach zur Leiterin der kalifornischen Abteilung der Stiftung hochgearbeitet. Aber das lief alles so unpersönlich ab. Alles drehte sich nur ums Geld, um Spenden und Sponsoren. Ich sage nicht, dass es nicht für einen guten Zweck war, aber mir war die Verwaltung zu groß, zu unübersichtlich. Ich wollte etwas tun, wo ich die Folgen meiner Arbeit sehen konnte – die Früchte meines Schuftens ernten.«

»Ein verständliches Verlangen«, sagte Gab.

Oh, Mann, er hatte »Verlangen« gesagt, und dieses eine Wort schickte sie wieder in Regionen, die sie vermeiden wollte.

Die Straße verengte sich, und die Landschaft um sie herum veränderte sich. Sie fuhren in die Berge. Vereinzelte Grasbüschel wurden von kleinen verkrüppelten Bäumen ersetzt, und schließlich sahen sie stattliche schlanke Pinien entlang der Straße stehen.

»Es kann sehr befriedigend sein, wenn du bei einem Cocktailnachmittag, an dem über tausend Leute teilnehmen, fast eine Million Dollar an Spenden einnimmst«, fuhr sie fort. »Aber meine Gefühle lassen sich nicht vergleichen mit dem Augenblick, in dem Noelle – sie ist eine unserer Amur-Leoparden – ihre Babys zur Welt bringt, was in den nächsten Tagen geschehen wird. Ich sehe die jungen Katzen und weiß, dass ich teilweise dafür verantwortlich bin, dass es diesen Nachwuchs gibt. Die gesamte Population von Amur-Leoparden liegt weltweit bei dreihundert – aber bei uns allein sind schon vier geboren worden.«

»Ich höre die Leidenschaft in Ihrer Stimme – das Sanctuary liegt Ihnen wirklich am Herzen, nicht wahr?«

Oh, Mann. Er sagte »Leidenschaft«. Wollte er sie in den Wahnsinn treiben?

»Ja, das kann man so sagen«, antwortete sie. »Und was ist mit Ihnen? Wollten Sie als kleiner Junge Feuerwehrmann oder Astronaut werden? Oder stand sofort fest, dass Sie für die Zoologische Vereinigung arbeiten wollten?«

Er lachte wieder, und die kehligen Laute schickten Schauer des Entzückens über ihren Rücken. Er legte den Kopf schief und schloss für einen Moment die Augen; offenbar genoss er die kühle Brise, die seine Haare zerzauste.

Würde er so auch beim Sex aussehen, den Kopf zurück, die Augen geschlossen, während die Lust über ihn hinwegfegte? Felicia spürte ein Zucken zwischen den Schenkeln und wünschte sich, für eine solche Reaktion bei ihm verantwortlich zu sein.

»Ich war nicht einer der ehrgeizigen Jungs und eher einer von denen, die wahrscheinlich vor ihrem achtzehnten Geburtstag eine Gefängniszelle von innen sehen würden«, gab er zu. »Ich habe die Schule geschwänzt, bin wegen meiner Zerstörungswut und bei Diebstählen aufgeflogen, und dann hat mich ein Jugendhelfer vor die Entscheidung gestellt: Entweder Knast oder Bauernhof. Dort hielten sie Hühner und Milchkühe und bauten Gemüse für die Obdachlosen der Gemeinde und für andere soziale Einrichtungen an. Die Arbeit da und ein Beagle namens Lancelot haben mich zur Umkehr bewegt. Ich habe die Bedeutung der Wohltätigkeitsarbeit begriffen und meine Liebe zu Tieren entdeckt, und schließlich ging es in meinen dicken Schädel rein, dass es wichtigere Dinge gibt als mein eigenes Wohlergehen.«

»Bei uns arbeitet ein Junge, der sich in einer vergleichbaren Situation befand«, sagte Felicia. »Lance Boudreaux. Vielleicht sollten Sie sich mal mit ihm unterhalten.«

»Ja, kann sein«, meinte er und schaute aus dem Fenster auf ein Haus, das wie ein Schweizer Chalet gebaut war.

Katherine war skeptisch gewesen, als Lance eines Tages im Sanctuary aufgetaucht war und seine Hilfe angeboten hatte. Aber Adam hatte ihn gefördert, er hatte Lance auch auf die Idee gebracht, und die ersten Wochen hatte er den

Jungen unter seine Fittiche genommen. Als er seine Zuverlässigkeit unter Beweis gestellt hatte, übernahm er niedere Arbeiten wie das Ausmisten von Ställen – ohne dass je eine Klage über seine Lippen kam.

Sie fuhren an Blockhäusern vorbei, die den Städtern als Urlaubsunterkunft dienten, und erreichten schließlich die Hauptstraße der kleinen Ferienanlage. Es gab Läden, in denen man Skier leihen und Teddybären kaufen konnte, auch teure Skianzüge oder hiesige Erzeugnisse wie Marmeladen und Kuchen.

Als Felicia vor dem Restaurant »The Beethoven« anhielt, ein Chalet mit spitzem Dach, meldete sich ihr Handy. Sie kramte es aus ihrer Tasche und stöhnte, als sie die Nummer sah. Woher hatte Valerie Turner, die durchgedrehte Sponsorin, ihre private Telefonnummer?

Sie war versucht, den Anruf zu ignorieren. Valerie konnte eine Nachricht hinterlassen. Aber ihre professionellen Instinkte ließen das nicht zu – ignoriere nie jemanden, der dir vielleicht Geld gibt.

»Felicia, Schatz! Ich bin ja so froh, dass ich Sie erreiche!«

»Mrs. Turner, wie geht es Ihnen?« Felicia legte eine Hand über das Mikrophon und erklärte Gab kurz den Sachverhalt.

»Ich habe noch eine Idee: Warum veranstalten wir nicht eine stumme Auktion? Ein stummes Essen! Niemand darf ein Wort sagen. Ich meine, die meisten Leute sind eh so langweilig, dass es kein Verlust wäre, sie schweigend zu erleben.«

Felicia presste ihre freie Hand auf den Mund, um nicht damit herauszuplatzen, dass Mrs. Turner die Erste wäre, die das Schweigegebot brechen würde.

»Ich gehe hinein und bestelle einen Tisch für uns«, sagte Gab leise, und sie nickte und sah ihm nach, wie seine Backen spielten, als er die Stufen zur breiten Veranda vor dem Restaurant hinaufging.

»Nein, nein, warten Sie, das geht ja gar nicht«, widersprach Valerie sich selbst, bevor Felicia etwas sagen konnte. »Man muss doch Reden halten. Und Geld schnorren. Nun, das war nicht die einzige Idee, die ich hatte. Aber diese will ich gleich mal abhaken.«

Felicia hörte Papier knistern.

»Ah, sehen wir weiter«, meldete sich Valerie wieder. »Wir lassen Schmetterlinge mit winzigen Sendern frei, und die Leute können auf denjenigen wetten, der am weitesten fliegt.«

»Ja«, sagte Felicia, »darüber müssen wir nachdenken.« Sie überlegte, was passieren würde, wenn sie das Handy gegen einen der Pfeiler auf der Veranda knallen würde, aber sie hielt es wieder an ihr Ohr. »Da ich jetzt nicht im Büro bin, komme ich an meine Unterlagen nicht heran. Wollen Sie mir eine E-Mail schicken, damit ich sie morgen ...?«

»Ha ... ich muss auflegen, meine Liebe. Da sehe ich meinen Besuch. Rufen Sie mich morgen an?«

Dann war die Verbindung weg.

Felicia starrte auf ihr Telefon und schüttelte den Kopf. Sie warf das Handy zurück in die Tasche und ging die Treppe hoch ins Restaurant.

Dunkle Balken bogen sich von den Seiten zur Deckenmitte; die Wände waren ganz in Weiß gehalten. Die Beleuchtung war gedämpft, aber auf den Tischen standen flackernde Kerzen, und das sanfte Licht brach sich in den Kristallgläsern. Durch verdeckte Lautsprecher drang unauffällig dezente Musik von – Beethoven.

Der Duft von gebratenem Fleisch, von in Butter gegarten Zwiebeln und von verschiedenen Gewürzen ließ Felicias Magen knurren. Zum Glück beruhigte er sich wieder, bevor sie an den Tisch trat, vor dem Gab und der Maître d'Hôtel standen. Er führte das Paar zu einem kleinen intimen Tisch in einer stillen Ecke. »Sagt Ihnen der Platz zu?«, fragte er Gab.

»Perfekt«, antwortete Gab.

Felicia schürzte die Lippen. Hatte Gab um einen Tisch gebeten, der von den anderen Gästen kaum eingesehen werden konnte? Welche ruchlosen Pläne verfolgte er?

Das gestärkte weiße Leintuch ragte weit über die Tischenden hinaus und verbarg ihre Beine. Oh, die Spiele, die sie darunter treiben konnten! Sie überlegte, sich nachher die Schuhe abzustreifen und mit der Fußsohle an seinen Beinen nach oben zu gleiten, bis sie seinen Schoß und seine Erektion erreichte. Und er konnte sie dazu bringen, unauffällig ihren Slip auszuziehen und ihn ihm über dem Tisch zu reichen.

Sie stieß den Atem aus und dankte, dass er ihr den Stuhl an den Tisch schob, nachdem sie Platz genommen hatte. Wenn sie mit ihm flirten musste, um »The Sanctuary« zu retten, würde sie keine Sekunde zögern. Aber sie musste darauf achten, ihre berufliche Würde nicht aufs Spiel zu setzen.

Warum musste er so köstlich sein? Sie blickte ihn über den Rand der in schwarzen Lettern geprägten Speisenkarte an. Er hatte einen Frühabendbart; man konnte die dunkelblonden Stoppeln an seinem Kinn sehen. Sie stellte sich vor, wie sie über ihre Haut kratzten. Auf ihren Wangen. Auf den Innenseiten der Schenkel. Sie rutschte auf ihrem Stuhl herum, als ihre Labien anschwollen und ihr Höschen feucht wurde.

Sie wollte unbedingt auf andere Gedanken kommen und fragte, welches Gericht ihn anlächelte. Er hatte eine Vorliebe für die Spezialität des Hauses, Schweinerückensteak, aber auch das Wild lockte ihn. »The Beethoven« war bekannt für seine Elch- und Wildschweingerichte.

Sie musste an Valerie Turners jüngsten Vorschlag für die große Gala denken, und nachdem der Kellner ihre Getränke gebracht hatte – sie erlaubte sich ein Glas Rotwein –, erzählte sie Gab von der stummen Gala. Es war schön, ihn zum Lachen zu bringen.

Erst während des Essens (Gab war beim Schwein geblieben, und sie hatte sich für Linguine mit wilden Pilzen entschieden) fiel ihr ein, dass ihre Unterhaltung im Auto unterbrochen worden war.

»Sie haben mir gesagt, wie Sie zur Wohltätigkeit gelangt sind, aber ich weiß nicht, wie es sich ergeben hat, dass Sie für die Zoologische Vereinigung arbeiten«, hielt sie ihm vor.

»Es gab kein Schlüsselerlebnis«, sagte er. »Aber ich habe gelernt, dass es auf dem Gebiet der Tierfreunde zwei sehr unterschiedliche Strömungen gibt. Die eine Richtung kennen wir alle; ihnen ist der Profit wichtiger als die Tiere – das trifft häufig bei einem kleinen oder mittleren Zirkus zu, bei dem Tiere eher misshandelt als artgerecht gehalten werden.«

Felicia nickte und wartete gespannt, wie er die zweite Gruppe beschrieb.

»Dann gibt es die Freundeskreise, die es einfach nicht schaffen. Es gibt viele Einsparungen in Zoos, und wir haben darauf zu achten, dass bei allen Kürzungen die Tiere nicht leiden. Ich rede von Menschen, die das Herz auf dem rechten Fleck haben, aber sie können den ihnen anvertrauten Tieren nicht das adäquate Heim bieten. Wenn das Geld knapp wird, tun sie immer noch ihr Bestes, aber man erreicht schnell einen Punkt, an dem das Negative überwiegt. Ganz egal, ob man das Interesse der Tiere im Sinn hat: Wenn man ihnen nicht genug zu fressen gibt und keine artgerechte Haltung bietet, hat man kein Recht, die Tiere länger zu halten.«

Felicia schluckte, aber dann sagte sie: »Dem stimme ich zu. Manchmal ist es zu spät, um die Tiere zu retten. Auch bei uns zermartern wir uns den Kopf über den besten Lösungen. Einer unserer Vorstandsmitglieder hat sogar vorgeschlagen, das Land zu verkaufen – es ist ein Filetstück, das gut zu den Plänen für ein Einkaufszentrum passen würde –, um »The Sanctuary« an einer anderen Stelle wieder neu aufzubauen. Aber Katherine will nichts davon wissen.«

»Ich kenne solche verzweifelten Pläne«, sagte er. »Ich habe kleine Privatzoos gesehen, die buchstäblich verfallen sind, aber ich schaffe es nicht, solche Erkenntnisse in meinen Bericht aufzunehmen, selbst wenn mein Bauchgefühl mir sagt, dass nach meinem Besuch alles noch schlimmer wird.«

Er legte seine Hand auf ihre, und sie zuckte zusammen, als sie seine warme Haut auf ihrer spürte.

»Entschuldigen Sie«, sagte er.

Weil er sie erschrocken hatte? Weil er sie berührt hatte? Dafür sollte er sich nicht entschuldigen. Höchstens dafür, dass er sie so lange auf die erste Berührung hatte warten lassen. Und dafür, dass er sie nicht an einer anderen Stelle berührte.

»Ich habe Sie zum Essen eingeladen, damit Sie sich entspannen können«, sagte er. »Ich wollte Ihre Sorgen nicht noch vergrößern.«

»Schon gut«, meinte sie. »Es ist angenehm, mit jemandem darüber zu reden, der die Probleme versteht. Aber ja, sprechen wir von anderen Dingen. New York – haben Sie jemals die Shows am Broadway besucht?«

Sie teilten sich eine karamellisierte Apfeltart, tranken noch einen Kaffee und schlenderten hinaus.

»Das Top unten lassen?«, fragte sie.

»Aber natürlich.«

Die Bergluft war kühl, aber je näher sie der Wüste kamen,

desto mehr würde sie sich aufwärmen. Hier oben, weit von der Stadt und dem Smog entfernt, sahen die Sterne größer und strahlender aus und zum Greifen nahe wie die Früchte an einem Baum.

Felicia liebte es, über die verschlungenen schmalen Bergpfade zu fahren. Sie redeten nicht viel auf der Rückfahrt und genossen nur die Stille und die Genugtuung eines guten Essens.

Auf dem Hotelparkplatz griff er nach seiner Aktentasche auf dem Rücksitz. »Danke, dass Sie mir einen anderen Teil des südlichen Kaliforniens gezeigt haben.«

»Es war mir ein Vergnügen. Wir sehen uns morgen.«

Sie blickte ihm nach, wie er am sprudelnden Brunnen vorbei und die beiden breiten Stufen zum Eingang hinaufging. Ja, es war ihr ein Vergnügen gewesen. Aber als Trost würde sie sich eine weitere Nacht mit Mr. Twist begnügen müssen.

Es war schon seltsam. Ihr Abenteuer mit José und Mel hatte sie für eine kurze Zeit befriedigt, aber dieses Gefühl hielt nicht vor. Das Erlebnis mit den beiden war eine hübsche Abwechslung gewesen, mehr nicht.

Ihre Großmutter hatte sie davor gewarnt, nach Dingen zu lechzen, die sie nicht haben konnte (wie Großmütter das so an sich haben, bei ihnen klingt alles wie eine irische Legende oder wie ein jüdischer Fluch, was natürlich an der Abstammung der Großmutter liegt). Felicia glaubte, dass ein Körnchen Wahrheit darin steckte.

Okay, Grandma, dieser Gabriel ist wahrscheinlich genau der Typ, vor dem du mich gewarnt hast.

Seufzend legte sie den Rückwärtsgang ein und lenkte den Wagen zur Ausfahrt. Bevor sie aber die Straße erreicht hatte, hörte sie ein seltsames summendes Geräusch.

Teufel, was war das? Sie hielt direkt vorm Eingang an,

weil dort Licht ins Wageninnere fiel, und drehte sich zur Rückbank um. Sie streckte sich und tastete mit den Fingern nach dem Objekt, von dem das Summen kam. Es war eines dieser kombinierten Telefon/Internet-Handys, das wahrscheinlich aus Gabs Aktentasche gefallen war.

Über der Textnachricht stand die New Yorker Vorwahl. Jemand versuchte Gab noch ziemlich spät zu erreichen. Seine Freundin? Ehefrau? Sie hatte sich nie gefragt, ob er vergeben war.

Sie wollte nicht wirklich aufs Display schauen, sie wollte auch nicht herumschnüffeln. Aber die Initialen SCCS fielen ihr ins Auge, da konnte sie nicht mehr wegsehen.

Wg. SCCS – Problem gelöst?

Was, zum Teufel, hatte das zu bedeuten? Felicia starrte auf das Gerät in ihrer Handfläche. Sie konnte Gab nicht danach fragen, sonst hätte sie einräumen müssen, dass sie geschnüffelt hatte. Aber es war schon nervig. Sie überlegte, ob sie den Aufzug nehmen und zu seinem Zimmer gehen sollte.

Als sie an seine Tür klopfte, fürchtete sie, einen großen Fehler zu begehen, aber als er dann öffnete, hatte sie alle Fragen vergessen. Er trug nichts, nur ein Handtuch um die Hüfte. Sie sog den Anblick seines muskulösen Brustkorbs in sich ein und verfolgte die feinen Härchen, die in einem dünnen Streifen unter das Handtuch liefen.

Sie wusste, dass sie in Schwierigkeiten steckte.

Fünftes Kapitel

Valerie legte den Hörer auf.

Es war albern, um diese Zeit Felicia angerufen zu haben, denn sie hatte im Haus noch eine Menge Vorbereitungen für den Abend zu treffen. Aber die Vorstellung eines »stummen« Essens war ihr spontan in den Kopf geschossen, eine fabelhafte Idee, fand sie, bis sie mit Felicia darüber redete. Katherine und Felicia konnten nicht um Spenden werben, wenn sie nicht reden durften!

Es war lieb von Felicia, dass sie sich stets die Zeit nahm, sich ihre Ideen anzuhören. Okay, es war ihr Job, die Sponsoren bei Laune zu halten, aber sie tat es auf eine sehr angenehme Art, sie war nie ungeduldig, selbst wenn Valerie später erfuhr, dass sie zu einer ungünstigen Zeit angerufen hatte.

Sie wünschte, sie könnte Felicia mit der perfekten Idee für die Veranstaltung helfen, denn es war wichtig, ihre Gäste zu inspirieren. Clowns waren immer gut, sie lenkten von den langweiligen Gästen ab. Sie liebte Clowns, und damit stand sie bestimmt nicht allein.

Viele ihrer so genannten Freunde hielten sie für verrückt, aber sie trauten sich nicht, das auszusprechen.

Geld konnte das Glück nicht kaufen, aber Geld konnte einem die Freiheit kaufen, das zu tun, was man wollte. Und verrückt waren nur die Spießer, reiche Menschen wie sie erlaubten sich, exzentrisch zu sein.

Ein leises Miau erinnerte sie daran, dass sie nicht allein in ihrem Büro war. Sie hatte es in dunklem Holz und Leder einrichten lassen, damit es wie eine idealisierte Bibliothek aus der Edwardschen Zeit wirkte. Sogar die Dekanter für den Port fehlten nicht.

»Oh, hallo, Cocoa«, sagte Valerie zu einer ihrer drei burmesischen Katzen, als sie sich verspielt um ihr Fußgelenk schlang.

Sie bückte sich und strich über das dicke, weiche Fell. »Wir haben heute Abend Gesellschaft, Süße. Willst du mir bei den Vorbereitungen helfen?«

Die Katze schien von der Aussicht auf Gesellschaft nicht beeindruckt zu sein, aber sie folgte Valerie aus dem Büro, weil sie sich mehr Beachtung erhoffte.

Danny, ihr Hausdiener, hatte wie immer einen untadeligen Job beim Reinigen und Aufräumen erledigt. Aber für ihre besonderen Gäste gab es einige Winkel im Haus, um deren Zustand sie sich selbst kümmern wollte.

Das Verlies zum Beispiel. Auch dort hatte Danny sauber gearbeitet, aber er konnte nicht wissen, welche Geräte und Spielsachen Valerie später am Abend benötigte.

Valerie betrat die glänzende Küche. Cocoa wurde von ihrem Fressnapf angelockt, und Valerie überprüfte den Inhalt des Eisschranks. Conchita hatte ein kaltes Gourmetessen zubereitet, und Danny hatte den passenden Wein kühl gestellt. Gut. Jetzt zum Verlies.

Es befand sich natürlich im unteren Stockwerk des Hauses. Attrappen alter Steinquader schufen eine schöne, unheimliche Atmosphäre, während das schwarze Leder und der rote Samt eher an ein Bordell aus dem alten Westen erinnerten. Ein breites bequemes Bett, über und über mit Kissen bedeckt, stand im Mittelpunkt, und nebenan gab es den viktorianischen Sessel, in dem sie so gern saß, wenn jemand nervös zu ihren Füßen kauerte. Der Schandpfahl und die Züchtigungsbänke waren in burgundrotem Leder gepolstert – es ergab keinen Sinn, den Opfern unbeabsichtigtes Unbehagen zu bereiten.

Sie nahm eine geflochtene Peitsche vom Wandregal, legte sie dann aber wieder weg. Nein, heute Abend schwebte ihr etwas anderes vor; sie wollte eine intimere Atmosphäre schaffen, aber nicht weniger intensiv als mit den Peitschen.

Die Türklingel schlug an; hier unten hörte man sie als leises Echo, und Valeria nahm sie nur wahr, weil sie darauf gewartet hatte.

Bevor sie den Salon betrat, setzte sie ein strenges, aber liebenswürdiges Gesicht auf, genau der richtige Anblick für ihren Gast, der dadurch angeregt wurde, sich in völliger Hingabe zu entspannen.

Eine Gestalt kniete auf dem turkmenischen Teppich, der Rücken sehr aufrecht, der Kopf gebeugt, sodass Valerie zuerst nur einen Kopf voller roter Locken und einen Hauch blasser Haut sehen konnte.

»Katherine«, sagte sie. Nur ein Name, aber sie konnte die Bedeutung auf der Zunge spüren.

»Mylady.« Katherine, so selbstbewusst im SCCS, wisperte die Anrede so leise, dass man sie kaum hören konnte.

Das scheue Flüstern ließ einen Schauer über Valeries Rücken rieseln. Sie hatte schon einige entzückende Jungs als Spielpartner gehabt, aber bei niemandem von ihnen hatte sie diese unbändige Lust empfunden wie jetzt, als sie Katherine auf dem Teppich knien sah.

Es war auch deshalb ungewöhnlich, weil Valerie sonst nicht an Frauen interessiert war (Männer waren unterhaltsamer, wenn man sie quälte und anschließend tröstete) und auch nicht an Leuten, die ihre Unterwürfigkeit ein- und ausschalten konnten wie einen Lichtknopf. Wer Katherine kannte, hätte nie geahnt, dass sie auch nur einen nachgiebigen Knochen besäße. Aber genau deshalb war es so erregend, sie zu erleben, wenn sie auf jede Kontrolle verzichtete.

Valerie schritt durch den Salon und umkreiste dann langsam die kniende Frau, erst einmal, dann das zweite Mal. Sie nahm den Blick nicht von Katherine.

Zuerst schien Katherine weit weg zu sein, in Gedanken verloren und nicht in Lust. Aber als Valerie ein drittes Mal um sie herumging, sah sie das leichte Zittern bei Katherine. Die Augen waren weit geöffnet, die Pupillen verbargen so viel von der grauen Iris, dass sie wie ein verängstigendes Tier in der Nacht aussah.

Beute.

Es war eine Sache, diesen Blick auf dem Gesicht eines Menschen zu sehen, der stets unterwürfig war. Das war auch eine süße Lust, besonders, wenn es gelang, diesen Menschen noch ein bisschen weiter zu führen als bisher.

Aber diesen Blick auf dem Gesicht einer Frau zu sehen, die zu den größten Katzenexperten der Welt gehörte und die es mit reiner Willenskraft geschafft hatte, aus einer Vision eine anerkannte Organisation zu formen, einer Frau, auf die solche Attribute passten wie zäh, durchsetzungsstark und furchtlos . . .

Es war schwer zu sagen, ob der Kick in ihrem Gehirn einsetzte und dann in ihrem Schoß kumulierte oder umgekehrt. Jedenfalls schien jeder empfindliche Punkt dazwischen getroffen zu sein. Ihre Nippel fühlten sich plötzlich sehr empfindlich an, was sonst erst viel später in einer solchen Session geschah. Ihre Haut prickelte vor Erregung. Ihre Hände zitterten, während sie darauf warteten, zu berühren, zu schlagen und zu streicheln.

Und auch Valeries Herz nahm Anteil. Sie sah die dunklen Ringe unter Katherines Augen und fühlte, wie Wut in ihr aufstieg. Ärger über die finanziellen Probleme des Sanctuarys war normal; es nervte sie, dass so wenige Menschen die Bedeutung der Arbeit des SCCS erkannten.

Aber diesmal entsprang ihre Wut nicht der Sorge um den SCCS, sondern um Katherine. Die Geizkragen in der Stadt und die Stiftungen halfen ihr einfach nicht, und jetzt hatte sie auch noch gegen die Paragraphenreiter von der Zoologischen Vereinigung zu kämpfen und gegen die Reporter, die ihr das Leben noch mehr erschwerten.

Wenn Katherine unter Schlafmangel litt, dann sollte es deshalb sein, weil sie verzweifelt nach Lust rang und nicht nach finanzieller Unterstützung. Vielleicht war es an der Zeit, ihr mehr zu helfen als bisher. Ein paar Ideen hatte sie schon dafür. Aber vorher würde sie dafür sorgen, dass sie und auch Katherine auf andere Gedanken kamen.

Sie stand jetzt hinter Katherine, außerhalb ihres Blickfelds. Schnell wie eine Jagdkatze schoss Valeries Arm vor und grub ihre Finger in die Mähne aus roten Locken im Nacken und zog ihren Kopf zurück.

Katherine folgte der Bewegung und beschrieb mit dem Körper eine beinahe perfekte Brücke. Valerie hielt sie in dieser Position, beugte sich über sie und drückte einen festen Kuss auf ihren Mund. Sie biss leicht in Katherines Unterlippe. Es war eine unbequeme Stellung, die sie beide nicht lange halten konnten, aber Valerie hatte ihre Machtposition klar gemacht.

»Steh auf«, befahl sie und zupfte noch ein letztes Mal an Katherines Haarschopf. Sie gehorchte, aber erst nach einem kurzen Zögern, das vermutlich der Überlegung entsprang, wie sie am besten stehen konnte, ohne eine ungelenke Figur abzugeben. Valerie liebte es, wenn sich ihre Spielgefährten elegant bewegten.

Klatsch!

Ihre Hand fühlte sich besser an, als sie Kontakt mit Katherines Po aufgenommen hatte. »Wenn ich dir etwas sage, wirst du sofort gehorchen«, fuhr Valerie sie an. Aber wütend war sie nicht. Wäre sie wütend gewesen, hätte sie Katherine nicht angerührt. Die Bestrafungen waren eine Spielerei in ihren Szenarien, denn die Rothaarige war zwar eine Masochistin, aber alles andere als eine Sklavin. Sie hatte Valerie noch nicht das Recht gegeben, sie ernsthaft zu züchtigen.

Katherine ging sofort darauf ein. »Es tut mir leid, Mylady«, sagte sie unterwürfig, aber ihre Augen funkelten. Sie sah immer noch ein bisschen aus wie ein in die Enge getriebenes Tier, aber die Angst, die sie zeigte, war von der Art, die es nur bei Menschen gibt; die Angst, in der man bei Horrorfilmen oder bei der Achterbahnfahrt schwelgt.

»Du scheinst aber nicht sehr zerknirscht zu sein.«

Katherine schien nicht zu wissen, was sie tun sollte. Auf der einen Seite wusste sie, wie dieses Spiel ablief, doch auf der anderen Seite brauchte sie nach einem so anstrengenden Arbeitstag die rasche Erleichterung, die nur mit dem Schmerz einherging. Valerie konnte sehen, wie sich die Rädchen in Katherines Kopf drehten. Erhielt sie das, was sie brauchte, schneller, wenn sie sich schlecht benahm?

Valerie würde ihr nie verraten, dass sie es ihr rasch besorgen würde, ganz egal, wie Katherine sich verhielt. Nach der ersten Erleichterung konnten sie die Lust ganz langsam aufbauen. Katherine war nicht die Einzige, die etwas für den Stressabbau tun musste – auch für Valerie war es ein langer Tag gewesen. Sie hatte Nachbarn und Bekannte bearbeitet, um endlich neue Sponsoren für das Sanctuary zu gewinnen, und bei jedem Nein hätte sie Nägel spucken oder jemandem den Hintern versohlen können.

Während Katherine noch zögerte, packte Valerie sie und zerrte sie zu einem niedrigen Ledersessel. »Zieh dich aus, und beuge dich darüber.«

»Was? Wir sind im Salon!« Jetzt trat eine Spur von Rebellion in Katherines Stimme. Für eine Frau mit ihren Neigungen war sie überraschend prüde.

Valerie senkte die Stimme zu einem boshaften Schnurren. »Ja, sind wir, meine Liebe. Und ich habe dir befohlen, deine Kleider auszuziehen. Ich warte. Und du weißt, wie ungeduldig ich werden kann.«

»Aber ...«

»Fang endlich an!«

Valerie hätte nicht geglaubt, dass Katherines Augen noch größer werden konnten, aber sie wurden es. Sie schien erst Mühe mit den Knöpfen zu haben und fummelte dann ungeschickt an ihrem Gürtel.

Valerie gab sich nicht die Mühe, ihr triumphierendes Lächeln zu verstecken, als Katherine nackt vor ihr stand. Kleider waren für Katherine nur zweckmäßig; sie trug Jeans oder Khakishorts und T-Shirts, wenn sie sich lässig kleiden konnte, und wenn es etwas förmlicher zuging, griff sie zum Hosenanzug. Alle ihre Kleider waren ein paar Nummern zu groß, deshalb staunte Valerie jedes Mal, wenn sie Katherine nackt sah.

Sie hatte den Körper eines Pin-ups aus den fünfziger Jahren, volle Brüste, winzige Taille, die in eine breite Hüfte überging und einen runden Po, der zum Klatschen einlud. Von den Proportionen her waren die Beine ein wenig kurz und zu prall in den Oberschenkeln. Ihre Haut hatte die Farbe von warmem Elfenbein und war großzügig mit goldgelben Sommersprossen übersät. Nicht das Schönheitsideal des Moments, aber das bestätigte nur Valeries Meinung, dass die meisten Menschen ein bisschen dumm waren.

Valerie bemerkte, dass die roten Locken auf Katherines Scham bis auf einen schmalen Streifen rasiert waren – gut. Sie hatte das beim letzten Mal beiläufig erwähnt, und Katherine hatte sich daran erinnert (und wollte wahrscheinlich dafür belohnt werden). Es war nicht leicht festzustellen, aber sie hatte den Eindruck, dass die Labien leicht angeschwollen waren – trotz Katherines Jammern.

Etwas länger, als notwendig gewesen wäre, stand Katherine da, als wäre sie unter Valeries starrenden Blicken festgefroren. Ihr Blick wich nicht von Valeries, obwohl sie auf irgendeinen Punkt in der Ferne zu starren schien. Ihr Atem kam schnell und hohl.

Beute, dachte Valerie wieder.

Dann schien sich Katherine zu erinnern, welche Befehle sie zu befolgen hatte, drehte sich herum und beugte sich über den Sessel.

Dieses neuerliche Zögern ignorierte Valerie. Sie wäre sich als Heuchlerin vorgekommen, denn sie hatte den Anblick viel zu sehr genossen.

Aber der neue Anblick jetzt war noch besser; er unterstrich den herzförmigen Po, die Kurve ihres Rückgrats und damit die freiwillige Unterwerfung der jüngeren Frau. Ihre Beine waren leicht gespreizt, sodass Valerie sehen konnte, wie glitschig Katherine geworden war.

Ausgezeichnet. Es passte zu Valeries immer neuer Herausforderung, Katherine ohne direkte genitale Berührung zum Orgasmus zu bringen.

Das Versohlen ihres Hinterns war fast immer erfolgreich. Und der prächtige Arsch sah viel zu blass aus.

Klatsch!

Valerie stieg voll ein, ohne jedes Aufwärmen.

Katherine ließ einen Schrei hören, aber an der Art, wie sie die Hüfte schwenkte, erkannte Valerie, dass sie den Schlag genossen hatte. Der Schrei war vielleicht vor Überraschung ausgestoßen worden.

Sie ließ die Hand etwas länger auf der warmen, weichen

Haut liegen, beugte sich über den Po und atmete Katherines Duft ein. Sonnenschutz, ein leichtes Parfum aus Vanille und grünen Äpfeln und der Moschus einer erregten Frau. Und noch etwas anderes nahm sie wahr, etwas Warmes, Wildes, was an einen sonnengetränkten Pelz erinnerte: Selbst wenn Katherine die meiste Zeit des Tages hinter ihrem Schreibtisch gefangen saß, hielt sich der Geruch von Katzen auf ihrer Haut.

Katherine atmete schon etwas abgehackter, verursacht durch die Mischung aus Lust und Schmerz. Aber sie schien sich nicht schlecht zu fühlen, gemessen an ihrem Mona-Lisa-Lächeln.

Die nächsten Schläge fielen so kurz hintereinander, dass Katherine keine Zeit zum Durchatmen blieb. Valerie hielt sich nicht zurück, ihre Handfläche war rot und brannte, aber das störte sie nicht. Katherines geröteter Po, ihre Geräusche, aus Wollust und Schmerzen geboren, wie sie sich wand und krümmte, all das erregte auch sie.

Zehn Schläge hatte sie ihr verabreichen und dann aufhören wollen, aber Katherines Reaktionen waren einfach zu köstlich. Also fuhr Valerie fort und klatschte Schlag auf Schlag auf die vibrierenden Backen. Ihre Pussy schien im Takt der Klatscher zu pulsieren, und sie fragte sich, ob Katherines Schoß im selben Rhythmus pochte.

Glitschige Nässe rann an Katherines Schenkeln entlang. Ihre Pussylippen waren geschwollen und zuckten unaufhörlich. Mit ein wenig zusätzlicher Beachtung würde sie schon kommen. Offensichtlich brauchte sie diese Sessionen noch mehr, als Valerie gedacht hatte, denn normalerweise reagierte Katherine nicht so schnell.

Valerie brach ab. Sie strich mit beiden Händen über den zitternden Körper der jüngeren Frau. Obwohl die Klimaanlage den Salon in eine angenehme Temperatur getaucht hatte, war ihr Körper mit einem leichten Schweißfilm bedeckt, wodurch sich die Mischung aus Parfum und Katzengeruch verstärkte. Ihre Augen strahlten in unnatürlichem Glanz.

»Bist du noch bei mir?«, fragte Valerie.

Ein knappes Nicken zeigte, dass Katherine einfache englische Sätze noch verstand.

»Gut. Ich gebe dir noch fünf, und beim fünften will ich, dass du kommst. Verstehst du mich?«

Wieder ein kurzes Nicken.

Katherine schaffte es bis zum dritten Schlag.

Dann warf sie den Kopf hoch und stieß ein lautes Geheul aus. In dem Schrei befand sich kein Schmerz mehr, nur noch Ekstase. Ihre Hüfte ruckte und zuckte, dann sackte sie über den Sessel, als hätte sie keinen einzigen Knochen mehr im Körper. Sie fiel in eine Position, wie sie nur entspannte Katzen einnehmen.

»Braves Mädchen«, murmelte Valerie, kniete sich neben den Sessel und hielt Katherine in den Armen. »Meine kleine Schmerzschlampe. Geht es dir jetzt besser?«

Katherine blickte auf. Ihre grauen Augen irrlichterten im postorgasmischen Nebel. Schmerzen entspannten sie. »Besser? Es geht mir so viel besser, dass ich mich nicht mehr daran erinnern kann, warum es mir vorher schlecht ging.« Sie begann zu kichern.

Ein guter Job, dachte Valerie. Jetzt würden sie zu Abend essen und ein bisschen Wein trinken, und dann würden sie wieder von vorn beginnen.

Sie fragte sich, wie Katherine reagieren würde, wenn sie erfuhr, dass sie das Abendessen nackt auf der Terrasse einnehmen würde.

Sechstes Kapitel

Felicias Mund wurde trocken, als sie Gab vor sich stehen sah, fast nackt und zum Naschen schön.

Er grinste, und die Grübchen vertieften sich. »Sie konnten sich von mir nicht trennen, habe ich Recht?«

Er ging einen Schritt zurück und bedeutete ihr, in den Flur zu treten, der ins Zimmer führte. Sie ging durch die Tür, noch bevor sie darüber nachdenken konnte, was sie da tat.

Die Klimaanlage des Hotels und auch die Nähe seines fast nackten, verlockenden Körpers hatten ihre Nippel steif werden lassen. Sie drückten sich gegen die Seide des Tops und zogen seine Blicke an.

Wenn sie sich nicht täuschte, bemerkte sie eine leichte Bewegung unter dem Tuch. Seine eigenen Brustwarzen erhoben sich aus der Brustbehaarung, und Felicia stellte sich vor, wie sie an ihnen saugte und wie er vor Lust aufstöhnte.

Hinter ihm lag das Hotelzimmer. Sie hörte den gedämpften Ton des Fernsehers. Vom kleinen Flur aus konnte sie nicht viel vom Zimmer sehen; das Einzige, was ihr Gehirn wahrnahm, war ein Bett. Sie wollte ihn auf die Matratze drücken, das Handtuch wegreißen und auf ihn klettern, damit sie die Nässe ihrer Spalte gegen seine harte Erektion wetzen konnte. Sie fluchte auf die engen Grenzen, die ihre Professionalität ihr aufgab. Dann vibrierte das Telefon in ihrer Hand und erinnerte sie daran, warum sie zu ihm gegangen war. Und sie erinnerte sich auch an die kurze Nachricht, die sie gelesen hatte, aus der man schließen konnte: Gabriel Sullivan war vielleicht nichts anderes als ihr Feind.

»Sie haben das in meinem Auto verloren«, sagte sie und hielt ihm die Hand mit dem Gerät hin.

Er warf einen kurzen Blick auf das Display, dann zeichnete sich Bedauern auf seinen feinen Gesichtszügen ab. »Ich muss leider das Gespräch annehmen.«

Der Zauber war gebrochen. Sie wusste, wann sie überflüssig war. »Wir sehen uns morgen«, sagte sie und floh.

»Hallo, Tom«, sagte Gab ins Telefon. »Warte mal einen Moment.«

Er schaute zur Tür hinaus. Felicia stand am Aufzug, ein Bein ständig in Bewegung. Sie drückte dreimal rasch hintereinander auf den Knopf.

Verdammt, ihm ging es nicht besser. Ruhelos. Am liebsten wäre er aus der Haut gesprungen. Mit den vielen Reisen hatte seine Unruhe nichts zu tun; die Hotelzimmer glichen sich wie ein Ei dem anderen. Er fühlte sich überall zu Hause.

Nein, es war Felicia DuBois, die ihn durcheinander gewirbelt hatte. Er konnte noch ihren würzigen Blumenduft riechen, den sie hinterlassen hatte, und vor seinem geistigen Auge sah er, wie ihre Nippel gegen den Stoff der Bluse drückten. Oh, wie gern hätte er ihre Haut mit der Seide gestreichelt und ihre Nippel gezwickt.

»Gab? Bist du noch da?«

Er drückte die Freisprechanlage ins Gerät und drückte den Hörer ins Ohr. »Ja, ich bin noch da.«

»Habe ich dich in einem schlechten Moment erwischt?«

»Ich wollte gerade unter die Dusche.«

»Hm.« Tom war sein Boss und sein Freund, und er konnte auch zwischen den Antworten hören. Deshalb wusste er, dass er besser nicht danach fragte, ob er allein unter die

Dusche wollte. »Tut mir leid, aber ich habe gewartet, um dich nach dem Essen zu erwischen.«

»Schon gut«, sagte Gab. Er setzte sich in den Sessel. »Wir haben ausgemacht, dass wir miteinander reden, wenn ich nicht mehr im Büro bin.« Es gab Dinge, von denen er nicht wollte, dass andere sie mithörten.

»Wie sehen die Probleme im Sanctuary aus?«

Gab ließ Luft ab und fuhr mit einer Hand durch die Haare. Das Problem war eine sexy Brünette mit bewundernswerter Leidenschaft für ihre Arbeit – und mit Beinen, die gar nicht mehr aufhörten. »Ich bin gestern erst hier eingetroffen, Tom. Noch gibt es nicht viel zu berichten.«

»Aber Zeit ist wichtig. Am nächsten Samstag veranstalten sie ihr Sponsoringfest.«

»Bisher gibt es nur einen falschen Feueralarm.«

»Und dafür können sich leicht Gründe finden lassen.«

»Richtig«, sagte Gab. »Gib mir noch ein paar Tage, okay? Aber ich habe eine mögliche Spur gefunden. Sie beschäftigen einen Jungen auf freiwilliger Basis, der schon mal mit dem Gesetz aneinander geraten ist. Ich kann mir vorstellen, dass er leicht zu beeinflussen ist.«

»Ausgezeichnet. Welchen Eindruck hast du sonst vom Sanctuary?«

»Es wird professionell geführt, und die Angestellten sind mit Begeisterung bei der Sache. Einige Ställe müssten renoviert werden, aber die Tiere sind in absolut guter Verfassung.«

»Hm«, machte Tom wieder. »Nun, wir warten ab und werden ja sehen, ob der Zoo deinen prüfenden Blicken standhält.«

»Alles klar.« Gab drückte auf den Knopf, nahm den Stöpsel aus dem Ohr und nahm einen zweiten Anlauf für die dringend benötigte Dusche.

Kaltduschen war nie sein Ding gewesen, aber nach der Hitze des Wüstentages stellte er die Armatur auf lauwarm. Seine eingeschäumten Hände berührten seinen immer noch halb steifen Schwanz, und unwillkürlich stöhnte Gab auf. Er fluchte auf Felicia DuBois und ihr Blumenparfum und ihre langen Beine und ihre steifen Nippel, die darum baten, wie eine reife Himbeere gelutscht zu werden.

Es ergab keinen Sinn. Ja, natürlich, sie war eine großartige Frau, aber das waren auch andere Frauen, die nicht diese Wirkung auf ihn hatten. Die vollbusige Blondine, die gestern bei Felicia gewesen war, hatte ihm einen zweiten Blick abverlangt, aber das war es dann auch.

Felicia hatte vor seiner Tür gestanden, und er hatte nur daran denken können, wie sie schmeckte und wie sich ihre heiße nasse Spalte anfühlte, wenn sie auf ihm saß. Er würde mit ihren Nippeln spielen, sie mit den Fingern quetschen und zwirbeln, und sie würde den Kopf in den Nacken werfen und vor Lust schreien, während ihre inneren Muskeln ihn molken und zum Erguss brachten.

Er hielt den Schaft in seiner mit Schaum bedeckten Hand. Es fühlte sich gut an, aber es würde sich noch besser anfühlen, wenn es Felicias Hand wäre. Eine Vielzahl von Bildern schoss ihm durch den Kopf.

Felicia vor ihm auf den Knien, wie sie ihn masturbierte und sich dabei die Lippen leckte, die glänzenden Augen in Erwartung seines Höhepunkts starr auf seine Penisspitze gerichtet.

Felicia auf Händen und Knien, während er von hinten in sie hineinpflügte, ihre Pobacken gerötet von den kurzen harten Schlägen, die sie beide so sehr erregt hatten.

Felicia in wunderbarer Wäsche: Satin und Leder. Scharlachrot und schneeweiß. Sandalen mit sehr, sehr hohen Absätzen, damit die Beine noch länger wirkten.

Felicia unter ihm, die Beine um seinen Nacken geschlungen, während er in sie hineinstieß; sie wand sich unter ihm und rief laut seinen Namen, als sie von einem weiteren Orgasmus überwältigt wurde.

Oh, Mann, dachte Gab verzweifelt, als er sich in dem engen Duschraum verströmte, was hat sie aus mir gemacht?

Schlaff vom Schlafmangel und der Hitze (die Klimaanlage hätte überholt werden müssen, aber Reparaturen in den Büros standen ganz unten auf der Dringlichkeitsliste), schob Katherine ihren Stuhl vom Schreibtisch zurück und streckte sich.

Sie hatte die Arme gerade über den Kopf gehoben, als sie mitten in der Bewegung erstarrte. Vorsichtig nahm sie die Arme wieder nach unten. Ein leichtes Grinsen überzog Katherines Gesicht. Das Strecken verlangte eine andere Sitzhaltung, und obwohl ihr Sessel gepolstert war, spürte sie den süßen Schmerz auf ihrem Hintern.

Sie ruckte die Hüfte vor und zurück und fühlte sich an ihre Abenteuer mit Valerie erinnert. Bisher hatte sie kaum Zeit gehabt, daran zu denken, aber nun gönnte sie sich ein paar Minuten.

Ein leichtes Brennen markierte die Stelle, über die Valerie mit den Vampirhandschuhen gestrichen hatte, wobei kleine Kratzer zurückgeblieben waren. Ein dumpfer Schmerz ging von den Flecken aus, hervorgerufen durch die harten Peitschenschläge. Die Sensationen breiteten sich auch jetzt noch in ihrem ganzen Körper aus und versetzten sie zurück in den matten, glückseligen Zustand, den nur Valerie in ihr auslösen konnte.

Sie starrte auf die Kosten/Nutzen-Aufstellung, die Felicia ihr vor einer Stunde auf den Tisch gelegt hatte. Alles stand und fiel mit den Spenden, die sie einnehmen würden. Wenigstens war es Felicia gelungen, dass der neue Caterer weit unter der Forderung des alten geblieben war.

Angesichts des schicksalsschweren Tages, der sich näherte, fiel es leicht, in erotische Erinnerungen zu versinken und den Zustand herbeizusehnen, in den Valerie sie so geschickt versetzen konnte. Nirwana. Gefesselt, hilflos, unfähig, etwas zu entscheiden, nervös – und total in Sicherheit. Umsorgt und geliebt. Nicht, dass sie und Valerie ineinander verliebt waren, jedenfalls nicht im üblichen Sinn, aber im Mittelpunkt ihrer liebevollen Beachtung zu stehen, fühlte sich schon sehr nach Liebe an.

Und dann war da der schöne Schmerz.

Nein, kein richtiger Schmerz. Schmerz war, wenn einem sein Lebenswerk um die Ohren flog.

Was sie fühlte, wenn Valerie sie bearbeitete, rief in ihr Lebendigkeit und Erregung hervor, genau wie jetzt. Ihr Körper fühlte sich schwer und heiß an, als ob sie sich im warmen Wasser bewegte. Beinahe glaubte sie, Valeries Hände wieder auf ihrem Po zu spüren.

Katherine ließ sich in ihrem Sessel zurückfallen. Es war ihr nicht wirklich bewusst, dass ihre Hände zwischen ihre Schenkel fielen und durch die Khaki Shorts gegen ihren Schoß drückten. Hitze wallte ihren Händen entgegen. Es war unmöglich, den Reißverschluss zu öffnen, aber sie stellte es sich lebhaft vor, und wenn sie den Druck noch ein wenig verstärkte, konnte sie sich vielleicht …

Das rasselnde Telefon ließ sie zusammenzucken, und sie musste einen würgenden Schrei unterdrücken. Sie ließ es viermal klingeln – zweimal mehr als normal – und wartete, bis sich ihr Atem normalisiert hatte.

»SCCS. Katherine O'Dare. Womit kann ich Ihnen helfen?«, stieß sie heraus.

Ein gedämpftes Lachen ließ sie verspätet aufs Display schauen. Felicia. »Ich schätze, ich habe dich aus irgendeiner Tagträumerei gerissen?«

Nicht schlecht geschätzt, dachte Katherine, aber sie sagte: »Nein, ich sitze über der Aufstellung, die du mir gegeben hast.«

Wieder lachte Felicia, aber jetzt war es ein trockenes oder verlegenes Lachen. »Ich wünschte, ich hätte dich wegen einer guten Nachricht gestört ...«

»Aber du hast keine gute Nachricht.« Das Feuer, das in ihr gebrodelt hatte, verwandelte sich plötzlich in siedendes Blei.

»Ich habe Valerie Turner in der anderen Leitung, und sie besteht darauf, dass ich sie sofort mit dir verbinde. Sie ist nicht sehr glücklich mit mir. Sie hat uns Pelze angeboten, die wir am Samstag versteigern könnten, und ich habe mich geweigert. Zum Glück sind es alte Pelze, deshalb habe ich sie nicht beschimpft, aber ... nun, ich war wohl nicht so taktvoll, wie ich hätte sein sollen.«

Katherine lächelte und fühlte, wie die Wärme wieder durch ihre Adern floss. »Stell sie durch. Du hast genug zu tun, ohne dich um vergrätzte Vorstände zu kümmern. Wenn sie wütend ist, soll sie alles bei mir abladen.«

Das trifft sich doch gut ...

Schon bei Tagesbeginn war es bullenheiß gewesen, und nun, kurz vor Mittag, war es noch schlimmer. Träge schleppte Felicia sich zur Klinik; der zweite Versuch, endlich die Presseerklärung mit José abzustimmen. Sie hätte sich lieber einen breiten Strohhut besorgen sollen oder einen tragbaren Kasten mit kühler Luft. (Bei ihrer Vorliebe für verrückte Ideen sollte Valerie so einen Apparat erfinden lassen.)

Insgeheim hoffte Felicia, ein bisschen mit José und/oder Mel flirten zu können. Die großen braunen Augen des Vets und Mels anschmiegsamer Körper könnten ihr vielleicht die Bilder des halb nackten Gab aus dem Körper treiben. Die Bilder klickten sich zu den unmöglichsten Zeiten bei ihr ein und lösten heiße, nasse, glitschige Gedanken bei ihr aus, die sie bei vierzig Grad im Schatten und einer kaputten Klimaanlage nun wirklich nicht brauchte.

Ob José und Mel ihr mit dem heißen, glitschigen Problem helfen könnten, war eine andere Frage. Die Sonne ließ alle Säfte ihres Körpers ausbrennen.

Es schien eine Ewigkeit zu dauern, bis sie die relativ kurze Strecke zwischen den Gebäuden zurückgelegt hatte. Dass der Schweiß nicht von ihr tropfte, lag nur an dem Umstand, dass in der Hitze auch der Schweiß schneller trocknete, als er fließen konnte.

Sie stolperte durch den Hintereingang der Klinik, wo sich Josés Büro befand, und schöpfte tief Atem, als sie von der kühleren Luft umfangen wurde. Gemäß der Philosophie des SCCS, dass die Tiere zuerst kommen, funktionierte hier die Klimaanlage.

»Leute, ich ...«

Mel stürzte aus dem OP, aufgelöst und so rot im Gesicht, als wäre sie in dieser Hitze eine weite Strecke gelaufen. Die Tür fiel hinter ihr ins Schloss, sodass Felicia keinen Blick hineinwerfen konnte.

»Was ist denn los?«, fragte Felicia und schüttelte spöttisch den Kopf. »Habe ich euch schon wieder erwischt?«

»Noelle liegt in den Wehen! Wir müssen Katherine Bescheid sagen!« Mel sprang aufgeregt hin und her. Offenbar wollte sie hinüber zur Verwaltung rennen, um die gute Nachricht selbst zu überbringen.

»Wow!«, rief Felicia, dann legte sie beide Hände auf Mels

Schultern. »Katherine ist in der Stadt, sie hat ein Essen mit dem Vorstand. Gab und Richard Enoch sind auch dabei. Es geht um die Finanzen.«

Sie versuchte, ganz lässig zu sein, aber als sie Gab erwähnte, flatterten Schmetterlinge mit messerscharfen Flügeln in ihrem Bauch. Ihr Verstand sagte ihr, sie sollte lieber überlegen, welche Informationen Gab beim Mittagessen aufschnappen würde. Alles, was verdächtig war, würde er an irgendeinen Kerl nach New York schicken.

Es war schon ganz gut, dass Mel sie auf andere Gedanken brachte. »Soll ich sie anrufen?« Die Geburt war nicht nur kritisch für den SCCS, sondern auch für die Spezies, selbst dann, wenn so ein erfahrener Mann wie José verantwortlich war. Es gab keine Garantie, dass alles reibungslos verlaufen würde.

Felicia überlegte ein paar Sekunden lang. Einerseits war es nicht gut, bei einem Vorstandessen zu stören. Aber Katherine war eben Katherine. Sie würde bestimmt zurück in den SCCS hetzen, um dabei zu sein, wenn es geschah, auch wenn sie nichts tun konnte. Und wie sie Katherine kannte, würde sie Donovan und Richard dazu bringen, ihr »Geburtsgeschenke für die Jungen« mitzugeben.

Geschenke. Die gaben den Ausschlag. Sie konnten jedes noch so kleine Geschenk gebrauchen. »Hast du ihre Handynummer?«, fragte sie Mel.

Mel nickte.

Ja, dachte Felicia, während Mel die Zahlen drückte, wenn die Jungen da waren, würde sie einige der abgesprungenen Sponsoren anrufen und auch die Firmen, die es abgelehnt hatten, ihre Veranstaltung zu unterstützen. Es gab Firmen, die versprachen sich nichts davon, Feste zu unterstützen, bei denen sie einer von vielen waren.

Aber wer konnte schon nein sagen, wenn man ihnen

antrug, die Patenschaft für einen kleinen Amur-Leoparden zu übernehmen? Oder wer wollte die Gelegenheit verstreichen lassen, den Namen für ein Leopardenbaby für eine Gegenleistung von – sagen wir mal – zehntausend Dollar auszusuchen?

Sie war so sehr in ihre neue Strategie vertieft, dass sie nicht verfolgte, was Mel mit Katherine besprochen hatte. Sie wurde erst wach, als Mel wütend und den Tränen nahe gegen die Tür zum OP hämmerte. Sie rannte wie ein eingesperrter Tiger im Zimmer auf und ab.

»Er hat mich ausgeschlossen«, murmelte sie entsetzt. »Der Bastard hat mich ausgeschlossen! Deshalb hat er mir gesagt, ich sollte zu Katherine laufen. Sie würde sofort Bescheid wissen wollen. Oh, verdammt, ich sollte da drinnen sein!«

Da brauchte ein anderer Mensch etwas Ablenkung, erkannte Felicia. »Komm, Süße«, sagte sie und fasste Mels Arm. »Wir gehen essen. José wird dich anrufen, wenn was Entscheidendes passiert.«

»Oh, aber ich sollte ... Ja, verdammt, du hast Recht. Er hat eine Veterinärassistentin da, und außer Bibbern kann ich eh nichts tun. Aber können wir den Hauptgang vergessen und gleich mit dem Nachtisch beginnen? In solchen Zeiten braucht eine Frau Eiscreme.«

Es gab einige Lokale in der Stadt, in denen es gutes Eis gab, aber »The Acropolis Diner« mit der Einrichtung aus glänzendem Chrom, mit den gemütlichen Nischen und den Kellnerinnen, die genau wussten, wenn man Nachschlag brauchte oder in Ruhe gelassen werden wollte, war eine gute Wahl an diesem Tag.

Nach dem Essen – Strudel mit Vanillesauce und zwei

dicken Eisbällchen – schien Mel schon ein wenig ruhiger, aber dann klingelte ihr Handy. Sie sprang von ihrem Stuhl auf, zog mit zitternden Händen das Telefon aus der Tasche, schaute auf das Display und sackte enttäuscht auf den Stuhl zurück.

Mit einem leisen Seufzer sagte sie ins Handy: »Hallo, Grandpa.« Sie verfiel sofort ins Vietnamesische, aber Felicia erkannte den Tonfall: entschuldigend und ein wenig ungehalten. Nach einer offenbar frustrierenden Unterhaltung drückte Mel auf den Trennknopf.

»Morgen Abend findet die Geburtstagsparty für meinen Grandpa in San Francisco statt, und Grandma erwartet, dass ich dabei bin. Sie hat nie begriffen, dass ich sechs Stunden entfernt bin. Sie ist von Saigon nach San Francisco geflogen und hat die Stadt nie verlassen. Natürlich hat sie Recht, ich sollte da sein. Aber ich kann nicht. Niemand sonst hat hier Erfahrung mit Neugeborenen, und José braucht jemanden, der ihn ablöst.«

Sie saß da, kaute auf ihrer Unterlippe und starrte auf die Reste der schmelzenden Eiscreme. Sie war kein bisschen entspannter als vorher.

Felicia wusste, dass Mel ihre Familie liebte, aber jedes Mal, wenn sie in ihr Leben eingriffen, musste sie Dampf ablassen. Meistens baute sie Spannungen bei schnellem Gehen unten am Strand ab, doch diese Zeit hatte sie jetzt nicht. Und noch mehr Eiscreme, das war keine gute Idee, denn die Portionen waren gewaltig.

Nun, es gab eine Art Stressabbau, den Felicia jederzeit anbieten konnte.

Felicia legte das Geld für die Kellnerin auf den Tisch und zog Mel mit sich auf die Toilette. Es gab nur eine Kabine, ideal für ihre Zwecke. Sie öffnete die Tür, schob Mel hinein und riegelte hinter sich ab.

Sie zögerte nur kurz. Toilettenquickies gehörten nicht zu ihrem normalen Tagesablauf, und einen kurzen Moment wusste sie nicht, wie sie beginnen sollte. Dann zog sie Mel an sich und drückte ihre Lippen auf Mels Mund.

Sie musste sich ein wenig bücken, um die Kollegin zu küssen, und das trug dazu bei, dass sie sich stark fühlte, auch wenn sie wusste, dass Mel sie mit ihrem Kampfsporttraining nach Belieben auf den Rücken werfen konnte. Logik hatte nichts mit dieser Sache zu tun.

Sanfte Lippen und eine forschende Zunge. Zitrusduft von Mels Haaren und der animalische Katzengeruch, der immer an einem haftete, wenn man mit den Tieren zusammen gewesen war. Und diese entzückenden Brüste, an die sich Felicia so gern erinnerte. Jetzt drückten sie gegen ihre. Ihr wurde fast schwindlig vor Lust, aber es ging nicht um ihre Wonnen, sondern um Mels.

Sie hätte Mel bis zum Sonnenuntergang küssen können, aber auf einer öffentlichen Toilette waren solche ausgiebigen Übungen nicht angebracht. Sie schob Mels Poloshirt mit dem SCCS Logo über der rechten Brust nach oben, öffnete den Vorderverschluss ihres purpurfarbenen BHs und strich leicht über die dunklen Nippel. Mel erschauerte.

»Mehr?«

Mel nickte.

Sie legte die Hände um die lieblichen Brüste, die genau diesem Maß entsprachen – eine klassische Hand voll –, und fuhr mit den Daumen über die steifen Warzen, bis Mel leise zu stöhnen begann. Sie wand sich in Felicias Umarmung.

So hübsch. Gehörte Mel zu den glücklichen Frauen, die allein vom Spielen mit den Nippeln schon kommen konnten? Sie selbst konnte das nicht, jedenfalls war es ihr noch nicht passiert, aber Mel schien sehr empfindliche Nippel zu haben. Leider hatten sie nicht die Zeit, das auszuprobieren –

es gab Dinge, die waren für ein gemütliches Bett und für einen langen Abend reserviert.

Wenn der Zustand ihrer eigenen Erregung ein Maßstab war, dann spielte es keine Rolle, dass sie nicht viel Zeit zur Verfügung hatten.

Sie strich mit den Händen über Mels Bauch und stieß auf den Bund ihrer Khaki-Shorts. Weil sie die köstlichen Nippel nicht vernachlässigen wollte, behielt sie einen im Mund, als sie den Reißverschluss nach unten zog und mit der flachen Hand unter Mels Höschen drang.

Glitschig, geschwollen, gierig – das war keine Überraschung. Alles das traf auch auf Felicia zu.

Jemand klopfte gegen die Tür. Keine Zeit für Feinheiten. Felicia fand die Klitoris und umkreiste sie mit den Fingern. Mel presste einen nackten Schenkel zwischen Felicias Beine und zog den Rock der Freundin hoch. Jetzt drückte sie den Schenkel gegen das nasse Höschen.

Oh, Himmel. Sie hatte es ernst gemeint, als sie dachte, dass dies hier nur für Mel war, aber für jede Frau gab es Grenzen. Sie würden beide zu ihrem Höhepunkt kommen, und zwar schnell, das hörte Felicia an ihrem und an Mels Atem.

Ihre Lust baute sich rasch auf, als sie sich gegen Mels Schenkel rieb. Mel wimmerte leise und biss sich auf die Hand, als Felicias Finger kundig arbeiteten. Mels Schenkel begannen zu zittern.

Dann ruckte Mel in wilden Stößen gegen Felicias Hand. Sie gab keinen Laut von sich, aber ihr Gesicht war verzerrt, und stumm rief sie so etwas wie: »Oh, ja, ja, mehr«, aber es mochte auch nur ein Lustschrei gewesen sein.

Felicia konnte nicht sagen, ob es an der zusätzlichen Stimulans von Mels ruckartigen Bewegungen lag oder an dem schönen Anblick der Frau in Ekstase, aber die Wellen setzten an ihren Fußsohlen und in ihrem Kopf ein, sie schossen durch ihren Körper und trafen sich voller unbändiger Wucht in der Mitte.

Sie presste ihren Mund auf Mels, um die Geräusche zu ersticken, die aus ihr herauswollten. Mel sackte kraftlos gegen sie, und für den Bruchteil einer Sekunde sah sie einen grinsenden Gab in ihrem Kopf.

Sie säuberten sich und probierten die unschuldigen Mienen von Frauen aus, die ihr Make-up erneuert hatten.

Es war eine verschwendete Mühe. Die junge Frau, die vor der Kabine wartete, warf ihnen einen kurzen Blick zu, dann grinste sie breit und reckte beide Daumen hoch.

Siebtes Kapitel

Der Anruf war gestern Abend um halb acht eingegangen, während Felicia zu Hause war, den Laptop auf dem Schoß, der Fernseher stumm. Sie lag in den letzten Zügen eines weiteren Spendenaufrufs.

»Vier gesunde Junge, Felicia!«

José hörte sich erschöpft und triumphierend zugleich an, als hätte er selbst die Jungen geboren. »Drei Mädchen, ein Junge. Der Junge wirkt etwas schwächlich, aber wir werden ihn schon aufpäppeln.«

Nach dieser schönen Nachricht verbrachte Felicia endlich einmal eine gute Nacht, in der sie durchschlief, ohne nach Mr. Twist zu greifen oder sich von Bildern Gabs verrückt machen zu lassen.

Daraus resultierte, dass sie sich am Morgen mit nur einer großen Tasse Eiskaffee begnügte (sonst war es ein Pott) und einen Optimismus spürte wie seit langem nicht mehr. Sie ordnete das Chaos auf ihrem Schreibtisch in überschaubare Stapel: Logistische Details wie Zeltverleih und Catering; Rechnungen; eine Liste von Sponsoren und ergänzend eine Liste der Firmen, die sie anrufen wollte.

Sie dachte sogar daran, ihrer vertrockneten Aloe Wasser zu geben, und hätte schwören können, dass sich die arme Pflanze schon ein bisschen erholt hatte.

Ein Leopardenbaby hatte schon einen Namen erhalten: Nach Josés Anruf hatte sie sofort Valerie Turner informiert, denn sie konnte sich denken, dass die Dame so bald wie möglich von der Geburt wissen wollte. Valerie hatte ein

Taufpatengeschenk angeboten, noch bevor Felicia danach fragen konnte.

Jetzt wartete die lange Liste möglicher Spender vor ihr, aber sie ließ sich davon nicht so einschüchtern, wie es an einem anderen Tag der Fall gewesen wäre.

Ihr erster Anruf galt dem Besitzer eines Händlers für Luxusautos. Mr. Alfredi war in der Vergangenheit immer recht spendabel gewesen, aber aus ihren Unterlagen ging hervor, dass er Richard bei der Anfrage nach einer Unterstützung der großen Gala einen Korb gegeben hatte. Vielleicht hatten die hohen Benzinpreise zu einen Rückgang seines Umsatzes geführt.

Als er sich am Telefon meldete, bereitete sie sich auf ein hartes Verkaufsgespräch vor. Stattdessen begrüßte er sie mit einem Freudenschrei.

»Felicia! Ich wollte Sie schon anrufen. Ich habe vergangene Woche die Einladung zu Ihrem Fest im Sanctuary erhalten. Ist es zu spät, bei Ihnen als Sponsor mitzumachen? Wir haben den Spendenaufruf schon vor ein paar Monaten in der Post gehabt, aber dann hat sich niemand mehr gemeldet, und irgendwie ist der Brief in der Versenkung gelandet.«

Als ob sich niemand bei ihm gemeldet hätte! Es stand alles in ihren Unterlagen. Vielleicht hat Richard einen schlechten Tag bei dir erwischt, dachte Felicia, und jetzt hat sich deine Frau gewundert, dass dein Name nicht unter den Sponsoren aufgeführt wird.

Das sagte sie ihm natürlich nicht, denn sie hatte ein schlechtes Gewissen, weil sie ihn nicht wie in den Jahren zuvor selbst angerufen hatte.

»Es tut mir leid, aber natürlich ist es noch nicht zu spät. Der Zeitpunkt ist sogar ideal – Sie könnten die erste Firma sein, die sich in die Sponsorenliste unserer neuen Tiere einschreibt. Noelle, eine unserer Amur-Leoparden, hat gestern vier gesunde Junge geworfen.«

»Baby-Leoparden? Meine Kinder würden mir nie verzeihen, wenn ich die kleinen Katzen nicht unterstütze.«

Am Ende des Gesprächs hatte sie das Versprechen eines Schecks über zweitausendfünfhundert Dollar – die übliche Spende der Firma – sowie einen privaten Beitrag von Mr. Alfredi für die Aufzucht der jungen Katzen in Höhe von fünfhundert Dollar.

Vielleicht hatte er den Spendenaufruf tatsächlich verlegt gehabt, oder vielleicht hatte Richard sich geirrt. Wer arbeitet, macht Fehler.

Lächelnd wählte Felicia die Nummer der nächsten Firma auf ihrer Liste. Wieder hörte sie, dass in diesem Jahr niemand angerufen hatte. Seltsam. Die Firma, eine Rechtsanwaltskanzlei in Los Angeles, war eher zurückhaltend, was Spenden anging, deshalb redete sich der Marketingmann auch nur heraus.

Aber Felicia blieb hartnäckig am Ball, und als sie von der Taufpatenschaft der jungen Leoparden sprach, spitzte der Mann seine Ohren. Sanchez, Ackerman und Leventhal ließen sich gut abkürzen, und Sal klang für einen Amur-Leoparden so gut, dass die Partner sich vielleicht dazu entschlössen.

Die Aussichten standen nicht schlecht. Felicia sagte, sie würde am Montag noch einmal nachfragen.

Vor dem nächsten Anruf schaute sie bei Google nach, denn sie kannte die Firma nicht, ein Biotech Unternehmen. Die Forschungen erstreckten sich auf Medizin, die aus Pflanzen aus dem Regenwald gewonnen wurde – also bestand ein Interesse an der Umwelt –, und auf die Entwicklung von Genomen. Derart vorbereitet, konnte sie über die wissenschaftlichen Aspekte des Zuchtprogramms in der

Gefangenschaft sprechen, und sie fand jemanden, der bereit war, ihr ein paar Minuten zuzuhören.

Felicia erfuhr, dass die Filiale in Los Angeles zu klein war und kein Budget für Fördermittel dieser Art besaß. Aber als sie von dem Zuchtprogramm berichtete, empfahl ihr die Frau am anderen Ende der Leitung, sich an ihre Muttergesellschaft in Massachusetts zu wenden, die sich ab und zu für Umweltprojekte dieser Art engagierte.

Hatte Richard diesen Hinweis nicht erhalten? Aus seinen Unterlagen ging das nicht hervor. Nun, er war auch nicht der geborene Spendeneintreiber, ihm fehlte der Instinkt, den sie in all den Jahren erworben hatte.

Trotzdem kratzte sich Felicia am Abend des Tages den Kopf. Sie hatte nicht alle Firmen auf der Liste erreicht, aber von denen, die sie erreicht hatte, hieß es übereinstimmend, dass noch niemand angerufen hatte, und einige meinten sich daran zu erinnern, dass Richard einen Termin kurzfristig abgesagt hatte. Die meisten Firmen sagten trotzdem nein – es gab immer mehr Nein als Ja –, aber sie hatte einen anständigen Betrag erbettelt und ein paar sehr ernsthafte Ja, vielleicht. Zwei Firmen wollten sich überlegen, ob ihnen die Namensgebung der jungen Leoparden jeweils zehntausend Dollar wert war.

Noch seltsamer schien, dass die Firmen, mit denen Richard geredet hatte, nichts vom zu erwartenden Leopardenwurf und auch nichts von den anderen guten Nachrichten des Sanctuary wussten. Ende April waren die Pallas-Kätzchen geboren worden, und der Nachwuchs der sibirischen Tiger im National Zoo ging auf ihren eigenen Khan zurück.

Richard hatte auch nichts vom Sommerprogramm für die Schüler der Umgebung erzählt; den fälligen Beitrag brauchten nur die Kinder zahlen, deren Eltern es sich erlauben konnten, während die Spendenkasse für den Eintritt der ärmeren Kinder aufkam.

»Wir hatten den Eindruck, dass Sie in Ihrer verzweifelten Lage nach jedem Strohhalm greifen«, sagte ein Firmenchef, »und wir geben unser Geld nicht gern für künftige Gläubiger aus. Dabei unterstützen wir gute Arbeit, wie Sie sie offenbar leisten.« Er buchte einen Tisch für den Samstag und wollte auch japanische Geschäftsfreunde mitbringen, damit sie sich die Leopardenbabys ansehen konnten.

Was hatte sich Richard dabei gedacht? Sie hatte ihm ein Manuskript gegeben, und sie hatten geprobt, wie er auf die zu erwartenden Fragen reagieren sollte. Der finanzielle Engpass war durch das Zuchtprogramm für bedrohte Katzenarten entstanden, aber bei den guten Nachrichten aus dem Sanctuary würde die Finanznot bald behoben sein. All das hatte Richard nicht erzählt; er hatte sich nicht an ihr Manuskript gehalten und ein offenbar düsteres Bild gemalt.

Zeit, ein Wörtchen mit ihm zu reden. Das alles musste auf einem Missverständnis beruhen, aber sie hatte Mühe zu begreifen, wieso ein aufgeweckter Mann so dumm sein konnte.

Er meldete sich nicht am Telefon, als sie ihn anrief. Es war kurz nach fünf Uhr nachmittags, deshalb war das nicht ganz unerwartet, aber sie stellte sich vor, wie ihre Wut die Leitung aufheizte und er sich die Finger verbrannte, wenn er das nächste Mal den Hörer abnahm.

Sie hinterließ eine Nachricht auf seinem Anrufbeantworter, und obwohl sie sehr um Höflichkeit bemüht war, würden seine Ohren zu glühen beginnen, wenn er zwischen den Zeilen lesen konnte.

Felicia dachte immer noch an die seltsamen Erkenntnisse, die sie an diesem Tag gewonnen hatte, während sie zu

Hause über Laptop und Abendessen saß. Sie schrieb Briefe an die Firmen, die sich heute zu Spenden entschlossen hatten, und war derart in die Arbeit vertieft, dass sie das Thai-Essen verschlungen hatte, ohne zu würdigen, wie schmackhaft es war.

Also gut. Sie klappte den Laptop zu, entsorgte die Reste ihres Essens und ging hinüber ins Wohnzimmer. Vielleicht gab es etwas Genießbares im Fernsehen.

Sie ließ sich auf der schäbigen dunkelgrünen Couch nieder und sah auf ihre nackten Zimmerwände. Da war sie nun schon seit zwei Jahren in Addison und hatte es immer noch nicht geschafft, ein paar Bilder an die Wand zu hängen oder eine neue Couch zu kaufen. Nun, jetzt lohnte der Aufwand nicht mehr – wenn das Sponsorenfest nicht genug Geld einbrachte, würde sie bald wieder umziehen.

Als das Telefon klingelte, dachte sie an Richard, der ihr wohl erklären wollte, was schief gelaufen war, aber dann fiel ihr ein, dass sie ihm nicht ihre Handynummer gegeben hatte, und es war das Handy, das klingelte. Stattdessen hörte sie Josés vertraute Stimme. Noch bevor er »Hallo« sagte, platzte er heraus: »Alles ist bestens.«

Sie atmete tief durch, und José fuhr fort: »Einer der Tierärzte aus der Stadt und Mels Assistentin behalten alles im Auge, sodass Mel und ich mal entspannen können. Und da haben Mel und ich gedacht … also, wir haben eine Flasche Champagner und wollen feiern, und wir dachten, du solltest mit uns feiern.« Er hörte sich irgendwie entsetzlich gehemmt an.

Felicia wollte gerade »Ja, klar« sagen, aber dann hörte sie Geräusche am anderen Ende der Leitung. Offenbar hatte sich Mel das Handy erkämpft.

»Was José meint«, begann Mel, viel selbstbewusster als der Tierarzt, »ist, dass wir die ganze Zeit, während wir über die Jungen wachen, an unser letztes Mal gedacht haben, und wir wüssten gern ...« Sie brach plötzlich ab und wurde jetzt auch ganz scheu.

»Ja, klar«, sagte Felicia. »Bringt den Champagner, dann sehen wir, was passiert.«

Sie hatte eine bestimmte Ahnung, was passieren würde, aber es war klüger, solchen Dingen ihren Lauf zu lassen und nicht zu planen.

Sie wechselte – grinsend und errötend – die Laken, brachte den Müll hinaus und suchte drei Champagnergläser.

Als ihre Freunde eintrafen, sah es fast ordentlich aufgeräumt in ihrer Wohnung aus.

Sie hatte José nicht mehr gesehen, seit Noelle in den Wehen gelegen hatte, und er sah so aus, als wäre es ihm bisher noch nicht gelungen, Schlaf nachzuholen. Die Euphorie trieb ihn auch jetzt noch an; er hielt die Hand mit der Flasche Iron Horse Cuvée aus Sonoma hoch und grinste von Ohr zu Ohr. Wie ein stolzer Grandpa, dachte Felicia.

Er stellte die Flasche auf einem Bücherregal neben der Tür ab und gab ihr einen wilden, inbrünstigen Kuss, bei dem sie fast aus den Schuhen kippte.

Okay, nicht wie ein Grandpa, es sei denn, Grandpa hätte sich Viagra besorgt.

Er hob sie hoch, und ihre Zehen berührten gerade noch den Boden. Sie schlang die Arme um ihn und schmolz in ihn hinein. Er küsste sie, wie ein Hungernder das Essen verschlang. Felicia sorgte sich einen Moment lang, dass Mel sich über seine Begeisterung ärgern könnte, aber dann schlang die andere Frau ihre Arme von hinten um Felicia, und sie wurde zur Füllung des Sandwichs. Jemand langte nach oben und umfasste Felicias Brüste, und gleichzeitig langte jemand nach unten und strich über ihren Schoß.

Zwischen diesen beiden attraktiven Körpern stellte Felicia das Denken ein. In ihrer Position konnte Mel nicht viel anstellen, aber sie hinter sich zu spüren und überhaupt da zu wissen, ließ Felicia wohlig erschauern.

An diese Konstellation konnte sie sich leicht gewöhnen. Sie würde immer der männlichen Anatomie den Vorzug geben, aber je mehr Erfahrung sie sammelte, desto mehr schätzte sie sanfte weibliche Brüste und weiche Frauenlippen. Besonders, wenn man gleichzeitig auch noch den harten Körper eines Mannes genießen konnte.

Sie rieb ihre Handflächen über Josés Gesäß. Dazu hatte sie neulich am Abend keine Gelegenheit gehabt, obwohl sie sich am Anblick der Pobacken nicht hatte satt sehen können.

Ja, stimmt. Die Backen fühlten sich so gut an, wie sie aussahen, selbst durch den Stoff der Jeans. Sie würden sich nackt noch viel besser anfühlen, aber das würde sich bald ergeben.

Mel schlängelte sich herum auf Felicias Seite. José hob einen Arm und bezog die Kollegin in sein Herzen und Kosen ein. Er wandte sich nun ihr zu und drückte seinen Mund auf die Lippen der zierlichen Frau.

Felicia hätte sich nicht sorgen müssen, dass Mel sich bedroht oder ausgeschlossen fühlte. Obwohl jeder einen Arm um Felicia hatte, wechselten die Aufmerksamkeiten, sobald sich die Lippen berührten.

Felicia fühlte sich gut. Sie fühlte sich geehrt, dass die beiden Kollegen, mit denen sie sich so gut verstand, sie bei der Feier dabeihaben wollten – sie hätten auch nur zu zweit feiern können und brauchten ihre Freude nicht mit ihr zu teilen. Umso mehr freute sich Felicia über den Besuch.

Obwohl der Rest von Felicias Wohnung mit selbst gebauten Abholmöbeln eingerichtet war (sie hatte den Stil mal als passend für den überarbeiteten und unterbezahlten Arbeiter bezeichnet), hatte sie sich mit dem Schlafzimmer mehr Mühe gegeben. Ein extra breites Messingbett mit modernen klaren Linien dominierte das Zimmer. Die Laken und die Decken waren aus hochqualitativer ägyptischer Baumwolle in einem auffälligen Pfauenblau; sie hatten mehr gekostet als ihre alte Couch und waren jeden Penny wert.

An den Wänden hingen einige Bilder mit orientalischen Motiven, sinnliche Szenen aus dem Mittleren Osten, die nur in der Phantasie des Künstlers Wirklichkeit waren, wo alle Männer gut aussahen, mit Glut in den Augen, und alle Frauen üppig und verführerisch waren und mehr Schmuck als Kleider trugen.

Auf der Frisierkommode stand ein großer Strauß; er wirkte wie ein viktorianisches Bouquet. Vor ein paar Tagen hatte sie auf dem Heimweg angehalten und den Strauß auf einem Bauernmarkt gekauft. Der Duft von Rosen und Mimosen erfüllte den Raum.

Felicia versteckte die Schmutzwäsche in einem Schrank, noch bevor ihre beiden Überraschungsgäste zur Schlafzimmertür hereinkamen.

»Sehr schön«, kommentierte Mel Felicias Bemühungen mit der Dekoration dieses Zimmers.

Felicia erinnerte sich noch daran, dass ihre Mutter vorgeschlagen hatte, sich erst ganz zum Schluss um die Einrichtung des Schlafzimmers zu kümmern.

José sagte nichts, aber er sah sich lange um und nickte dann. Er fing an, sein Hemd aufzuknöpfen.

»Lass uns dabei helfen«, schnurrte Mel. »Komm, Felicia.« Die Stimmung, die schon aufgeheizt war, wurde weiter angefacht.

Felicia setzte ihr Champagnerglas ab und nahm sich die Hemdknöpfe vor. Es war zwar verlockend, ihm das Hemd mit dem ersten oder zweiten geöffneten Knopf über den Kopf zu ziehen, um schneller an seinen Brustwarzen saugen zu können, aber sie ließ sich Zeit. Sie arbeitete sich langsam voran und spielte mit den Knöpfen, wie es eine Varietétänzerin getan haben würde. Sie zog das Hemd auseinander und küsste die Haut, die sie freigelegt hatte.

Mel hatte sich auf den Boden gekniet und nahm sich den Gürtel und den Reißverschluss der Hose vor. Zuerst hatte sie Mühe mit der Gürtelschnalle. Felicia hielt den Blick stur auf ihre Arbeit gerichtet, aber sie hörte Mel kichern und ein leises »Verdammt« fluchen, ehe es ihr endlich gelang, den Gürtel zu öffnen.

Das Geräusch des Reißverschlusses war wie der Beginn des Zaubers, oder vielleicht wurde der Zauber auch von José und Mel ausgelöst, die ächzten und stöhnten und schnurrten. Mel rutschte näher an José heran, um ihm ganz nah zu sein. Ihr warmer Atem neckte ihn durch den dünnen Stoff seines Slips. Der lange, schlanke Schaft war erigiert und bildete eine breite Beule unter dem Stoff. Mel fuhr mit den Fingerspitzen daran entlang und hauchte einen zarten Kuss auf die Spitze.

José hielt den Atem an.

Felicia hatte noch zwei Knöpfe zu öffnen, deshalb dachte sie sich, dass sie ihn lange genug hingehalten hatte. Sie knöpfte sie schnell auf und streifte ihm das Hemd mit ein wenig Hilfe von José ab.

Ihm die Jeans auszuziehen war etwas schwieriger, und beide Frauen waren gefragt. Sie gingen vor, als wären sie dabei, ein Geschenk auszupacken. Dann stand er da und trug nur noch den blauen Slip und ein zufriedenes Grinsen, das einem Mann zusteht, wenn er gerade von zwei schönen Frauen ausgezogen worden ist.

Felicia und Mel sahen sich an. »Du nimmst die rechte Seite?«, fragte Mel.

Sekunden später trug er nichts als ein Lächeln. Er schien unter der genauen Betrachtung der Frauen ein wenig nervös und schaute auf die Bilder an den Wänden statt in die Augen der Frauen. Aber erregt war er immer noch, daran ließ die prächtige Erektion keinen Zweifel.

So haptisch. Sein Körper lud zum Tasten und Schmecken ein. Seine schwarzen Haare waren mit ein paar weißen Fäden durchzogen. Felicia wusste, dass er ein paar Jahre älter war als sie und Mel, vielleicht Anfang vierzig, aber seinem Körper sah man das nicht an. Er war durchtrainiert schlank, seine Haut hatte die Farbe von köstlichem dunklem Honig und nur da, wo sie gewöhnlich von Kleidung verdeckt war, leuchtete sie eine Nuance heller.

Er hatte nicht so breite Schultern wie Gab, fiel Felicia auf. Und wenn er mehr Brusthaare gehabt hätte, wäre er noch ein bisschen haptischer gewesen.

Sie schüttelte den Kopf. Es war nicht höflich, den Mann, mit dem sie gerade zusammen war, mit einem anderen zu vergleichen. Ganz zu schweigen davon, dass sie noch nie auf Brusthaare fixiert war – bis sie Gab halb nackt gesehen hatte. Der aufreizende Blick auf den goldenen Pelz war ihr unter die Haut gegangen. Sie war von diesem Körper fasziniert, und dass sie ihn seit zwei Tagen so gut wie nicht gesehen hatte, verstärkte ihre Sehnsucht noch.

Bisher hatte sie immer glatte Männerbrüste bevorzugt und schlanke, katzenhafte Körper.

Um sich selbst zu beweisen, dass das immer noch zutraf, strich sie mit den Händen über Josés Torso, wobei sie die Brustwarzen noch ausließ. Sie wollte ein Gefühl für seine Haut unter ihren Händen entwickeln. Erhitzte Seide über … nein, nicht Stahl, etwas mehr Nachgiebiges, etwas Warmes und doch Hartes. Sie suchte nach dem richtigen Begriff, der zur »erhitzten« Seide passte, aber die Sensationen, die von ihren Fingerspitzen durch ihren Körper flossen, schienen sich in ihrem Gehirn kurzzuschließen.

Vergiss die Metapher, schalt sie sich. Dies war die männliche Gestalt in einer besonders feinen Form, und ihr weiblicher Körper wusste ihn zu schätzen. Sie wollte ihn lecken, küssen, kosen und knabbern und jeden erreichbaren Punkt schmecken. Auch den herrlichen unbeschnittenen Schwanz – aber alles zu seiner Zeit.

Sie fuhr mit den Händen vom Bauchnabel wieder aufwärts, und nun strich sie über die steifen Nippel und fühlte, wie sich die eigenen in Sympathie gleich mit versteiften. Mel stellte sich neben sie und machte mit.

»He«, rief José lachend, »jemand ist ziemlich *overdressed* für diese Party! Oder sollte ich lieber sagen, dass nur einer von uns dreien angemessen ausgezogen ist?«

Wenn Josés Enthüllung langsam und aufreizend geschehen war, strippten die Frauen in aller Hast, und die Wäschestücke flogen nur so herum. Viel hatte Felicia ohnehin nicht abzulegen – nach der Arbeit hatte sie sich ein kurzes indisches Gazekleid übergeworfen, und das und ein winziges Höschen waren schon alles, was sie auszuziehen hatte.

Mel griff nach der Champagnerflasche. »Möchte jemand was trinken?«

Felicia wollte schon ablehnen, aber dann traf sie den Blick der Freundin. Mel schaute auf die Flasche, dann auf José und wieder auf die Flasche. Felicia begriff. »Hört sich gut an«, sagte sie grinsend.

Sie half Mel, José rückwärts aufs Bett zu schieben. Viel Arbeit hatten sie damit nicht; er war mehr als bereit, sich von den Frauen in die Horizontale drücken zu lassen.

Mel erwies sich im Öffnen der Champagnerflasche als so kompetent wie im Umgang mit ihren Leoparden, aber das bedeutete nicht, dass sie den Schaum nicht übersprudeln ließ. Geschickt, wenn auch nicht in absoluter Sommelier-Manier, sorgte sie dafür, dass José das Meiste abbekam. Sie schüttelte die Flasche noch ein bisschen mehr und ließ die prickelnde Flüssigkeit auf seinen flachen Bauch sprudeln. Rund um seinen Nabel bildete sich eine kleine Lache, aber es gab auch einen Übergang in das Dickicht der schwarzen Haare rund um die aufragende Erektion.

»Bewege dich nicht«, sagte Felicia. »Es ist unergiebiger, das Zeug vom Laken zu lecken.«

Die Laken waren eh nicht mehr zu retten, aber da die zwei Frauen offenbar die Kontrolle übernommen hatten, schien es eine gute Idee zu sein, ihn reglos auf dem Bett zu halten: Sanfte Gewalt, ganz ohne Fesseln.

Sie fingen an, das sprudelnde Nass aufzulecken. Felicia dachte, dass ein wahrer Sommelier auch die Kombination von Champagner *brut* und männlicher Erregung nicht gutheißen würde. Aber ihr behagte sie sehr. Josés Haut schmeckte gut, sehr sauber, ein bisschen salzig und ein bisschen moschusartig, und alles schien genau auf den Champagner abgestimmt zu sein.

Gemeinsam leckten sie sich bis zu den Brustwarzen hoch und hielten sich viel länger bei den harten Nippeln auf, als für das Aufsaugen der Flüssigkeit nötig gewesen wäre. Zuerst verhielt sich José still und leise, aber dann konnte er nicht mehr länger an sich halten.

Felicia saugte stärker und nagte mit den Zähnen an den steifen Nippeln. José stieß würgende Geräusche aus und presste eine Hand auf ihren Hinterkopf. Zuerst glaubte sie, er wollte sie weiter nach unten drücken, aber der Druck seiner Hand sagte etwas anderes: Er wollte, dass sie noch härter an seinen Warzen saugte.

Aus den Augenwinkeln nahm sie wahr, dass er auch Mel dazu anhielt, ihn mehr zu quälen.

Oh, Mann.

Plötzlich zog er Felicia an den Haaren, und völlig perplex hielt sie die Luft an – die Aktion selbst erschreckte sie nicht, aber die unerwartete Rauheit passte so gar nicht zu José. Sie führte sein ungewöhnliches Verhalten auf die Tatsache zurück, dass er es mit zwei Frauen zu tun hatte, die dabei waren, ihn zu dominieren.

Mel war es, die von der Brustwarze abließ und sich den Torso hinunterküsste. Sie hockte auf allen vieren wie eine Katze an der Wasserstelle, und Felicia war abgelenkt von dem Bild, das sich ihr bot.

Mels rosa Zunge leckte über Josés straffen Bauch, rieb ihre lieblichen kleinen Brüste an ihm und tränkte sie in der Champagnerlache rund um den Nabel. Mel war viel blasser als José, fast so hell wie Felicia, aber ihre Haare waren so dunkel wie die des Tierarztes.

Eine Weile war Felicia gebannt von dem faszinierenden Anblick, dann leckte sie wieder über die Nippel und spürte, wie sie selbst bei diesem sinnlichen Spiel nasser und glitschiger wurde. Aber noch wollte sie keine aktivere Rolle übernehmen, wenn sie auch wusste, dass sie der Verlokkung der originellen Wasserstelle nicht lange widerstehen konnte.

Als die zweite Zunge die Flüssigkeit in der Senke des Nabels schlürfte, war es mit Josés Selbstbeherrschung vorbei. Er konnte nicht länger stillhalten, begann zu zucken und musste lachen. »Ihr kitzelt mich.«

Sie blieben beharrlich, bis er sie abwarf. Er stieß Mel von sich und griff nach der Champagnerflasche. Mel wollte sich dem Griff entwinden, aber mit seiner Kraft und den Muskeln seiner Beine schaffte er es, sie flach auf dem Rücken zu halten. Sie wehrte sich ziemlich überzeugend für eine Frau, die ganz offensichtlich besiegt werden wollte.

»Hilf mir«, stöhnte José und hielt Felicia die Flasche hin. Dann griff er Mels Handgelenke und pinnte sie aufs Bett.

Mels samtweiche Haut sah nach der Champagnerlasur nur noch schöner aus, und Felicia stellte bald fest, dass Mädchen und Champagner ebenso gut zusammenpassen wie Männer und Champagner. Ein bisschen anders, aber beim Schlürfen schlugen die Wellen der Erregung über ihr zusammen.

Mel hörte auf zu kämpfen, sobald die Lippen der beiden sie berührten. Sie nuckelten an ihren Brüsten, und sie krümmte den Rücken und drückte sie heraus. Mel musste kichern und schien überhaupt nicht mehr aufhören zu wollen.

Aber als José ihre Beine spreizte und Champagner auf ihre Scham sprühte, brach das Kichern abrupt ab. Die Perlen vermischten sich mit ihren eigenen Säften, und José tauchte zwischen ihre Schenkel und schlürfte eifrig.

»Champagner und Austern«, murmelte er glücklich und barg sein Gesicht wieder in Mels Schoß. Mit einer Hand griff er an ihre Nippel und zwirbelte sie.

Felicia wollte die beiden bei diesem feinen Genuss nicht stören, deshalb setzte sie sich zurück und schaute zu. Sie schob eine Hand zwischen ihre Schenkel und streichelte langsam über ihre Klitoris. Sie wollte noch nicht kommen, aber sie genoss die Spirale der Lust, die sich in ihrem Körper aufbaute.

Mel begann zu zittern. Ihr Bauch bewegte sich wie bei einer Tänzerin aus dem Mittleren Osten. Sie blieb still, als hätte sie die Luft angehalten. Erst als José zwei Finger in sie hineinsteckte, stieß sie einen Schrei aus.

Sie bebte noch von ihrem Orgasmus, als José sich erhob und auf sie legte. Er reizte ihre Klitoris mit seiner Penisspitze.

»Bitte«, hörte Felicia sie betteln. Ihre Stimme klang tief und heiser. »Lass mich nicht länger zappeln.«

Wenn sie an Josés Stelle gewesen wäre, dachte Felicia, hätte sie nicht so handeln können: Er ignorierte Mels Betteln und rieb weiter mit der Spitze über Labien und Klitoris, ohne in sie einzudringen.

Es wurde zunehmend unverständlicher, was Mel sagte und wie sie bettelte, aber Felicia sah, wie sich ihr Körper wand und dem quälenden Schaft entgegenruckte. Felicia liebte dieses Necken, sowohl aktiv wie passiv. Mel sah so heiß aus, gerötet am ganzen Körper, sie glänzte vom Champagnerbad und vom Schweiß, und Felicia war sicher: Hätte sie einen Penis gehabt, wäre er längst in Mels glitschiger Grotte versenkt.

Aber das Bild, wie sie sich dann an ihn klammerte, wie sie erschauerte und ihre Erleichterung herausstöhnte, als José endlich in sie hineinstieß, das war das kurze Bemitleiden durchaus wert.

Sie bewegten sich zusammen, küssten sich und fanden bald den idealen Rhythmus. Mel schlang die Beine um seinen Rücken. Es war kein wildes Bumsen, sondern ein sinnlicher Akt der gegenseitigen Zuneigung.

Und wunderschön anzusehen.

Während sie zuschaute, wurde Felicia zu ihrem Erstaunen bewusst, dass sie nicht darauf brannte, an Mels Stelle zu sein, obwohl ihr Körper vor Erregung schmerzte. Vielleicht steckte mehr von einem Voyeur in ihr, als sie bisher gedacht hatte. Es war tatsächlich befriedigend, die Lust ihrer Freundin aus dieser Nähe zu erleben. Es war anders, als selbst die Leidenschaft zu erleben, aber verdammt heiß war es trotzdem.

Sie streichelte sich und versuchte, den Rhythmus der beiden aufzufangen. In diesem Moment schien sich José daran zu erinnern, dass sie auch noch da war. Er flüsterte etwas in Mels Ohr, und sie antwortete etwas, aber Felicia konnte nichts verstehen.

Sie sah, wie die beiden sich auf dem Bett wälzten, und als sie sich drehten, achtete Mel darauf, dass sie den Kontakt nicht verlor; voller Glückseligkeit schwang sie sich in den Sattel und begann zu reiten.

»Knie dich über mich«, murmelte José. »Setz dich auf mein Gesicht. Ich will, dass ihr beide für mich kommt.«

Nun, das war ein Angebot, dem keine Frau widerstehen konnte. (Sie nahm an, dass einige Frauen widerstehen konnten, aber solche Frauen würden sich kaum in eine solche Situation begeben, in der ihnen Angebote dieser Art gemacht wurden.)

Josés Zunge und Lippen versengten sie. Kleine Lohen des himmlischen Feuers verbreiteten sich von der Klitoris überall in ihrem Körper. Sie konnte seine Bartstoppeln auf der Haut spüren, sie fühlten sich wie Schmirgelpapier an, und obwohl es schmerzte, erhöhte es ihre Lust.

Unermüdlich arbeitete seine Zunge. Die Lippen übten sanfte Folter aus. Nach der langen Phase der Erregung war sie fast kaum zu ertragen. In Felicias Kopf brach ein Tumult aus; sie sackte nach vorn und schien sich aus eigener Kraft nicht mehr halten zu können. Sie fiel um, aber Mel fing sie auf, und eher zufällig ergab es sich so, dass sich ihre Münder trafen. Wieder labte sie sich an Mels weichen Lippen, sogar jetzt, als ihr Kuss voller Leidenschaft war.

Sie wollte sie beide berühren, sie streicheln und kosen, aber sie mochte nicht auf die süße Umarmung Mels verzichten, die in ihrem Ritt nicht aus dem Takt geriet, auch als ihr Atem nur noch abgehackt kam. Ihr Kuss wurde wilder, unbeherrschter, drängender.

Felicia verstand. Ihr eigener Körper spannte sich an und

zog sich im Zentrum zusammen. Sie lebte von den beiden Zungen und vom Dreieck ihrer Körper. Sie griff blind nach Mels Brust und fing einen zitternden Nippel ein.

Dann explodierte ihre Welt, und sie schrie ihre Erlösung in Mels Mund. José hörte nicht auf. Er nahm das Tempo heraus, damit sie wieder zu Atem kommen konnte, aber dann legte er wieder los.

Sie dachte, der erste Orgasmus wäre gewaltig gewesen, aber er war ein Zwerg im Vergleich zu dem, der sie dann erfasste. Sie sackte nach vorn, und diesmal ließ sie sich nicht aufhalten, sie kippte einfach um und rutschte auch von José weg. Er wollte sie wieder an seinen Mund ziehen, aber sie lachte nur glücklich und raunte: »Zu wund.«

Jetzt konnte er sich wieder auf Mel konzentrieren. Er legte die Hände auf ihre Hüfte und begann ihre Bewegungen zu dirigieren. Das schien ihr zu gefallen, sie ließ sich führen wie eine willenlose Puppe. Sie beugte sich über ihn, und er stieß von unten in sie hinein, und sie begleitete jeden einzelnen Stoß mit einem lustvollen Aufschrei.

Sie kamen nicht unmittelbar zusammen, wenn Felicia das von ihrem Beobachtungsposten aus richtig sah. Aber als Mel den Kopf in den Nacken warf und einen langen wimmernden Schrei hören ließ, während ihr Körper in unkontrollierte Zuckungen geriet, war José nicht weit von ihr entfernt.

Später lagen sie wie Welpen in einem ruinierten Bett nebeneinander. José in der Mitte, eine Frau an jeder Seite. Der Rest des Champagners wechselte von einem Mund in den nächsten.

Es war ein Uhr, als sie sich schläfrig eine gute Nacht wünschten. »Ihr könntet bleiben«, bot Felicia an, auch wenn sie nicht sicher war, ob ihr Angebot ernst gemeint war. Drei in einem Bett hörte sich gut an, aber nicht, wenn man seinen Schlaf brauchte.

»Wir müssen nach Hause«, sagte Mel. »Meine Tiere ...«

Felicia nickte. Es war ein schöner Abend gewesen, aber als sie ihnen nachschaute, wie Mel und José Hand in Hand gingen und offenbar planten, den Rest der Nacht miteinander zu verbringen, beschlich sie doch ein Gefühl des Neids. Nicht, weil sie José – oder Mel – für sich haben wollte, sondern weil sie jetzt allein war. Und einsam.

Achtes Kapitel

»Oh, das ist ja phantastisch, dass es bei euch so einen riesigen Kühlschrank gibt!«, rief Debbie begeistert, als sie mit Felicia das kleine Café im Sanctuary verließ. Man konnte sich nur schwer vorzustellen, dass es etwas gab, worüber Debbie nicht begeistert war.

»Wir werden unseren Fleischvorrat ein bisschen stauchen müssen, damit Sie Platz für Ihre Sachen haben«, sagte Felicia, »aber das kriegen wir schon hin.«

»Sicher«, strahlte Debbie. »Aber die süßen Kätzchen sollen meinetwegen nicht hungern müssen.«

Felicia fiel sofort Pancho Villa ein, der Panther. Sie stellte sich seine Reaktion vor, wenn er sein Mittagessen nicht zur rechten Zeit erhielt – mit einem Brüllen, bei dem einem die Backenzähne klimperten. Ja, ja, süßes Kätzchen.

Im Sanctuary gab es keine Möglichkeit, mehrere Tische fürs Büfett aufzustellen, aber es gab wenigstens das kleine Café. Die Küche war winzig, nur geeignet für die Zubereitung von Tee und Kaffee. Jeden Morgen wurden Sandwiches und Salate angeliefert und auf einer Seite des begehbaren Kühlraums aufbewahrt, getrennt vom Futter für die Tiere.

Die fehlenden Möglichkeiten in der Küche störten Debbie nicht. Sie wollte eine mobile Küchenstation mit tragbaren Herden und einer Batterie von Warmhalteschüsseln mitbringen. Da sie mit gutem Wetter rechneten, würde ein kaltes Büfett den ersten Zuspruch finden. Es ging nichts über frische Shrimps in einer Wodka-Cocktail-Sauce, wenn man wollte, dass den Gästen das Geld locker saß.

»Hier werden die Zelte aufgebaut?« Debbie war zu einem Rasenstück zwischen Verwaltung und Löwenhaus geschlendert. »Das ist ein flacher Grund, ideal für die Zelte. Schließlich soll sich ja niemand den Knöchel verstauchen.«

Nun, wenn Debbie in ihren hohen spitzen Absätzen sich hier unfallfrei bewegen konnte, dann würden die Gäste nichts zu befürchten haben. Das Terrain wurde auf einer Seite von einem betonierten Platz begrenzt, auf dem Tische und Bänke standen; sollten also Gäste im Rollstuhl kommen, wären sie immer noch mittendrin.

Zum Glück hatte sich die Mühe gelohnt, die sie für den Rasen aufgewandt hatten: Schon seit Wochen hatten Alan und seine Sicherheitsleute den Job übernommen, die Sprenkelanlage zu warten. Sie sollte nach Einbruch der Dämmerung einsetzen und dann wieder bei Sonnenaufgang, aber zwischendurch war die Anlage mal ausgefallen, und selbst die Techniker des Herstellers hatten die Ursache dafür nicht gefunden. Gott sei Dank hatten die wasserlosen Pausen nie lange gedauert – irgendwann wurde der Rasen wieder wie von Geisterhand gesprenkelt.

»Zwei Pavillons«, bestätigte Felicia. »Im ersten können sich die Gäste frei bewegen. Wir wollen da unsere Versteigerungen abhalten, und wir werden eine Bar aufbauen. Wir haben erfahren, dass die Leute bereitwilliger bieten, wenn eine Bar in der Nähe ist. Im anderen Pavillon stehen Tische und Stühle für das Dinner.«

Im Vorstand war lange diskutiert worden, ob man die Gala in einem Nobelhotel oder im Sanctuary veranstalten sollte. Die Lösung mit dem Hotel bot viele Vorteile, aber letztlich hatte Noelle, die Amur-Leopardin, den Ausschlag gegeben: Als sie trächtig wurde, hoffte man, dass der Wurf rechtzeitig zur Spendenaktion kam – süße, verspielte Leopardenbabys wärmten die Herzen und öffneten die Brieftaschen, selbst von Geizhälsen.

Aber auch mit den jungen Katzen hielt sich die Anzahl der Gäste in Grenzen. Gut, nachdem sich die Geburt der Babys herumgesprochen hatte, gab es noch mal einen Schub bei den Anmeldungen. Vorher hatte Felicia sogar befürchtet, dass sie überhaupt kein Geld verdienen würden. Auch jetzt waren noch fünfundsiebzig Plätze nicht besetzt.

Felicia nahm sich vor, die Mitglieder des Vorstands noch einmal einzeln anzusprechen, damit sie ihre Freunde und Bekannte aktivieren konnten. Irgendwie müsste es gelingen, einen Fernsehsender zu einem Vorbericht zu bewegen – die vier Leopardenbabys waren doch ein ungewöhnlicher Einstieg in einen Bericht über die Spendenaktion.

»Die Bedienung«, sagte Debbie. »Arbeiten Sie mit einer lokalen Zeitarbeitsfirma zusammen? Ich engagiere sonst Leute aus L.A., aber denen müssten wir bei der Entfernung mehr Geld zahlen oder die Fahrtkosten ersetzen.«

»Ich kümmere mich darum.« Felicia setzte ihr elektronisches Notizbuch in Bewegung.

»Oh. Unglaublich.« Debbie blieb wie erstarrt stehen und stierte durch die modische große Sonnenbrille auf einen jungen Mann, der mit einem Rechen und einem grünen Mülleimer aus Plastik unterwegs war. Sein T-Shirt spannte sich über dem muskulösen Brustkorb und den beeindruckenden Bizeps, und seine Jeans betonten das knackige Gesäß und die langen Beine. Seine Haare waren kurz und dunkel, aber durch den gebleichten Streifen in der Mitte sah er aus wie ein Leuchtturm in der Sonne.

»In einem kurzen weißen Jackett und mit einer schwarzen Fliege würde er großartig aussehen«, sagte Debbie. »Hat er ein paar Freunde, die mitmachen können?«

Felicia lachte. »Ich kann mir nicht vorstellen, dass wir

Lance zu einer Kellneruniform überreden können, aber versuchen Sie es ruhig.« Der neunzehnjährige freiwillige Helfer kam von der sprichwörtlichen falschen Seite des Lebens, und wenn er sich mal in Schale werfen sollte, zog er frisch gewaschene Jeans und ein schwarzes T-Shirt an statt ein weißes.

»Hm«, murmelte Debbie und war für den Moment etwas verunsichert, aber dann ging ein Ruck durch ihren Körper, und sie setzte ihr Programm fort. »Sie übernehmen die Bestellung von Tischen und Stühlen?«

»Zelte, Tische, Stühle, Dekorationen und alle Displays«, zählte Felicia auf.

»Ich kümmere mich um Teller und Besteck, aber wir brauchen noch einen Zulieferer für Tischdecken, Schüsseln, Servierplatten und solche Dinge«, sagte Debbie. »Ich schicke Ihnen eine Liste der Gegenstände, die wir benötigen.«

Felicia tippte weitere Aufgaben in ihr Notizbuch ein. Die sprudelnde Energie der Catererfrau schien nicht zu versiegen. Felicia wünschte, sie könnte ein paar Flaschen abfüllen und konservieren – gerade an diesem Morgen hätte sie ein bisschen Kraft tanken können.

Vergangene Nacht hatte sie sich lange Zeit im Bett gewälzt, ihre Gedanken voller Bilder von Gab im Badetuch und wüste Phantasien, nachdem er das Badetuch abgelegt hatte. Um drei Uhr hatte sie sich dann zu einem Treffen mit Mr. Twist verabredet; es war nicht ideal gewesen, aber sie hatte wenigstens einschlafen können.

Gab arbeitete heute mit José; sie gingen die Akten der veterinärmedizinischen Versorgung durch. Felicia wusste, dass damit alles in Ordnung war; das Sanctuary hatte einen ausgezeichneten Ruf auf diesem Gebiet – wenige Krankheiten, selten Verletzungen.

Und trotzdem sorgte sie sich.

Nicht nur das, es war ihr auch die ganze Zeit bewusst, dass er in der Nähe war. Das Wissen schwebte über ihrer linken Gehirnhälfte und hielt ihren Körper in Spannung. Hunderte Male glaubte sie, ihn aus den Augenwinkeln zu sehen, und jedes Mal war sie enttäuscht, wenn sie sich eingestehen musste, dass sie sich geirrt hatte.

Am Morgen hatte er ihr einen guten Morgen gewünscht, als er an ihrem Büro vorbeigegangen war, aber das war auch schon alles gewesen. Sie hatte nicht mal in seine Augen schauen können. War ihm die Begegnung gestern Abend peinlich, oder hatte er das Interesse an ihr verloren?

Sie brauchte sein Interesse nicht. Sie wollte, dass er über das Sanctuary einen glühenden Bericht schrieb und dann abhaute. Aber natürlich wusste sie, dass sie sich in die eigene Tasche log. Sie wollte, dass er an ihr interessiert war – und noch viel mehr als das.

»Ich brauche ein kaltes Getränk – wie steht es mit Ihnen?«, fragte sie Debbie.

»Oh, Gott, ja! Ich verwelke!«, rief Debbie dramatisch und fächerte sich Luft zu.

Felicia sah kein Anzeichen des Verwelkens, aber das behielt sie für sich. Debbie bot an, die Sodas zu holen, und Felicia nutzte die Gelegenheit, rasch in ihr Büro zu gehen und E-Mails und Telefonnachrichten zu überprüfen.

Zehn Minuten später standen die beiden Frauen im Schatten des Gebäudes und unterhielten sich über die verschiedenen Pläne für das Einsammeln der Spenden. Felicia griff mit einer Hand in den Plastikbecher, holte ein paar Eisstücke heraus und drückte sie in ihren Nacken. Der Kontrast von Heiß und Kalt ließ sie erschauern.

Als Lance aus der Seitentür des Gepardengeheges trat und über den Rasen schritt, ließ Debbie einige Eisstücke in ihren tiefen Ausschnitt fallen und stieß laute Quietschlaute aus. Lance musste zweimal hinschauen. Seine Schritte verlangsamten sich, und sein Kopf war auch während des Gehens zur Seite gerichtet, denn er konnte den Blick nicht von Debbie wenden. Er war völlig weg, und Felicia musste lachen.

Debbie warf ihre Mähne zurück in den Nacken und winkte Lance mit einem gekrümmten Finger heran. Er blieb wie vom Donner getroffen stehen. Nur ein Wort kam aus ihm heraus, und das war laut zu hören.

»Scheiße.«

»Du sollst auf deine Sprache achten, Lance!«, rief Felicia.

»Kacke.«

»Wir haben uns über eine angemessene Sprache geeinigt«, begann Felicia wieder, verwundert über seinen plötzlichen Rückfall in alte Gewohnheiten, nachdem er seit Wochen ausgesprochen höflich auf Fragen von Personal und Gästen reagiert hatte. Felicia hatte ihm zu Beginn deutlich gemacht, dass eine höfliche Sprache zu den Grundbedingungen seines Bleibens gehörte, und er hatte sich wirklich bemüht.

Er hatte den Rechen und den Eimer fallen lassen, gestikulierte hilflos und zeigte auf den Boden. »Nun, wie soll ich das denn nennen?«

In diesem Moment hatte eine leichte Brise den Gestank zu ihnen herübergeweht. Felicia fühlte, wie die Galle in ihre Kehle stieg.

»Meine ich das nur, oder versinkt er im Boden?«, fragte Debbie, als Felicia über den Rasen und auf Lance zuging. Sie hörte gerade noch Debbies letzten Satz. »Das ist aber ein ganz schöner Gestank. Es ist wohl Zeit, die Ställe auszumisten, was?«

»Der erste Bericht von John lautet, dass die Hauptleitung des Abwasserkanals beschädigt ist«, sagte Katherine. John war das Mädchen für alles im Sanctuary. »Wir haben die Stadtwerke angerufen. Sie sind auf dem Weg.«

Sie hatten die Konferenz eilig einberufen und sich in einem der Unterrichtsräume getroffen, weil kein Büro groß genug war für die paar Leute. Katherine, Felicia, Alan, Lance, José und – Gab waren da.

Verdammt, warum musste er das auch noch mitkriegen?

»Irgendeine Idee, wie das passiert ist?«, fragte Gab.

Felicia starrte auf ein Poster an der Wand, auf dem eine Katzenpfote im Querschnitt gezeigt wurde, und dann noch zwei Bilder, wie sich die Krallen zurückziehen. Ihr ging es nur darum, sich abzulenken und die Tatsache zu ignorieren, dass sie sich so nahe waren, wie sie da um den kleinen niedrigen Tisch geschart saßen. Ihre Schenkel waren höchstens einen Fingerbreit voneinander entfernt. Sie hätte schwören können, die Hitze seines Beins an ihrem zu spüren.

»John will diese Frage noch klären«, antwortete Katherine. »Was uns besonders trifft, ist die Tatsache, dass wir für den Rest des Tages schließen mussten, und wenn wir Pech haben, müssen wir auch noch ein paar Tage geschlossen halten. Bis der Schaden behoben ist, müssen wir außerdem eine alternative Entsorgung des Abwassers vornehmen.«

»Was ist mit dem Rasen?«, fragte Felicia. Sie dachte an ihre Pavillons.

»Wenn wir die Bruchstelle in der Leitung repariert haben, sollte es nicht zu schwierig sein, das betroffene Rasenstück mit Fertigrasen auszubessern«, antwortete Lance. Seine Schuhe und Socken befanden sich in der ebenfalls reparaturbedürftigen Waschmaschine des Sanctuary. »Aber man wird die Stelle noch eine Zeit lang sehen, weil der neue Rasen grüner sein wird als der alte.«

»Dann erzählen wir den Kindern, dass es die Stelle ist, wo sich nachts die Feen treffen«, warf Felicia ein. Sie war auf der Suche nach positiven Ideen und griff nach jedem Strohhalm.

Katherine klatsche in die Hände, um das Ende des Treffens zu signalisieren. »Wir gehen jetzt Schritt für Schritt vor. Danke, dass ihr so schnell für unsere Konferenz bereit wart. Ich lasse euch wissen, was die Stadtwerke uns mitteilen.«

Felicia schaute ihrer Chefin nach, die kerzengerade aus dem Unterrichtsraum ging. So gutgelaunt und selbstsicher hatte sie Katherine seit vielen Tagen nicht gesehen. Vielleicht gehörte sie zu den Menschen, die ihre Stressbewältigung im Fitness Center abarbeiten, denn wenn man genau hinsah, ging sie ein bisschen gequält.

Sie rutschte zur selben Zeit wie Gab aus ihrem Stuhl, und dabei berührten sich ihre Schenkel. Sie wichen beide zurück, aber die kurze Berührung reichte schon, um einen Pfeil der Erregung in Felicias Schoß abzuschießen.

»Entschuldigen Sie«, sagte Felicia.

»Keine Ursache«, antwortete er rasch, dann überlegte er kurz, als hätte er Mühe, den nächsten Satz zu formulieren. »Ich möchte mich noch für den schönen Abend bedanken.«

Meinte er damit den Teil des Abends, als sie vor seiner Tür gestanden und ihn halb nackt gesehen hatte? Verdammt, er hatte sich nur bedankt, und schon war sie wieder mittendrin in ihren Phantasien.

Er trat auf sie zu, und sie trat einen Schritt zurück, bis sie mit den Schenkeln gegen den Tisch stieß. Gab beugte sich vor, und sie spürte das Flattern in ihrem Bauch.

Aber dann hörte sie Katherines Stimme. »Felicia?«

Sie schreckten zurück und auseinander, als Katherine wieder hereinkam. Sie hatte ihre Brille aufgesetzt, aber der winzige Goldrahmen rutschte ihr über die Nase.

»Könntest du eine Mitteilung für die Presse vorbereiten, sobald wir Informationen von der Stadt in Händen haben? Wenn wir von uns aus aktiv werden, wird es im *Addison Independent* vielleicht nur eine Nachricht auf Seite sieben sein und keine schlechten Schlagzeilen bringen.«

»Mach ich sofort«, sagte Felicia.

»Danke.« Katherine lächelte Gab an. »Ich muss schon sagen, Mr. Sullivan, Sie besuchen uns zu einer Zeit, wo es drunter und drüber geht.«

Felicia starrte Katherine an. Sie war viel zu gelassen. Felicia hätte gern eine Dosis dieser Droge, die ihr Boss genommen hatte; am liebsten gleich eine Doppeldosis.

»Das bietet mir die Möglichkeit, Anmut unter Druck zu erleben«, sagte er leichthin.

Felicia fühlte kein Quäntchen Anmut in sich, sie fühlte sich eher ausgelaugt und schlich sich zurück in ihr Büro.

Gab zog sich zu einem der draußen stehenden Tische zurück. Trotz der Hitze nutzte er den Platz als Freiluftbüro. Er konnte Papiere ausbreiten, seine Notizen vergleichen, und zur gleichen Zeit befand er sich in der Mitte des Geschehens.

Das Loch in der Abwasserleitung war entweder ein selten blöder Zufall oder es steckte was Ernsteres dahinter. Bis zu seiner endgültigen Beurteilung würde er den Bericht der Stadtwerke abwarten, aber er überlegte sich trotzdem schon mal, welche anderen Möglichkeiten es gab.

Er war es gewohnt, auf Gegenwind zu treffen, wo immer er auftauchte. Das traf sogar für Firmen und Organisationen zu, die absolut in Ordnung waren, die über millionenschwere Etats verfügten und alle erdenklichen Vorzüge anbieten konnten. Seine bloße Anwesenheit schuf eine Aura von Misstrauen und Schuld. Sein Job war es eben, jeden Faktor zu hinterfragen, jedes Detail zu überprüfen. Kein Wunder, dass die Leute in die Defensive gingen.

Eins stand fest: Die perfekte Mannschaft und das perfekte Unternehmen, das gab es nicht. Selbst da, wo er die Idealnote vergeben hatte, mochte es einen Kassierer im Geschenkeladen geben, der in die Kasse griff. Er würde seine Bewertung deshalb nicht ändern, aber er hoffte, dass man ihm dankte, was er bei seiner Überprüfung herausgefunden hatte.

Das Personal beim SCCS stand enorm unter Stress, daran gab es keinen Zweifel. Seine Aufgabe war es herauszufinden, ob der Stress alltägliche Ursachen hatte oder auf tiefer sitzende Probleme zurückzuführen war. Wenn es diese Probleme gab, musste er sie benennen und Lösungen vorschlagen, die von der Zoologischen Vereinigung an den SCCS weitergereicht würden, damit sie umgesetzt werden konnten. Wenn nicht, war es sein Job, die Lizenz zum Halten und Züchten der Tiere zu widerrufen und dafür zu sorgen, dass die Anlage geschlossen wurde.

Ja, er hatte schon die Macht, nicht nur ein böser Bube zu sein, sondern sogar ein sehr böser Bube.

Bisher hatte er im SCCS engagierte Mitarbeiter kennen gelernt, die sich mit all ihrer Kraft bemühten, eine Anlage am Leben zu erhalten, die zu abgelegen war und nicht die nötige finanzielle Unterstützung hatte. Für die Tiere wurde gut gesorgt. Die Käfige mochten ein wenig karg sein, aber in anderen Zoos waren Käfige und Gehege häufig so »chic«, dass sie eher dem menschlichen Auge etwas bieten wollten und nicht den Katzen selbst. Katzen wollten einen dunklen, ruhigen Platz haben – egal, ob es sich um eine natürliche Felshöhle handelte oder um eine große Holzkiste. Entscheidend war, dass sie gut gefüttert und umsorgt wurden.

Der Veterinär José war höflich gewesen, aber auch recht zurückhaltend. Gab führte das auf die übliche Defensive ihm gegenüber zurück. Wenn alles in Ordnung war, musste sich José ärgern, weil jemand an seiner fachlichen Qualifikation zweifelte. Wenn etwas nicht in Ordnung war, würde er alles tun, um das zu verheimlichen.

Gab hatte sich die Berichte des Vets angesehen, in ihnen hatte er nichts Auffälliges gefunden. Allerdings hatte José ihm nur zögernd den Bericht über die jüngsten Verletzungen gezeigt, obwohl es sich nur um Kleinigkeiten handelte.

Josés Nervosität mochte auf die kürzliche Geburt der Amur-Leopardenbabys zurückzuführen sein. Während des Gesprächs hatte er sich einige Male entschuldigt, um nach der Mama und ihren Katzenjungen zu sehen. Er hatte sehr erschöpft gewirkt.

Trotzdem hatte Gab eine Notiz über die verletzte Pfote angelegt. Irgendwas schien ihm nicht geheuer, und das wollte er bei Gelegenheit noch einmal überprüfen.

Wenn die Anlage ein Kind gewesen wäre, hätte er notiert: »Neigt zu Unfällen.« Zuerst der falsche Feueralarm – da war eine Schulklasse auf dem Gelände gewesen. »Nicht anfassen« war die direkte Aufforderung an einen abenteuerlustigen Jungen, seine Hände auszustrecken.

Jetzt war es das Leck in der Abwasserleitung. Auch das war ein Unglück, das jedem überall zustoßen konnte. Vielleicht hatten die Schüler mit irgendwas die Toilette verstopft. Oder die Abwasserrohre waren alt und marode.

Aber all diese kleinen Zufälle folgten dem Feueralarm – oh, vorher noch die verletzte Ozelotpfote. Ergab das ein Muster? Steckte jemand dahinter?

Er musste daran denken, dass Felicia beim Essen kurz über das Land gesprochen hatte und dass jemand in der direkten Nachbarschaft ein Einkaufscenter errichten wollte. Das allein genügte noch nicht für einen Verdacht, aber er nahm sich vor, die Augen offen zu halten.

»Hi«, sagte eine fröhliche Stimme.

Er blickte auf und sah auf die prallen Brüste der blonden Frau, die ihm zulächelte.

»Haben Sie was dagegen, wenn ich mich zu Ihnen setze?«

Gab senkte den Kopf, damit er sie über den Rand seiner Sonnenbrille betrachten konnte. »Ich bitte darum«, sagte er und sammelte seine Blätter zusammen.

Sie setzte sich seitlich auf die Bank, dann hob sie ein Bein und grätschte darüber. Es war, als wollte sie keinen Zweifel an ihren Absichten aufkommen lassen.

Sie trug ein pinkfarbenes ärmelloses Top, in dessen eingebauten Schalen die Brüste lagen. Die breiten Revers ließen das Kleidungsstück modisch aussehen, auch wenn es wie ein Überbleibsel aus fernen Tagen wirkte. Die Brüste wurden in den Schalen hochgedrückt, wodurch ein tiefes Tal entstand. Er hatte schon vorher bemerkt, dass ihre Jeans ein wenig tief saßen und das Top ein bisschen hoch, dadurch zeigte sie ihr Tattoo am Poansatz. Er war ihr bisher noch nicht nahe genug gewesen, um zu erkennen, was die Tätowierung darstellte.

Felicia trug heute auch ein ärmelloses Top, aber ihres enthüllte nicht so viel. Es war sehr elegant, zusammen mit dem langen weißen Rock mit dem hohen Schlitz an der Seite.

Aber Felicia war tabu. Es würde ihre Zusammenarbeit kompromittieren, und natürlich konnte er zu diesem Zeitpunkt nicht ausschließen, dass sie etwas mit den Schwierigkeiten zu tun hatte, unter denen »The Sanctuary« litt. Nicht dass ihm ein Grund einfiele, warum er sie verdächtigen sollte, aber er wollte niemanden ausschließen. Gerade weil er sie attraktiv fand, musste er besonderen Wert auf seine Objektivität legen.

»Wir haben neulich keine Gelegenheit gehabt, miteinander zu plaudern«, sagte Debbie. »Hier ist ja immer der Teufel los. Nun ja, ich wollte nur noch mal hallo sagen und mich wieder vor der Sonne schützen.« Sie griff nach einer Akte auf dem Tisch und fächerte ihrem tiefen Ausschnitt Luft zu. Er sah, wie ihre Haut unter einem feinen Schweißfilm glänzte.

Debbie zeigte ohne Umschweife, wie groß ihr Interesse an Gab war. Er spürte das erste Ziehen in den Lenden; eine normale, gesunde Reaktion auf eine selbstsichere, willige sexy Frau. Wahrscheinlich würde er sie zu einem Drink nach der Arbeit einladen, dann konnte man ja sehen, wohin der Abend führte. Am liebsten auf sein Hotelzimmer, wo sie ein bisschen verschwitzten Spaß haben könnten.

»Ich spüre die Hitze auch«, gab er zu. »Ich muss gestehen, dass ich mir Kalifornien ganz anders vorgestellt hatte: Überall Palmen und Strand.«

Er hatte nichts gegen Offenheit. Bei einer offenen Frau wusste man immer, woran man war. Frauen hatten es endlich so weit gebracht, dass sie manchmal auch eine Nacht mit heißem Sex wollten und nicht gleich darauf bestanden, dass diese Nacht zu Hochzeitskleid und zwei Komma fünf Kindern führte.

Nicht, dass er was gegen ein Hochzeitskleid hätte. Gab ging davon aus, dass er irgendwann die Richtige finden würde, und darauf freute er sich schon. Debbie Landstrom war es ganz sicher nicht; aber sie mochte die Richtige für diese Nacht sein, wenn sie sich darauf einigen konnten.

»Im Café gibt es eine Klimaanlage«, sagte Debbie. »Da gibt es eine Abkühlung, wenn wir wollen.« Sie beugte sich vor und erlaubte ihm einen tieferen Blick in ihren Ausschnitt. Die Lider flatterten über ihren Rehaugen. Ihr würziges Parfüm stieg in seine Nase.

Eigentlich hatte er geplant, hier draußen zu bleiben, bis die Stadtwerke eingetroffen waren, aber wer wusste schon, wie viel Zeit sich städtische Bedienstete ließen. Und es war verdammt heiß. Eisgekühlter Tee hörte sich verlockend an. Er schob seine Unterlagen und das Handy in seine Aktentasche und stand auf – was bei seinem Zustand gar nicht so einfach war.

Er hatte gar nicht daran gedacht, aber als sie das Café betraten, wurde ihm bewusst, dass es leer sein würde – es gab keine Touristen, und deshalb wurden auch die meisten Angestellten nicht gebraucht.

Oh, sie war ganz schön raffiniert.

Sie öffnete das Eisfach im Kühlschrank, griff hinein und steckte ein kleines Stück zwischen die roten Lippen. Sie saugte verführerisch daran.

Das Blut wich aus Gabs Kopf und sammelte sich in seinem Schoß. Er steckte die Hand in den kalten Behälter und holte auch ein Stückchen Eis heraus. Er stand hinter Debbie, fasste ihre Haare im Nacken zusammen und strich mit dem Eis über ihre Haut. Sie quietschte und hüpfte und drückte den Po gegen seine Erektion.

Debbies Quietschen wandelte sich in ein juchzendes, tiefes »Hallooo, wen haben wir denn da?«

Er pfiff auf ein kreatives Vorspiel. Er drehte sie herum. Sie knöpfte schon ihr Top auf, und im nächsten Moment blühten ihre Nippel auf.

Sie hüpfte auf die Ladentheke und strich mit gespreizten Fingern durch seine Haare, wobei sie ihn näher an sich heranzog und gurrende, glückliche Geräusche ausstieß. Er stellte sich vor, wie es sich anfühlen würde, seinen Schaft, glitschig von ihrem Speichel, zwischen ihren Brüsten auf und ab gleiten zu lassen. Je länger er sich das vorstellte, desto heftiger pochte der Penis gegen den Hosenschlitz der Khakis.

Der Hosengurt war schnell geöffnet, und mit einem Ruck hatte er den Reißverschluss unten. Debbie sprang von der

Theke, bückte sich und zog die Hose zusammen mit seinem Slip hinunter.

Sie hockte sich zu seinen Füßen und schloss den heißen Mund mit wilder Begeisterung um seinen Steifen. Ihre langen Fingernägel kratzten über seine Hoden, und er stöhnte auf, schon jetzt dicht davor.

Zum Glück richtete sie sich auf und zwängte sich zuerst aus einem Bein der Jeans. Sie trug keinen Slip, und ihre Pussy war bis auf einen schmalen Streifen nackt. Sie hüpfte wieder auf die Theke und spreizte die Beine.

»Komm, Baby, ich brauche dich.«

Gab wartete nicht auf eine weitere Einladung.

Heiß, nass und eng. Es war ein Klischee, aber es traf genau auf ihren Zustand zu.

Er variierte die Länge und das Tempo seiner Stöße und sah genau auf ihre Reaktionen. Er wollte wissen, was ihr die meiste Lust verschaffte. Dann spürte er einen Stilettoabsatz im Rücken, als sie ein Bein um ihn schlang. Nun, damit war seine Frage beantwortet.

Sie munterte ihn mit wüsten, geilen Worten auf, und als er das Tempo und die Wucht verstärkte, wurde ihr Stöhnen lauter. Er griff mit einer Hand hinunter und drückte gegen ihre Klitoris. Für geschicktes Manipulieren war nicht genug Platz. Seine Hüfte schlug rhythmisch gegen seine Hand, und seine Finger rieben in diesem Rhythmus gegen ihren kleinen harten Knopf.

Ihr Stöhnen ging in Schreie über, ihre inneren Muskeln quetschten seinen Schwanz, und dann spürte er, wie sich seine Hoden zusammenzogen. Ihre Fingernägel gruben sich in seine Schultern, und er feuerte die volle Ladung in sie hinein, mitten in ihr Quietschen hinein, hart und schnell; und als er die Augen schloss, war es Felicia, deren Bild er vor sich sah.

Seltsam.

Debbie löste ihre Hände von seinen Schultern und die Umklammerung ihrer Beine von seinem Rücken. Er zog sich aus ihr zurück, bückte sich und zog Slip und Khakis hoch. Er vermied es, nach hinten zu sehen, ob sie sein Hemd oder seine Haut zerkratzt hatte.

Debbie langte lässig über die Theke und zog einen Stapel von Papierservietten heran. Sie wischte sich sauber, ließ die gebrauchten Servietten auf die Theke fallen und sprang nach unten, um ihre Kleider zu richten. In weniger als einer Minute saßen die Jeans wieder, und das Top war zugeknöpft. Sie fuhr sich mit den Händen durch die Haare, lockerte sie und glitt mit dem Mittelfinger an den Lippen entlang, um verschmierte Stellen auszubessern.

»Ich hoffe, sie werden die Theke desinfizieren, bevor sie hier was zu essen anbieten«, grollte sie.

Er begann zu lachen, weil er glaubte, sie hätte gescherzt, aber dann sah er ihren angewiderten Blick.

Kopfschüttelnd suchte er im Schrank nach dem Putzfach und holte ein Reinigungsspray und einen Lappen heraus. Er ließ ihre benutzten Servietten in einen Mülleimer fallen und wischte die Theke sauber.

»Aber sei doch mal ehrlich: Sind es nicht solche Dinge, die du den Leuten vorwirfst?«, fragte Debbie.

»Nein, gewöhnlich erwähne ich nicht, dass ich Sex in ihrem Café gehabt habe«, sagte Gab grinsend. Er konnte verstehen, dass Debbie es in ihrem Fach mit der Hygiene sehr genau nahm, aber in seinen Augen war ihre Haltung eine seltsame Überreaktion. War es nicht ihre Idee gewesen?

»Nun, ich wollte hier jedenfalls nichts essen«, sagte sie spitz. »Ich hoffe, sie schrubben den Laden, bevor ich ihn für die Vorbereitung meines Essens benutzen muss.«

»Dann nehme ich an, dass du noch keinen Sex auf deinem Küchentisch gehabt hast?«, fragte Gab.

Sie starrte ihn fast eine Minute an, dann lächelte sie und ließ die Lider wieder flattern. »Erwartest du eine Einladung?«

»Ich komme irgendwann später darauf zurück«, sagte Gab und griff seine Aktentasche. Das war das Problem mit schnellem Spaß – man lernte die Frau erst danach besser kennen.

Wieder sah er das Bild von Felicia vor sich. Sie war gewiss eine Frau, mit der er nach dem Sex ebenso viel Spaß haben würde wie vorher und dabei.

Und wieder spürte er ein Zucken in den Lenden.

Neuntes Kapitel

»Und schneller geht es nicht?«

Es entstand eine Pause, in der Katherine mit der Verschlusskappe ihres Füllers spielte. Felicia, Mel, Gab und Lance (der zu glauben schien, dass er teilweise für das Problem verantwortlich war; schließlich hatte er es entdeckt) standen um den Schreibtisch herum und hielten den Atem an – nicht nur vor Spannung, sondern auch zum Selbstschutz, denn der Gestank zog allmählich in die Gebäude, und die Klimaanlage war an diesem Tag besonders unfreundlich.

»Ich weiß, dass es ein Freitagnachmittag ist«, hörten sie ihre Chefin ins Telefon sagen. »Deshalb drängen wir so sehr auf die Reparatur. An den Wochenenden haben wir den größten Betrieb.«

Man sah Katherine an, dass die Reaktion des Mannes am anderen Ende der Leitung nichts Gutes verhieß.

Sie legte den Hörer auf und schüttelte den Kopf. »Es sieht so aus, dass jemand – ein gelangweiltes Kid von der Junior High vielleicht – eine ganze Schachtel Tampax in die Toilette geworfen hat und die Schachtel selbst noch hinterher. Warum die alten Rohre dem Druck nicht standhielten, habe ich nicht verstanden. Die Stadtwerke haben übers Wochenende nur eine Notbesetzung da, sodass die Reparatur bis Sonntagabend dauern wird. Die ganze Zeit über sperren sie das Wasser ab. In der nächsten Stunde wird eine tragbare Toilette fürs Personal gebracht, aber wir müssen bis Montag schließen, und auch dann wird es bei uns wie auf einem Schlachtfeld aussehen. Sie müssen den Hof aufreißen und auch den Garten vor dem Haupttor, deshalb werden wir anschließend eine Menge mit der Neugestaltung zu tun haben.«

Lance stöhnte, was gut zu verstehen war, denn er hatte unter der Aufsicht von ein paar siebzigjährigen Männern, die etwas von Gartenarbeit verstanden, aber nicht mehr über die Muskeln verfügten, den Garten erst vor kurzem angelegt.

Dann kam ihm etwas, was er anscheinend für eine brillante Idee hielt, denn sein übliches James-Dean-Grinsen wich einem Lächeln, was ihn wie ein eifriges Hündchen aussehen ließ.

Er öffnete den Mund, aber dann klappte er wieder zu und sah die anderen verunsichert an. Mel hatte gesagt, sie hätte ihn bei einigen Gelegenheiten zum freien Sprechen gebracht, aber Mel hätte fast gleichaltrig mit ihm sein können. Es waren die Älteren, vor allem Katherine, die ihn einschüchterten.

»Bitte«, sagte Katherine, die sein Unbehagen spürte. »Wenn du eine Idee hast, dann rede. Wir brauchen jede Menge Ideen, um diesem Schlamassel zu begegnen.«

»Können wir die Pflanzen nicht vorher ausgraben, bevor die Stadtwerke alles platt machen? Das ist eine Drecksarbeit, aber wir haben Handschuhe und Overalls und so. Und meine Schwester geht mit einem Kerl, der für den Landschaftsgärtner in Addison arbeitet. Er könnte uns bestimmt frischen Dreck liefern.« Er schnaufte. »Wie sich das anhört – frischer Dreck. Also, ich meine – gute Erde. Die wird ja wohl nicht die Welt kosten.«

Es entstand ein kurzes Schweigen. Felicia hätte sich am liebsten in den Po getreten, denn sie hätte dem bösen Jungen nie zugetraut, Beziehungen zu haben, die für das SCCS mal nützlich sein könnten.

Katherine nickte. »Danke, Lance, aber ich mag es nicht, dass jemand in dieser Hitze schwer arbeiten muss.«

»Es heißt, dass die Hitzewelle heute Abend abbricht. Morgen wird es zwar auch wieder heiß werden, aber es wird nicht die Killerhitze der letzten Tage sein. Wenn ich also morgen in aller Frühe ... ich meine, wenn das okay ist. Samstag ist eigentlich nicht mein Tag, aber ich habe nichts vor, deshalb könnte ich helfen.«

»Ich helfe mit«, sagte Mel. »Ich wollte sowieso reinkommen.«

»Ich bin auch da«, sagte Felicia.

Katherine schüttelte den Kopf. »Danke, aber wenn du morgen arbeiten willst, sollten wir uns um die Unterlagen für den Zuschuss der National Science Foundation kümmern. An einem Samstag rufen nicht viele Leute an, deshalb werden wir mehr Zeit haben als sonst.«

Felicia hätte gern widersprochen, aber sie ließ es sein. Gartenarbeit war nicht wirklich ihr Ding, aber körperliche Betätigung mit Mel und einem gut gebauten jungen Mann, das versprach eine Abwechslung von ihrem Bürojob.

Aber Katherine hatte natürlich Recht. Sie hatte sich an diesem Nachmittag um den Antrag kümmern wollen, aber das würde sie nicht schaffen – sie musste den Vorstand über die Schließung informieren, eine Pressemitteilung verschicken und eine Telefonliste abbauen, die fünf Meilen lang war.

Mel lachte. »Außerdem, Felicia, ich weiß, was aus der Aloe wurde, die ich dir gegeben habe. Wir wollen, dass die Pflanzen gedeihen.«

»Wenn ihr mehr Hilfe braucht«, sagte Gab, »für einen Boy aus der Stadt bin ich ein ziemlich geschickter Gärtner.« Er lächelte fast verlegen, und Felicia erinnerte sich, dass er mal auf einer Farm gearbeitet hatte.

Erst als die anderen gegangen waren, wurde Felicia bewusst, wie still Gab die ganze Zeit gewesen war. Er hatte bis auf sein Hilfsangebot nichts gesagt, und nicht einmal hatte er in ihre Richtung geschaut, während sie immer wieder seinen Blick gesucht hatte.

Ihr war schon vorher aufgefallen, dass er ihr gegenüber zwar freundlich aber auch verunsichert war. Nun ja, kein Wunder nach der letzten intimen Badetuch-Begegnung im Hotel. Seither hatten sie nicht mehr miteinander gesprochen. Und jetzt hatte sie das Gefühl, als schämte er sich für irgendwas.

Warum war er eigentlich noch hier? Und warum hatte er sich für die Samstagsarbeit angeboten?

Ihr gefiel der nächste Gedankengang überhaupt nicht, aber er hatte gesagt, dass er ein jugendlicher Straftäter gewesen war. Hatte er was mit den kaputten Rohren zu tun? Und mit den anderen seltsamen Zwischenfällen? Trieb er sich deshalb so lange hier herum, um weitere »Zufälle« zu inszenieren?

Sie wusste nur, dass es ein langes Wochenende sein würde. Noch länger, weil sie Gab die ganze Zeit in der Nähe wusste.

Alan schritt durch die dunkle Anlage. Den größten Teil des verseuchten Bodens hatten sie schon entsorgen können, und jetzt wehte eine frische Brise und verteilte den Gestank, der immer noch in der Luft lag. Mehrere tiefe Löcher waren in den Boden gegraben, alle mit den Warnzeichen versehen, aber Alan hatte bei jedem Schritt das Gefühl, der Boden könnte sich unter ihm auftun und ihn verschlucken.

Seltsame Umrisse lauerten in der Dunkelheit, nur ein paar Werkzeuge, die das Team der Stadtwerke zurückgelassen hatte, aber sie sahen wir Kreaturen aus einem Monsterfilm aus.

Er hatte ein Geräusch hinter sich gehört und drehte sich um. Er meinte, hinter dem kleinen Bagger eine Bewegung gesehen zu haben. »Wer ist da?«, rief er und richtete die Taschenlampe auf den aufgerissenen Hof.

Nichts.

Wer, zum Teufel, sollte sich hier draußen auch aufhalten? Er starrte in das Loch, das zu dem defekten Rohr führte, dann ging er um den Bagger herum.

Nichts. Auch kein frischer Fußabdruck.

Aber seit dem Zwischenfall mit dem offenen Käfig war er misstrauisch geworden. Zu viele unerklärliche Dinge waren im Sanctuary geschehen, genug, um ein Muster zu erkennen.

Oder lag die einfache Erklärung darin, dass sie in eine Pechsträhne geraten waren?

Aber er war dreißig Jahre lang Polizist gewesen, und hier stank etwas mehr zum Himmel als nur die kaputten Rohre der Abwasserleitung.

Er überquerte den Hof und schritt hinter den Gebäuden auf die Umzäunung zu. Sie lag abseits der Straße, sodass es in dieser Ecke auch am ruhigsten war. Er hörte sogar das Zirpen der Grillen.

Und eine Stimme und ein Rascheln.

Vielleicht bildete er sich das auch wieder nur ein, aber das glaubte er nicht. Es hörte sich so an, als käme jemand aus der hintersten Ecke, wo eine Sackgasse an den Zaun heranführte.

Vorsichtig schlich er sich heran.

Ja, da war ganz gewiss etwas. Niemand sprach, aber er hörte, dass sich jemand bewegte. Vielleicht waren es sogar zwei. Dann hörte er, wie Metall auf Metall stieß.

Er pirschte auf die Ecke zu und bedauerte, dass er nur seine Taschenlampe dabeihatte und keine Waffe. Und er hatte auch keine Möglichkeit, auf die Schnelle Verstärkung zu rufen. Wenn die Eindringlinge bewaffnet waren, konnte es Ärger geben.

»Keine Bewegung, Mann!« Seine Stimme klang klar und fest, beste Cop-Manier. Seine Taschenlampe beleuchtete das Gebiet am Zaun.

Zwei Gestalten nahmen Reißaus. Er versuchte, ihnen auf der Spur zu bleiben, aber in der Dunkelheit hatte er sie schnell verloren. Er hatte die Kerle nicht richtig sehen können, aber er glaubte, dass es zwei junge Burschen gewesen waren, beide vielleicht in Lance' Alter, der eine weiß, der andere etwas dunkler.

Sie hatten ihre Drahtschere zurückgelassen.

Lance legte eine Pause ein und schaute Mel nach, die eine Schubkarre, voll mit Pflanzen beladen, aus dem Garten fuhr. Mann, was für ein Arsch, einfach perfekt, und selbst die weite Khakihose und die Dreckflecken auf ihren Beinen trübten den Anblick nicht.

Er hatte immer eine Schwäche für asiatische Mädchen gehabt, aber er hatte nur zwei Sorten von ihnen kennen gelernt: Die hochnäsigen Collegegirls, die für Typen wie Lance Boudreaux keine Zeit hatten, und die wilden Girls, die mit den Mitgliedern der vietnamesischen Banden herumhingen. Einige von denen waren ganz heiße Öfen, aber er hatte keine Lust, sich aufschlitzen zu lassen.

Außerdem hatten sie vermutlich auch keine Zeit für ihn. Er hatte keinen ultraschicken fahrbaren Untersatz und auch nicht das Geld, um ein Mädchen zu verwöhnen. Vielleicht irgendwann einmal, aber nicht jetzt.

Mel war anders. Sie sprach ganz normal mit ihm, und, was noch besser war – sie hörte zu. Außerdem war sie clever; sie war in Stanford gewesen, und da landet man nicht, wenn man Stroh im Kopf hat. Und von dem, was er hörte, war auch keiner aus ihrer Familie ein Snob. Ihre Eltern schienen ganz normale Leute zu sein, die ein paar intelligente Kinder in die Welt gesetzt hatten. Und klug, wie Mel war, lag ihr nichts an Geld, sonst würde sie nicht hier arbeiten, sondern als Anwältin oder so.

Oder als Pornostar. Ja, in dem Job würde sie mächtig viel Kohle machen. Sie war heißer als Asia Carrera. Nicht so stark oben herum, aber was sie hatte, schien echt zu sein, und darauf kam es an. Oh ja, er konnte sich gut vorstellen, wie sie sich vor der Kamera wand und stöhnte und ...

Nein, das stimmte nicht. Trotz aller Mühe, die sich seine sonst so schmutzigen Gedanken gaben, konnte er sich nicht davon überzeugen, dass Mel bei solchen schweinischen Dingen mitmachte.

Die blonde Puppe dagegen, die für das Catering bei der Gala verantwortlich sein sollte, die konnte er sich viel besser als Pornostar vorstellen. Sie hatte einen sagenhaften Körper und wahnsinnig lange Haare.

Er hatte sie einige Male erwischt, dass sie ihn angestarrt hatte, als wäre er ein leckeres Stangeneis oder so was. Er fragte sich, ob sie wirklich interessiert war oder ihn nur hochbringen wollte. Er hätte nichts dagegen, sie flachzulegen; als Freundin war sie zu verwöhnt, um sich mit ihm zu begnügen, aber für ein bisschen Spaß war sie immer gut. Zum Aufwärmen stellte er sich seinen Prügel zwischen diesen gewaltigen Brüsten vor, aber kurz darauf würde sie ihn in sich spüren wollen. Ihre langen Beine schlangen sich um seinen Rücken, sie zog ihn tiefer hinein und feuerte ihn an. Härter, härter.

Mit Mel würde es ganz anders sein, viel sanfter. Er würde sich viel mehr Zeit nehmen und sie lecken, bis sie um seinen Schwanz bettelte. Wahrscheinlich liebte sie es, oben zu sein. Es war nicht seine liebste Position, aber den Frauen schien sie zu gefallen, und wenn man die Gelegenheit hatte, ein Juwel wie Mel ins Bett zu kriegen, dann gab man sich alle Mühe, sie glücklich zu machen, damit sie wiederkam.

Jemand gab ihm eine Kopfnuss. »He, ist jemand zu Hause?«

Er sah in zwei vertraute Gesichter. Just und Dog gehörten zu seinen ältesten Freunden, aber er hatte sie lange nicht mehr gesehen. Nicht seit er vor die Wahl gestellt worden war, sich zu rehabilitieren oder eine Zeit im Knast zu verbringen.

Just war klein und drahtig; seine Haare hatten eine nicht zu definierende Farbe, und seine Augen waren fast farblos. Wie Lance war auch er weißer Abschaum, jedenfalls in der Meinung anderer Leute, aber im Gegensatz zu Lance war Just stolz darauf.

Im Gegensatz dazu war Dog eins neunzig groß, eine solide muskulöse Mischung aus jeder Rasse, die jemals den Boden Nordamerikas betreten hatte.

»Hallo, Leute.« Eigentlich sollte er sich freuen, sie wieder zu sehen, aber sie hatten ihn aus einer schönen Phantasie gerissen.

»Wo bist du denn mit deinen Gedanken, Mann? Wir stehen seit fünf Minuten hier und wollen mit dir reden«, sagte Just.

»Schau dir seinen Knochen an, Mann, dann schnallst du, wo seine Gedanken waren.«

»Glaubt ihr, ich spiele hier mit den Blümchen, wenn es mir nicht um eine geile Mutter ginge?« Es tat ihm leid, dass er Mel so bezeichnete, aber bei den Jungs war jedes Mädchen eben eine geile Mutter.

»Und? Läuft sie heiß?« Dog fuhr immer auf das Thema ab.

»Ja, aber nicht nur sie.« Er dachte an die blonde Essensfrau, bei der man schon eher von einer geilen Mutter sprechen konnte, und dann auch an Felicia, selbst wenn sie immer so zugedeckt herumlief. Selbst die Chefin war scharf, auch wenn sie schon vierzig sein musste. Er war sicher, dass sie eher auf Frauen stand. »Aber es gibt nur eine, die ganz speziell heiß ist, versteht ihr?«

Er hob eine Augenbraue und grinste. Sollten sie ruhig glauben, dass sie sein Mädchen war.

Dog nickte wissend. »Das erklärt vieles. Wir dachten schon, du bist brav geworden und willst von uns nichts mehr wissen. Aber wenn du auf einer neuen Matratze übst, hast du vielleicht keine Zeit für uns.« Er stieß ruckend die Hüfte vor und lachte.

»Ja, kann man so sagen.« Das war nicht wirklich eine Lüge, denn er war sehr beschäftigt, wenn auch leider nicht auf die Weise, auf die Dog anspielte. Die Jungs würden nie auf die Idee kommen, dass die Arbeit ihm keine Zeit ließ.

Die Jungs schnieften und grinsten wieder.

Zum ersten Mal überhaupt dachte Lance: He, Jungs, besorgt euch einen Job, damit ihr aus den Löchern kommt, in denen ihr steckt.

»Also, was treibt euch her, Jungs? Wir haben zwar Katzen hier, aber das sind keine Pussys, wie ihr sie haben wollt.«

Das hätte sie beinahe umgelegt. Sie krümmten sich vor Lachen, genau wie Lance vermutet hatte. Als sie wieder bei Atem waren, sagte Just: »Wir wollten zu dir. Dein Handy muss die Knöpfe verloren haben, also sind wir zu dir, und deine Mama hat uns gesagt, wo wir dich finden.«

»Ich brauch ein neues Handy. Ich hab mich bei der Tussi bei Best Buy reingehängt, und sie sagt, nächste Woche bieten sie ein Schnäppchen an, und bis dahin soll ich warten.«

Sein Handy war okay. Er hatte nur die Anrufe ignoriert

und auch nicht zurückgerufen, weil ... nun, er wusste nicht genau, warum. Jetzt, als sie vor ihm standen, kam ihm das albern vor. Er hatte ihre Gesellschaft vermisst, auch wenn sie manchmal Ärsche waren.

Dog sah sich nach allen Seiten um, bevor er fragte: »Ist es nicht an der Zeit, dass du dir eine ansteckst?«

Lance war dabei, das Rauchen aufzugeben. Hier in der Anlage durfte er nicht rauchen, in der Schule auch nicht, also war er fast davon.

»Ja, klar, Mann.« Er sah sich um. Mel war nirgendwo zu sehen, aber Gab war da. (Dieser Typ war überall. Was hatte er hier überhaupt zu suchen? Okay, heute half er mit den Pflanzen, aber meistens lief er mit einem Klemmbrett durch die Gegend und sah beschäftigt aus, aber Lance hatte ihn noch nie bei der Arbeit gesehen. Und die Arbeit ließ ihm viel Zeit, Lance auszuhorchen und nach seiner Zukunft zu befragen, als wäre er ein Sozialarbeiter oder so was.)

»He, wenn Sie Mel sehen, sagen Sie ihr, dass ich mal 'ne Zigarettenpause mache?«

Er war schon um die Ecke verschwunden, bevor Gab reagieren konnte.

Statt eine Zigarette zu rauchen, lief er die Straße hinunter und stieg zu Dog ins Auto.

»He, Mann«, kam Just zur Sache. »Willst du uns bei einem Job helfen?«

Er schüttelte den Kopf. »Ich bin nicht mehr für Jobs zu haben. Jedenfalls nicht, solange ich auf Bewährung bin. Das ist die ganze Sache nicht wert.«

»Aber es geht nicht um Klauen und so«, warf Dog rasch ein. »Eigentlich ist es absolut geiler Kinderkram. Ein bisschen zu Bruch treten, ein paar Schilder umlegen, solche Dinge, die wir früher nur zum Spaß gemacht haben; aber jetzt kriegen wir Geld dafür.«

»Wie viel?« Geld war eine rare Sache bei ihm. Er würde gern bei seiner Mom ausziehen, aber dafür brauchte er Kohle. Okay, Mel war nicht verwöhnt, aber ein Mädchen erwartete, dass du sie mal zum Essen einlädst oder mit Geschenken überraschst. Nicht mit so einem billigen Kaffeepott, den er ihr vor ein paar Tagen auf den Schreibtisch gestellt hatte.

Just nannte eine Zahl, die lächerlich hoch schien für die Kleinigkeiten, wie Dog sie beschrieben hatte.

Lance stieß einen Pfiff aus. »Und davon kriege ich ein Drittel?«

»Ja, Mann, das wäre dein Anteil.«

Vergiss es, Mel zum Essen einzuladen. Er konnte sie zum Wochenende nach Las Vegas einladen und hatte immer noch genug für sich. (Zuerst musste sie noch zustimmen, aber Mann, sie war allein, und er wusste, dass Frauen ihn mochten, und sie hatte hart gearbeitet und konnte ein paar Tage Urlaub gut gebrauchen. Warum sollte sie ablehnen?)

Aber irgendwas hörte sich verdammt schräg an. Lance war keine Leuchte in der Schule gewesen, aber von Geld verstand er was. »Nun warte mal«, sagte er zu Dog. »Wenn ihr nur ein paar Sachen zu Bruch haut oder ein paar Fassaden verziert, warum braucht ihr mich dazu? Zu zweit könnt ihr euch leichter verdrücken, wenn mal was schief läuft, und außerdem lässt sich durch zwei besser teilen.«

Dog legte eine Hand auf Lance' Schulter. »Wir vermissen dich, Mann. Wir wollen, dass du wieder bei uns dabei bist, verstehst du?«

»Und es ist leicht verdientes Geld. Kein Klauen, keine Typen klatschen«, unterstrich Just noch einmal. »Sachen kaputt hauen und vielleicht mal ein bisschen Farbe sprühen. Man wird dabei nicht erwischt. Wir haben das früher tausend Mal gebracht, Mann.«

»Aber diesmal gibt es süße Lollys.«

Lance dachte angestrengt nach. Ihm gefiel das Leben auf der geraden Bahn, aber das brauchte er den Jungs nicht zu sagen. Nicht die ganze Zeit über die Schulter blicken müssen, keine Angst mehr, dass die Cops ihm auf die Schliche kamen oder dass er einem größeren Ganoven auf die Füße trat. Und dann gefiel ihm auch die Tatsache, dass er in seinem neuen Leben Mädchen wie Mel kennen lernte. Nur dass er nie genug Geld hatte, das ging ihm auf den Keks.

»Lasst mich darüber nachdenken. Ich rufe euch später an. Ich muss jetzt zurück an die Arbeit, sonst fangen sie an, Fragen zu stellen.«

Es war verführerisch. Aber warum sollte jemand viel Geld für ein bisschen Vandalismus zahlen? Was war es, was die Jungs ihm nicht erzählten?

Zehntes Kapitel

Felicia rief sie zu einem Treffen in der Klinik zusammen – José, Mel und Alan. Sie blieb noch ein paar Sekunden vor der Tür stehen, bevor sie zu den anderen in den OP ging. Sie versuchte, nicht an den wilden Sex zu denken, den sie vor weniger als einer Woche hier erlebt hatte. José saß auf einem Metallstuhl, und Mel hatte sich den Schreibtischstuhl herangezogen und sich verkehrt herum draufgesetzt. Alan stand in einer Ecke und machte ein ernstes Gesicht. Felicia fiel ein, dass sie ihn im Dienst noch nie sitzend gesehen hatte.

»Keine Katherine?«, fragte José.

»Sie hat schon Probleme genug«, sagte Felicia. »Ich will helfen, ihren Stress abzubauen und ihr nicht weitere Sorgen aufbürden.« Sie wandte sich an Alan. »Ich weiß, dass du eine vorzügliche Arbeit machst, und gestern Abend hättest du die Bastarde beinahe erwischt. Aber du bist allein, und du kannst nicht überall gleichzeitig sein.«

»Können wir nicht Brett bitten, uns auszuhelfen?« Alan sprach von dem Studenten, der an zwei Abenden in der Woche für ihn einsprang. »Obwohl ich glaube, dass er meistens im Büro sitzt und seine Hausaufgaben erledigt.«

»Wir haben kein Geld, um ihn für die zusätzlichen Stunden zu bezahlen, und er ist noch nicht lange genug bei uns, um ihn zu bitten, uns freiwillig zu helfen.« Felicia blickte in die Runde. »Nein, es liegt an uns.«

»Ich bleibe schon jede Nacht hier, weil ich Noelle und ihre Junge nicht allein lassen will«, sagte José. »Aber in ein paar Tagen weiß ich, dass sie über den Berg sind.«

»Ja, und da bist du am besten aufgehoben«, sagte Felicia. »Wenn Mel und ich ebenfalls nachts hier bleiben, können wir uns bei der Streife abwechseln.«

»Ich bin dabei«, sagte Mel, einen entschlossenen Blick auf dem elfenhaften Gesicht.

José nickte. Es sah so aus, als wollte er etwas sagen, aber er blieb stumm.

»Ich bin nicht beleidigt«, sagte Alan, »im Gegenteil. Ich weiß eure Hilfe zu schätzen. Ich hatte schon überlegt, ein paar Leute anzusprechen, die mir den einen oder anderen Gefallen schuldig sind, aber ich weiß, dass ihr die Probleme nicht breittreten wollt.«

Felicia nickte. »Es kann sein, dass sich die Probleme schon herumgesprochen haben, aber es war gut, dass du daran gedacht hast, Alan.« Der frühere Cop errötete und senkte scheu den Kopf. »Ich möchte, dass unsere Aktion unter uns bleibt«, fuhr Felicia fort. »Niemand soll wissen, dass wir nachts im SCCS bleiben. Ich sage es nicht gern, aber wir wissen nicht, wem wir trauen können.«

»Wer von ihnen ist denn vertrauenswürdig?«, fragte Tom.

Gab suchte die Umgebung ab, bevor er antwortete. Die Tische im Zentrum des Sanctuary waren ideal, um den Überblick zu behalten, aber natürlich konnte auch er aus fast allen Richtungen gesehen werden.

Himmel, er hörte sich wie ein Spion unter Verfolgungswahn an.

»Ich weiß es nicht«, gab er zu. »Ich bin noch nicht lange genug hier, um Psycho-Profile des ganzen Teams erstellt zu haben. Die meisten scheinen aufrichtig zu sein, denen das Sanctuary eine Herzensangelegenheit ist, aber jeder könnte auch ein guter Schauspieler sein, wenn ich in der Nähe bin.«

Er hatte gesehen, dass sich in der Klinik mehr oder weniger heimlich eine kleine Gruppe traf. Er wollte gern glauben, dass die Mitarbeiter die braven Leute waren, aber er hatte keinen Beweis dafür. Jeder konnte hinter den Anschlägen stecken, und ob sie sich in der Klinik trafen, um ihre Sorgen zu diskutieren, oder ob sie sich bei einer Orgie vergnügten, wusste er nicht.

»Ich weiß nur, dass es einige Anschläge in der Anlage gegeben hat. Sie haben nur einen Aufpasser in der Nacht, und der kann unmöglich das ganze Gelände im Auge behalten.«

»Es ist nicht deine Aufgabe, den Supermann zu spielen«, sagte Tom.

Gab fuhr sich mit einer Hand durchs Gesicht. »Mir liegt viel an dieser Anlage, Tom«, gestand er. »Sie muss vor diesen Vandalen geschützt werden. Ich will nicht, dass den Tieren etwas geschieht und auch den unschuldigen Mitarbeitern nicht.«

Gehörte Felicia zu dieser zweiten Gruppe? Nicht zum ersten Mal stellte er sich diese Frage. Sie war ihm zuletzt ausgewichen, als hätte sie was zu verbergen. Vielleicht lag es am Stress, oder vielleicht betrachtete sie ihn als den Feind.

Möglich, dass er in dieser Nacht die Antwort darauf fand.

»Pass gut auf dich auf«, sagte Tom. »Und pass auf, dass du nicht verhaftet wirst.«

»Kein Problem. Du würdest Kaution für mich hinterlegen.«

Die Kliniktür öffnete sich, und Gab beendete rasch das Gespräch mit dem Versprechen, sich zu melden, wenn es eine neue Entwicklung gab.

Katherine lud sie alle zum Essen zum Mexikaner ein, ein Restaurant, in dem sie sich oft nach der Arbeit zu Margaritas, Chips und Salsa trafen.

Felicia fühlte sich ein wenig schuldig, dass sie ihrer Chefin nichts davon erzählte, dass sie nachts jetzt im Sanctuary blieben, aber sie glaubte immer noch, dass sie die richtige Entscheidung getroffen hatte. Falls etwas aus dem Ruder lief, konnte Katherine keine Schuld treffen.

»Ihr habt alle so hart gearbeitet und über so viele Stunden lang«, sagte Katherine und dämpfte damit die Proteste, als sie gesagt hatte, dass sie die Rechnung übernehmen würde. »Ihr habt nicht nur Überstunden geleistet, sondern seid sogar an euren freien Tagen ins Sanctuary gekommen. Dafür möchte ich euch allen danken.«

Das Restaurant war gut besucht, keine Überraschung an einem Samstagabend. Sie saßen an einem Tisch in der Ecke der Terrasse. Felicia dachte, dass sie wahrscheinlich alle nach Jauche stanken, auch wenn sie sich vorher gewaschen hatten. Aber da sie alle diesen Geruch an sich hatten, bemerkte es niemand von ihnen.

Felicia saß so weit wie möglich von Gab entfernt, denn sie traute ihren körperlichen Reaktionen nicht, wenn sie neben ihm säße und ihre Schenkel sich berührten oder ihre Finger, wenn sie gleichzeitig nach der Salsa für die heiße Tortilla griffen. Aber da sie nur zu sechst waren, hieß »entfernt« nicht viel – sie war ihm immer noch recht nahe.

Er stellte Katherine einige gezielte Fragen. Könnte sich jemand aufs Gelände schleichen? Brauchte man mehr Leute für den Sicherheitsdienst? Sollte die Routine der Streife nicht alle paar Tage geändert werden?

Seine Fragen waren alle konstruktiv, aber Felicia reagierte gereizt. Was wollte er eigentlich? Hatte er etwas mit den jüngsten Zwischenfällen zu tun?

Magnolia war in der Nacht vor seiner Ankunft im SCCS aus ihrem Käfig geflohen, aber er würde schon am Vortag mit dem Flugzeug eingetroffen sein, und die anderen Zerstörungen hatten sich in der Zeit seines Aufenthalts zugetragen. Hatte er nicht zugegeben, dass er durchaus imstande wäre, ein wenig nachzuhelfen, wenn es sonst keine Beweise gegen eine Anlage gab, um sie zu schließen?

Sie wollte nicht glauben, dass er etwas mit den bösen Taten zu tun hatte, und doch konnte sie das Gefühl nicht abstellen, das durch seine bohrenden Fragen wieder verstärkt wurde. Auf der anderen Seite hatte sie jeden im Verdacht, den sie nicht so gut kannte.

»Ich brauche eine Dusche«, sagte Gab, als sie zurück zum Parkplatz schlenderten, angenehm gesättigt und erschöpft nach einem Tag harter Arbeit. »Wir sehen uns morgen.«

»Ich nehme dich mit, dann kannst du dein Auto holen«, sagte José zu Mel – ein plausibler Vorwand, weil sie gemeinsam zum Restaurant gefahren waren.

Felicia erbot sich, das Paket für Alan mitzunehmen, denn er war in der Anlage geblieben. Katherine nickte, wünschte allen einen schönen Abend und stieg in ihr Auto. Felicia seufzte erleichtert auf.

»The Sanctuary« lag still, dunkel und verlassen da, als sie dort eintraf. Auf dem Parkplatz stand nur Alans Truck. Der Plan war, dass José und Mel über den Lieferanteneingang das Gelände betraten und ihre Autos weiter unten abstellten.

Felicia schlüpfte hinein und schaltete die Alarmanlage für die Haustür und die Fenster des Verwaltungsgebäudes wieder ein. Ihr erster Weg führte sie zur Toilette. Sie hatte schwarze Jeans getragen und ersetzte ihr schmuddeliges T-Shirt durch ein langes schwarzes Stricktop. Sie war froh, dass sie den Gestank des T-Shirts nicht mehr in der Nase hatte.

Sie seufzte. Ihre Muskeln schmerzten, und sie war müde. Was würde sie darum geben, zu Hause zu sein und in der Wanne zu liegen, umgeben vom Jasminduft ihres Badewassers. Gabs Ankündigung seiner Dusche hatte sie neidisch werden lassen.

Aber nein. Sie mussten ein paar Vandalen fangen, um »The Sanctuary« zu retten. Superdetektive erlaubten sich auch nicht den Luxus eines Jasminduftbades, bis die bösen Buben hinter Schloss und Riegel saßen.

Sie brachte Alan das Mitnahmeessen aus dem Restaurant. Der Sicherheitsmann hatte gerade eine komplette Runde hinter sich gebracht, und ihm war nichts aufgefallen.

»Die Katzen sind unruhig«, sagte sie. »Irgendwas scheint sie zu stören.«

Pancho Villa, der oft laute Panther, hatte mit dem Lärm begonnen, ein tiefes Knurren, das einem durch Mark und Bein ging, und wenn er dann einen noch lauteren Brüll ausstieß, klapperten einem die Zähne. Panchos Geräusche wurden von Brutus und Estella erwidert. Es waren Laute, die einem das Herz stillstehen ließen, besonders in der Nacht, wenn man nicht sah, dass stabile Gitter oder Mauern die schönen, aber auch gefährlichen Tiere fern hielten.

Als Felicia eben am Gepardengehege vorbeigegangen war, hatte sie gesehen, wie Caramel unruhig auf und ab stürmte. Das an sich wäre noch nicht ungewöhnlich gewesen, aber dann war die Katze stehen geblieben und hatte mit einer Furcht erregenden Intensität an Felicia vorbei auf einen bestimmten Punkt gestarrt – diesen Blick hatte sie sonst nur drauf, wenn kleine Kinder vor dem Gehege standen, von denen sie sich offenbar einen schmackhaften Imbiss versprach, wenn sie nur noch ein bisschen näher kommen würden …

Felicia hatte sich umgedreht, aber sie hatte nichts gesehen. Caramel hatte ausgezeichnete Augen, und das bedeutete, dass sie etwas gesehen hatte, was sich für Felicia nicht erschloss.

»Sie wissen, wenn etwas nicht in Ordnung ist«, stimmte Alan ihrer Beobachtung zu, während er die Silberfolie von seinem Essen wickelte. »Ich glaube zwar nicht, dass jemand da draußen ist, aber die Tiere wissen, dass schon seit einigen Nächten etwas faul ist.«

»Ach, das wollte ich dich noch fragen«, sagte Felicia. »Was ist aus der Drahtschere geworden, die du gefunden hast?«

Er schluckte einen Mund voll Tortilla, Rindfleisch, Reis und Bohnen. »Ich habe sie einem Kumpel von mir gegeben, und er untersucht sie auf Fingerabdrücke. Er hat keine Fragen gestellt, aber er konnte mir nicht sagen, wann ich seine Ergebnisse in den Händen habe.«

»Sehr gut, Alan«, lobte sie und stand auf. »Ich will mal zu den anderen gehen. Bist du bald wieder auf Streife?«

Er schaute auf die Uhr. »In einer Viertelstunde.«

Gab schaltete die Scheinwerfer seines Mietwagens ab und bog langsam auf den Parkplatz der Anlage ein. Eine einsame Straßenlampe am Eingang warf einen trüben Schimmer auf die beiden Fahrzeuge, die schon da standen. Das Cabrio gehörte Felicia, und der Truck war vermutlich Alans Fahrzeug.

Er fuhr wieder vom Parkplatz und folgte der Straße bis um die Ecke, wo er anhielt. Den Parkplatz konnte er von hier aus einsehen. Nach etwa einer Stunde war er davon überzeugt, dass Felicia nicht zurückkam. Es gab eine Menge Möglichkeiten, was sie um diese Uhrzeit in der Anlage zu suchen hatte. Und genau das wollte er herausfinden.

Er stieg aus dem Auto und ging zu Fuß auf die Rückseite

des Sanctuary. Zu seinen Aufgaben gehörte die Überprüfung des Sicherheitssystems, deshalb wusste er, dass der Eingang für die Lieferanten nicht an die Alarmanlage angeschlossen war, weil zu viele Anlieferungen nach der Schließung erfolgten. Und wenn jemand etwas stehlen wollte, dann würde er eher den Haupteingang nutzen, um Computer oder die Kasse im Café zu klauen und den kurzen Weg zum Parkplatz zu tragen, statt die schwere Beute über den weiten Weg zum Hintereingang zu schleppen.

Es gab zwar keine Alarmanlage, aber die Tür war aus solidem Metall und mit einem komplizierten Schloss versehen.

Er blieb stehen und lauschte. Er hörte einige der großen Katzen knurren. Er fühlte mit ihnen, denn auch er nahm die Anspannung wahr, die in der Luft lag.

Er langte in die Innentasche seiner Jacke und zog mehrere lange dünne Drähte heraus. Ab und zu profitierte er von seiner wechselvollen Vergangenheit.

Das Schloss war zäh, eine echte Herausforderung. Aber er war ein geduldiger Mann. Seine großen Hände konnten gewandt sein – mehr als eine Bettpartnerin hatte das schon mit Erstaunen festgestellt.

Schließlich hörte er, wie die Zuhaltungen sich innerhalb des Schlosses bewegten und zurücksprangen. Er stieß die Tür nur zu einem Drittel auf und schlüpfte hinein. Er stand in einem dunklen Raum und knipste eine dünne Taschenlampe an, die er zwischen den Zähnen hielt, damit er beide Hände einsetzen konnte, um die Tür hinter sich wieder abzuschließen.

Der Raum sah wie eine Höhle aus, die man in ein Lagerhaus verwandelt hatte. Zementboden, metallene Wände. Rolltore für größere Anlieferungen. Ganz außen stand ein Van für sperrige Güter oder auch für den Transport der Katzen. Daneben standen einige Käfige, zusammengeklappt, damit sie nicht viel Platz beanspruchten. An der Wand befand sich ein Metallregal, das halb mit Kisten und Kartons gefüllt war.

Seine Schritte hallten, als er nebenan in einen Vorratsraum ging. Von dort trat er auf den Grund und Boden des Sanctuary und schaltete die Taschenlampe aus. Die Tür aus dem Vorratsraum brachte ihn in die Nähe eines langen Gebäudes, das sich hinter den Käfigen erstreckte.

Man konnte von diesem Gebäude aus in jeden einzelnen Käfig treten, natürlich durch jeweils eine Tür. An der breiten Metalltür des flachen Gebäudes hing ein dickes Vorhängeschloss. Gab nahm es in die Hand und zog daran. Fest verschlossen. Gut.

Aber um auf der sicheren Seite zu sein, wollte er die Schlösser jeder einzelnen Tür überprüfen.

»Hast du was Ungewöhnliches gesehen?«, fragte José. Sie hatten verabredet, sich nach jeder Stunde in der Klinik zu treffen, um sich auszutauschen.

Felicia hob die Schultern. »Nichts. Nur dass die Tiere wie aufgekratzt sind.«

»Sie sind nicht daran gewöhnt, dass in der Nacht so viele Menschen hier sind – warte mal, was war das?«

Es hatte sich wie ein Klirren angehört, und danach hatte sich etwas – oder jemand – bewegt.

»Vielleicht war es Alan.« Mel schien aber nicht überzeugt zu sein.

»Mel, du bleibst hier, damit wir dich als Anlaufstelle haben«, sagte José und griff nach einer Stablampe. Felicia zog ihre eigene Taschenlampe heraus. »Wohin willst du denn? Du bleibst auch hier.«

»Nun hör aber auf. Dass Mel hier bleibt, ist gut, aber ich kann draußen genauso suchen und beobachten wie du. Vergiss nicht, dass das meine Idee war, da werde ich mich doch nicht verstecken.«

Er knurrte etwas in seiner Muttersprache.

»Ja, ich bin ein Sturkopf, aber das Letzte, was du gesagt hast, beleidigt mich«, sagte Felicia und grinste, als sein Kinn sackte und das Gesicht mit roter Farbe überzogen wurde. Auf Spanisch sagte sie ihm, er soll nicht so ein chauvinistisches Schwein sein.

Er ignorierte Felicia, gab Mel einen Kuss und ging zur Tür.

»Ach nee, sie erhält einen Kuss, und ich werde beleidigt«, sagte Felicia spöttisch.

Eine zierliche Hand griff ihren Arm. Sie drehte sich um. Mel stand auf den Zehenspitzen und drückte einen Kuss auf Felicias Lippen. »Besser?«, fragte Mel.

»Viel besser.«

»Schließ die Tür hinter uns ab«, sagte José.

Draußen empfing sie eine seltsame Mischung aus Stille und Lärm. Sie waren weit genug von der Stadt entfernt und hörten deshalb nicht den üblichen Verkehrslärm, aber die rastlosen Katzen überlagerten die üblichen leiseren Wüstengeräusche.

Es war eine typische klare Wüstennacht. Die Sterne funkelten in der klaren Luft. Nach dem Untergang der Sonne waren die Temperaturen drastisch gefallen, und Felicia war froh, dass sie ihre Strickbluse mit langen Ärmeln angezogen hatte.

Felicia hielt sich dicht neben José. Er roch nach Katzen und Jauche und Desinfektion; keine erotische Kombination, aber allein schon seine Nähe löste sexuelle Schauer bei ihr aus. Sie war immer noch nicht befriedigt, obwohl ihr Sexleben in der letzten Zeit nicht zu kurz gekommen war. Die

Abende mit Mel und José hatten Spaß gebracht, aber trotzdem ...

Verdammt, warfen Gabs Pheromone sie völlig aus der Spur? Das sah ihr ähnlich, nach dem Mann zu schmachten, der dabei war, ihr Leben zu zerstören.

Ihr Mund war nur um Haaresbreite von Josés Ohr entfernt, als sie flüsterte: »Du gehst um das Tigergehege herum, und ich umkreise das Verwaltungsgebäude und gehe dann hinunter zu den Fischkatzen.«

Er nickte, und schon bald konnte sie ihn nicht mehr sehen, weil die Dunkelheit ihn geschluckt hatte.

Felicia hielt die Taschenlampe locker in der Hand. Sie hatte sie noch nicht eingeschaltet, aber sie hielt den Finger auf dem Drücker. Sie kannte sich im Sanctuary gut genug aus, um sich vom trüben Mondlicht führen zu lassen.

Etwas bewegte sich bei den ausgegrabenen Pflanzen; die Blätter raschelten. Sie richtete den Strahl der Taschenlampe in diese Richtung und musste erkennen, wie unzulänglich der Strahl auf diese Entfernung war.

Sie unterdrückte ein Lachen, das aus ihr platzen wollte, als sie den Verursacher ihrer Ängstlichkeit sah: Einer der drei Pfauen des Sanctuary starrte sie zwischen den Blättern der Pflanzen an. Nach einem letzten hochnäsigen Blick stolzierte der Pfau davon.

Sie setzte ihren Weg fort und knipste in unregelmäßigen Abständen die Taschenlampe an, um den Boden nach Spuren oder Zeichen abzusuchen. Ihr erstes Ziel war, Eindringlinge bei der Tat zu überraschen, aber es würde auch schon genügen, wenn es ihnen gemeinsam gelang, sie für immer aus der Anlage zu vertreiben.

Sie betete inbrünstig, dass sie denjenigen fanden, der für all diese Untaten verantwortlich war – und dass dieser Jemand nicht Gab war.

Lance drückte sich gegen die Wand hinter dem Pumagehege. Er zog seine Kapuze tiefer ins Gesicht. Verdammt, es war kalt. Er hatte das gemeinsame Essen abgesagt, weil er nach Hause musste. Er hatte Alan beim Säubern der Spaten und Eimer geholfen und ihm dann gesagt, dass er jetzt nach Hause ginge – genau zu dem Zeitpunkt, als Alan zu seiner abendlichen Sitzung auf der Toilette aufbrach. Alan hatte noch gesagt, dass er hinter Alan abschließen würde.

Lance hatte die Tür aufgeschlossen, war zurückgegangen und hatte in der engen Nische zwischen Haupthaus und dem Vorratslager gewartet, bis es dunkel wurde. Er trug noch seine dünnen Dreivierteljeans, die tagsüber, als er in der prallen Sonne gearbeitet hatte, sinnvoll gewesen waren, aber jetzt legte sich eine empfindliche Gänsehaut auf seine Beine.

Er hasste es herumzuhängen. Er hasste Warten.

Wenn Just und Dog sich nicht sehen ließen, würde er sie umbringen.

Gab sah Licht, das durch das Fenster der Klinik strömte. In aller Vorsicht blinzelte er durchs Fenster und erwartete, José zu sehen. Zu seiner Überraschung sah er die hübsche asiatische Tierpflegerin. Mel ging im OP auf und ab und trommelte im Vorbeigehen nervös auf den Metalltisch.

Er wartete, obwohl es ihm unbehaglich war, wie ein Spanner am Fenster zu stehen. Aber José tauchte nicht aus dem hinteren Raum oder aus der Toilette auf. Gab runzelte die Stirn. Wenn José die ganze Nacht die neugeborenen Katzen in der Obhut von Mel beließ, verstieß er gegen eine wichtige Anweisung.

Es war natürlich möglich, dass José gerade bei den jungen Katzen war und Mel aus irgendeinem anderen Grund hier wartete. Gab hob die Schultern, trat vom Fenster zurück und setzte seinen Inspektionsgang durch die Anlage fort.

Felicia kroch hinter die Reihe von Käfigen, in denen die nordamerikanischen Katzen untergebracht waren. Ihr Magen revoltierte; vielleicht passten mexikanisches Essen und große Nervosität doch nicht so gut zusammen.

Da! Ein Geräusch. Wie erstarrt blieb sie stehen. Es war ein rhythmisches Geräusch. Ja, da ging jemand ganz in ihrer Nähe. Sie ahmte den Schrei eines Nachtfalken nach, wie sie vorher vereinbart hatten.

Keine Reaktion.

Verdammt! Sie drückte die Taschenlampe an und hielt eine Hand vor den Strahl. Dann wirbelte sie herum, lief um die Ecke und wollte die Lampe heben. Aber bevor sie das tun konnte, krachte sie gegen jemanden.

Eine Hand presste sich auf ihren Mund, bevor sie schreien konnte. Ein Arm schlang sich von hinten um sie und hielt ihre Arme fest an den Körper gedrückt. Ihre Taschenlampe fiel auf den Boden.

Bevor die Panik sie ganz überwältigte, sah sie im trüben Mondlicht ins Gesicht ihres Angreifers.

Es war Gab.

Sie wusste nicht, ob sie erleichtert oder entsetzt sein sollte. Er hatte um diese Zeit nichts im Sanctuary zu suchen. Aber er war wenigstens kein Axtmörder.

Sie entspannte ein wenig, und er nahm die Hand von ihrem Mund (das war gut so, sonst hätte sie ihn gebissen), aber er ließ sie noch nicht los.

»Himmel, wegen Ihnen hätte ich fast einen Herzanfall erlitten!«, knurrte er.

»Und was, zum Teufel, tun Sie hier?«

»Das könnte ich Sie auch fragen. Zu Ihren Aufgaben gehören keine nächtlichen Streifzüge.«

»Sie haben keine Ahnung, was alles zu unseren Aufgaben gehört«, murmelte sie.

Er antwortete darauf nicht, und zwischen zwei Schlägen ihres Herzens wusste sie, warum. Sie war fest an ihn gepresst, von den Brüsten bis zum Schoß, und plötzlich spürte sie seine harte Erektion.

»*Fuck*«, sagte er.

Sie war darauf vorbereitet, darauf mit »Oh, ja« zu antworten, als er seinen Mund auf ihren drückte.

Elftes Kapitel

»Lance, Mann! Ich war mir nicht sicher, ob wir uns auf dich verlassen können.« Justin klatschte Lance auf die Schulter.

»Wie seid ihr hereingekommen?«, fragte Lance. »Die Anlage ist sonst gesichert wie ein Gefängnis.« Das wusste er, denn er hatte so manche Runde mit Alan gedreht, und in den letzten Tagen waren sie noch gewissenhafter geworden.

Seine Freunde waren ganz in Schwarz gekleidet, und ihre Strickmützen hatten sie sich tief ins Gesicht gezogen. Dog hatte zusätzlich noch eine Kapuze. Sie schlenderten und unterhielten sich, als wären sie hier zu Hause. Es war ein kleines Wunder, dass sie nicht gehört oder gesehen wurden.

»Durch das Tor für die breiten Maschinen sind wir gekommen«, sagte Dog. »Wir haben gestöhnt, dass wir gestern Abend fast erwischt worden sind, daraufhin hat uns der Kerl, der uns angeheuert hat, getröstet und gesagt, er würde dafür sorgen, dass wir reinkommen. Er hat angerufen und gesagt, wohin wir gehen sollten.«

Lance kannte das Tor. Es wurde nur selten benutzt, aber an diesem Morgen hatten sie es geöffnet, damit der Bagger in die Anlage fahren konnte. Aber er hätte schwören können, dass Alan danach das Tor wieder geschlossen hatte. Und doch hatte der Auftraggeber gewusst, dass das Tor offen sein würde? Wer war dieser Typ? Alan? José? Gab?

»Wer ist dieser Typ?«, fragte er.

»Als ob wir das sagen würden«, knurrte Just. »Bist du nun dabei oder nicht?«

»Er ist dabei«, sagte Dog. »Warum sollte er sonst hier sein?«

»Ja, warum sonst?« Lance fühlte sich erleichtert und schuldig zugleich, dass Dog dieses Vertrauen in ihn setzte. »Also, was soll es heute sein? Mit Farben schmieren? Irgendwas platt machen?«

Katzenaugen glitzerten, als sie vom blassen Mondlicht gestreift wurden, und Lance erschauerte unter dem Gefühl, dass sie beobachtet wurden, nicht nur von den Katzenaugen, sondern von vielen anderen Augen auch noch.

»Ich weiß nicht.« Just sah sich um. »Ich hab keinen Bock auf langweiliges Zeug. Wir sollten was tun, wobei so richtig Freude aufkommt.«

Die reinste Glückseligkeit. Alle Sinne ausgefahren. Wie die feinste Schokolade, die in deinem Mund schmilzt, während Seide deinen nackten Körper streichelt und die süßesten Serenaden deine Ohren verwöhnen.

Sie wollte mehr. Wollte und brauchte mehr. Felicias Brüste schwollen an, bettelten darum, angefasst und genuckelt zu werden. Gab strich mit den Händen über ihre Rippen, bis sie die Unterseiten ihrer Brüste erreichten. Langsam fuhr er die Daumen aus und strich träge über ihre steifen Nippel.

Obwohl der Stoff von Bluse und BH dazwischen lag, schossen die Sensationen von den Brustwarzen direkt zu ihrem Schoß. Felicia riss den Mund auf und keuchte, schmiegte sich enger an ihn und stieß ihren Schoß ruckend gegen seinen Schenkel.

Die exquisiten Küsse ließen sie wünschen, sie könnte seinen Mund überall spüren, am ganzen Körper. Sie stellte sich vor, wie er an ihren Brüsten nagte. Wie seine Lippen eine nasse Spur auf ihrem Bauch zurückließen. Wie er sie zwischen den Beinen leckte, wo sie schon nass war. Er sollte ihre Labien spreizen und ihre Klitoris in den Mund saugen.

Sie legte die Hände um seine kleinen festen Backen und zog ihn noch näher an sich heran. Er bückte sich und drückte den Mund auf die Stellen, wo eben noch seine Finger gewesen waren. Durch ihre Kleider fühlte sie das Schaben seiner Zähne und dann die schmerzende Kühle, als sein Speichel ihre Bluse und den BH durchnässte.

Er zupfte die Bluse aus ihrer Hose. Ja! Warme, kräftige Hände auf ihrer nackten Haut. Endlich. Sie wusste, dass sie ihn brauchte. Sie griff an seinen Hosengurt. Und erstarrte.

»Was war das?« Seine Stimme hörte sich wie aus weiter Ferne an.

Auch sie glaubte, durch das Dröhnen in den Ohren etwas gehört zu haben. Widerwillig riss sie sich aus ihrer Lust, und dann kam ihr ein Gedanke, bei dem sie sofort wieder nüchtern wurde.

»Hör auf«, sagte und wich zurück. Obwohl sie wusste, dass sie richtig handelte, fühlte sich ihr Körper betrogen, als die Hände ihre nackte Haut verließen.

»Ich dachte, du willst ...«

»Willst du mich nur ablenken?«, fragte sie und steckte die Bluse wieder unter den Hosenbund.

»Wovon redest du?«

Sie bückte sich nach ihrer Taschenlampe, wobei ihr bewusst war, dass er auf ihren Po starrte, und richtete den Strahl auf Gab. »Du hast keinen Grund, um diese Uhrzeit hier zu sein«, sagte sie. »Willst du mich ablenken, während dein Komplize neue Verwüstungen anrichtet?«

»Das könnte ich dir auch vorwerfen«, sagte er. »Ich habe gesehen, wie du mit Mel und José zusammen warst. Es hat auf mich so gewirkt, als hättet ihr irgendwelche heimliche Pläne ausgeheckt.«

Felicia platzte heraus: »Was sollen wir denn tun? Wir lieben unser Sanctuary! Deshalb sind wir hier.«

Ihm blieb keine Zeit für eine Antwort. Schreie zerrissen die Stille der Nacht, und eine Stimme hörte sich verzweifelt an.

Sie rannten beide in die Richtung, aus der die Schreie zu ihnen gedrungen waren.

Lance versuchte, es Just auszureden, aber damit kam er nicht zum Zuge. Just versicherte, dass er den Gepard nicht verletzen wollte, er hatte nur Spaß, den Käfig ein bisschen zu zerlegen. Er wollte seinem Auftraggeber vielleicht beweisen, dass er nicht nur ungesehen das Gelände betreten, sondern sogar in einen der Käfige eindringen konnte.

Dog, der größer war, half Just die Käfigwand hoch. Just griff die breite Kette, die an der Wand hing, und kletterte daran hinauf.

Was für eine blöde Idee. Lance wusste nicht, was er tun sollte, aber dann fasste er sich ein Herz und setzte Just nach. Er wollte ihn daran hindern, noch höher zu klettern. Die Kette rasselte, und Caramel knurrte wütend.

Er hatte nicht den Schwung, den Just gehabt hatte, weil Dog ihm geholfen hatte, und dann spürte Lance auch, wie der Käfig zu schwanken begann. Er verhielt sich eine Weile ruhig und überlegte sich die nächsten Schritte. Inzwischen hatte Just das Ende des Käfigs erreicht und schwang ein Bein auf das instabile Dach.

Just wusste nicht, dass es sich nicht um ein richtiges Dach handelte; man hatte nur einen Maschendraht über den Käfig gelegt. Die Katzen konnten nicht so hoch springen, deshalb brauchten die Käfige kein solides Dach. Die Pfauen liebten es, sich oben auf den Maschendraht zu setzen und die Katzen bis zur Weißglut zu reizen.

Lance verdoppelte seine Anstrengungen und schaffte es gerade noch, Justs Knöchel zu packen, bevor sein Freund in den Käfig gefallen wäre. Geparde sind für den Menschen nicht die gefährlichsten Katzen, aber Caramel hätte es nicht als freundschaftlichen Akt betrachtet, wenn Just in ihrem privaten Gemach aufgetaucht wäre.

Justs Schuh hatte sich im Maschendraht verstrickt, und Lance brauchte seine Zeit, bis er ihn aus den engen Maschen befreit hatte.

Schreie und ruckartig sich bewegende Strahlen diverser Taschenlampen. Aus allen Richtungen. Es sah so aus, als wäre die Kavallerie eingetroffen.

Just fiel auf den Boden, aber er hatte sich nicht verletzt. Er und Dog rannten zurück in den hinteren Teil der Anlage. Sie kümmerten sich nicht um Lance, dessen Kapuze sich irgendwie verhakt hatte.

Gab war größer, aber Felicia war durch ihr regelmäßiges Training fitter, deshalb fiel es ihr leicht, mit ihm Schritt zu halten. Sie sahen José, der aus einer anderen Richtung heranstürmte.

»An der Nordseite!«, rief Alan ihnen zu. Auch er kam aus einer anderen Richtung angerannt. Er hielt kurz an und krümmte sich vor Luftnot.

Gab lief in die Gegend, die Alan ihnen gewiesen hatte. Felicia drehte sich nach allen Seiten um und hielt den Schein ihrer Taschenlampe auf ihre direkte Umgebung. Zu ihrem Entsetzen sah sie, wie Lance von der Käfigwand zu Boden stürzte.

Gab rannte in die Nacht hinein und setzte einem der Vandalen nach. Er konnte wenigstens zwei Paar Füße rennen hören. Sie schienen ein Ziel zu haben. Er konzentrierte sich auf den Kerl, der direkt vor ihm lief.

Der Junge musste wenigstens eins neunzig groß sein, und das meiste davon waren Beine. Dieser Bastard hatte versucht, einem der Geparde etwas anzutun. Wut brodelte in Gab, die ihn zusätzlich antrieb. Er sah, wie er den Abstand zu Langbein verkürzte.

Dann war der Junge dumm genug, sich umzudrehen, denn damit nahm er das Tempo aus seinem Lauf. Gab sammelte seine ganze Kraft und sprang. Er erwischte den Jungen im Rücken, und sie gingen beide zu Boden.

Gab griff an den Jeansbund des Jungen, um sich weiter an ihm hochzuziehen. Aber leider trug er die modischen Jeans, die tief auf der Hüfte saßen, sodass Gab keinen festen Griff hatte – im Gegenteil, die Hose rutschte tiefer, und Gab war froh, dass der Bastard Shorts trug, sonst hätte er in dieser Nacht einen zweiten Mond gesehen.

Der Junge nutzte die Szene zu seinem Vorteil; er krabbelte von Gab weg, drehte sich um und stieß sein Knie unter Gabs Kinn.

Sterne ersetzten den Mond in Gabs Kopf. Er schmeckte Blut in seinem Mund und spürte einen brennenden Schmerz auf der Zunge. Benommen musste er seinen Griff an den Jenas aufgeben. Der Junge rappelte sich auf die Füße, zog die Jeans hoch und verdrückte sich.

Gab stützte sich auf die Arme und schaffte es in eine kniende Position. Links nahm er eine flitzende Bewegung wahr – das musste der zweite Junge sein, der von jemandem mit einer Taschenlampe verfolgt wurde. Er packte die Jacke des Jungen, der daraufhin ins Stolpern geriet.

Sekunden später war das Ergebnis nicht anders als bei ihm: Der Junge stieß einen Ellenbogen in den Bauch des Verfolgers, dann konnte er sich losreißen, während Gabs Verbündeter zusammengekauert zurückblieb und einen Schwall fremder Laute ausstieß – chinesisch?

»Ich habe wenigstens seine Mütze.« Mel schwenkte sie und schaute grinsend zu Gab.

»Seid ihr beide okay?«, fragte Felicia, als Gab und Mel aus den Schatten traten.

»Es ist nichts, was ein heißes Bad und Epsom-Salz nicht kurieren können«, antwortete Mel.

»Ich habe dir gesagt, du sollst drinnen bleiben«, maulte José.

»Ja, stimmt. Aber ich sah, was passierte, da musste ich helfen. Keine Bange, ich habe die Tür abgeschlossen, und Noelle geht es gut.«

»Sie ist ein Kracher«, sagte Gab bewundernd. »Sie hätte ihn fast auf dem Boden gehabt.«

Felicia spürte einen Stich der Eifersucht. Sie tröstete sich mit dem Wissen, dass sie Gab etwas voraushatte – Sex mit Mel.

»Ich wusste gar nicht, dass du was von Selbstverteidigung verstehst«, beklagte sich José.

Sie hob die Schultern. »Ich habe asiatischen Kampfsport unterrichtet und damit einen Teil der Kosten fürs College bezahlt«, sagte sie. »Das stand auch in meiner Bewerbung für diesen Job. Sag bloß, du hast mich nur wegen meines Aussehens angestellt?«

»Sie haben dir offenbar nirgendwo beigebracht, gewisse Anweisungen zu befolgen«, murrte José.

Mel schnaubte, aber bevor sie dem Tierarzt sagen konnte, was sie von seinen Anweisungen hielt, schaltete sich Felicia ein. »Es gibt einige wichtigere Dinge, über die wir reden müssen«, sagte sie. »Eine der Katzen hätte heute Abend schwer verletzt werden können – oder einer der Eindringlinge.«

»Wie sind sie hereingekommen?«, wollte Mel wissen.

»Durch das Tor für das schwere Gerät«, sagte Alan, der zur Gruppe zurückgekehrt war. Er war Gab gefolgt, aber noch etwas langsamer gegangen, und jetzt sagte er, dass er nach der Flucht der beiden Jungen das Tor erneut verschlossen hatte. »Ich weiß ganz genau, dass ich es am Morgen schon abgeschlossen hatte, nachdem der Bagger hereingefahren wurde.«

»Jemand muss das Tor für die beiden geöffnet haben«, warf Lance ein. Er lehnte am Zaun und rieb sich die Schulter.

»Du?«, fragte José. »Hast du ihnen das Tor geöffnet?«

Lance schüttelte den Kopf. »Ich war es nicht, Mann. Ich hatte keine Ahnung, wie sie hereinkommen wollten.«

»Aber du hast schon gewusst, dass sie kommen würden«, hielt Felicia ihm vor.

Lance seufzte. Im Schein der Taschenlampe sah er einerseits jünger aus, andererseits auch älter, weil irgendeine Last auf ihm zu liegen schien.

»Sie sind gegen Mittag hier gewesen und fragten, ob ich bei einem Job dabei sein will, der gut bezahlt würde«, berichtete er. »Es war die übliche Scheiße, die wir früher abgezogen haben – Dinge platt machen und so.«

»Und dafür zahlt jemand?«, fragte Alan. »Wer?«

»Das wollten sie mir nicht sagen. Ich habe mich nicht sofort entschieden und gesagt, ich müsste mir das durch den Kopf gehen lassen. Es war echt krass, und ich wollte es auch nicht, aber das Moos, Mann! Den Zaster konnte ich gut gebrauchen.«

»Wozu brauchst du Geld?«, fragte Felicia.

Er senkte den Kopf, aber nicht schnell genug, und so sah

sie den kurzen verliebten Seitenblick auf Mel. »Ja, nun ... halt so.«

»Drogen?«, fragte Gab.

»Niemals! Diesen Scheiß hänge ich mir nicht mehr an.«

»Ich glaube dir«, sagte Mel, der auch dieser Blick nicht entgangen war. »Warum fängst du nicht von vorn an und erzählst uns alles?«

Er berichtete von dem Gespräch mit den Freunden; und heute Abend, kurz bevor sie eintrafen, um seine Entscheidung einzuholen, war er sich klar geworden, dass er sie aufhalten musste. Entweder schaffte er es, es ihnen ganz auszureden, oder er musste versuchen, den Schaden so gering wie möglich zu halten. Als Just dann auf den Gepardkäfig geklettert war, hatte der Spaß für ihn endgültig aufgehört.

»Just ist ein Hirni«, sagte er. »Ich hätte ihn von Caramel durchkauen lassen sollen.«

Gab rieb sich das Kinn. »Das hat was für sich.«

Felicia sah ihn an. »Alles in Ordnung?«

»Ja, wenn man bedenkt, wie nah sich mein Kinn und das Knie des Burschen gekommen sind.«

Sie richtete die Taschenlampe auf sein Gesicht und sah, wie sich ein Bluterguss auf dem Kinn ausbreitete. »Ich hole dir was, um den Schmerz zu lindern.«

»Wir treffen uns dann in der Klinik«, schlug José vor. »Es hat keinen Sinn, hier in der Kälte zu stehen.«

Im Verwaltungsgebäude gab es einen Erste-Hilfe-Kasten und Eispackungen im Kühlschrank, aber das Café lag näher. Sie schloss die Tür auf und ging hinein. Zuerst hatte sie ein Steak aus dem Kühlschrank holen wollen, aber dann erinnerte sie sich an die Eismaschine.

Der Kühlschrank kam ihr nicht so kalt wie sonst vor, aber das führte sie auf die Wüstennacht zurück. Sie legte einige Eisstückchen in ein sauberes Abwaschtuch, wickelte sie ein und ging in Richtung Klinik. Vor Caramels Käfig blieb sie einen Moment stehen. Der Gepard lag schmollend da, hatte sich aber zur Ruhe begeben. Auch die anderen Katzen waren still, mal abgesehen von einem gelegentlichen Brummen. Die direkte Gefahr war vorüber.

Sie reichte Gab das Eis und sprang zu Mel auf den OP-Tisch. Jemand hatte die Kaffeemaschine angestellt, und der Duft allein wärmte Felicia schon.

»Warum hast du niemandem was von deinen Freunden gesagt?« Alan wollte das von Lance wissen.

Lance hob die Schultern. »Ich weiß es nicht. Ich schätze, ich wollte sie nicht in Schwierigkeiten bringen. Wir kennen uns seit langem. Ich dachte, ich könnte ihnen ausreden, was Dummes zu tun.«

»Es ist gut, dass du dabei warst«, sagte Mel wie zum Trost. »Du hast verhindert, dass Caramel verletzt wurde. Aber es wäre besser gewesen, wenn du was gesagt hättest.«

Felicia betrachtete die einzelnen Männer. José blickte finster drein; kein Zweifel, sein Stolz war verletzt. Alan hatte sein Cop-Gesicht aufgesetzt; er analysierte die Situation, ohne seine Gedanken oder Gefühle zu zeigen. Gab, das Tuch gegen das Kinn gepresst, sah nachdenklich aus.

Felicia fühlte sich erleichtert. Gab hatte mit dem Vandalismus nichts zu tun. Er konnte Lance' Freunde nicht kennen, und wenn er der Drahtzieher gewesen wäre, hätte er sich direkt an Lance gewandt.

»Nun, ich sage es ja jetzt«, knurrte Lance störrisch, und ein wenig schimmerte sein Image als böser Bube wieder durch.

»Warum nennst du uns nicht die Namen deiner Freunde?«, fragte Alan. Dann wandte er sich an Felicia. »Ich glaube, dies ist der Zeitpunkt, die Polizei zu informieren.«

»Davon bin ich noch nicht überzeugt«, meinte Felicia zaudernd. »Wenn Lance bereit ist, gegen seine Freunde auszusagen, werden zwei Vandalen verurteilt. Es gibt keine Garantie, dass sie verraten, wer sie angeheuert hat – und diese Person ist unser Problem.«

»Wir haben jetzt die Gewissheit, dass alles, was in letzter Zeit geschehen ist, nicht Zufall oder Unglück war«, stellte Gab fest. »Felicia hat Recht, wir müssen herausfinden, wer dahintersteckt.«

»Und warum«, fügte Alan hinzu.

»Lance, glaubst du, dass sich deine Freunde bewegen lassen, dir zu sagen, wer sie bezahlt hat?«, fragte Mel. »Du kannst doch gut die Karte ziehen: ›Schließlich habe ich dir das Leben gerettet.‹«

»Ich kann's versuchen«, sagte Lance.

Felicia unterdrückte ein Kichern. Wenn sie sich nicht irrte, dann fügte Lance unausgesprochen hinzu: Weil du es bist. Ihr Freiwilliger war in Mel vernarrt. Felicia konnte das gut verstehen, schließlich wusste sie aus erster Hand, wie heiß die zierliche Mel war.

Aber José schüttelte den Kopf. »Ich weiß nicht«, sagte er. »Woher wissen wir denn, dass Lance nicht gemeinsame Sache mit ihnen gemacht hat? Wenn wir ihn gehen lassen, läuft er zu seinen Freunden, und zusammen gehen sie zum Geldgeber – wenn es den überhaupt gibt. Es kann ja auch sein, dass sie sich den großen Unbekannten ausgedacht haben, damit sie so gut wie ungeschoren davonkommen.«

Lance runzelte die Stirn, sein Blick wurde finster. Es sah so aus, als wollte er aus der Klinik stürmen.

Felicia sagte schnell: »Es ergibt Sinn, dass jemand hinter den Anschlägen steckt. Und wenn Lance mit seinen früheren Freunden gemeinsame Sache gemacht hätte – warum sitzt er denn jetzt bei uns?«

»Ich habe einen Vorschlag für Lance«, sagte Alan. »Du nennst mir die Namen deiner Freunde, und ich lasse sie von einem alten Bekannten von mir überprüfen. Unauffällig und ohne Polizei einzuschalten.«

»Ein Bekannter, der dir immer noch was schuldet?«, fragte Felicia lächelnd.

Alan grinste. »Klar. Er wird einige Male bei den Jungs zu Hause auftauchen, damit sie merken, dass jemand sie im Auge behält. Was hältst du davon, Lance?«

»Kann nicht schaden. Sie stellen einigen Unsinn an, erst recht, wenn sie dafür auch noch bezahlt werden. Aber dafür in den Knast zu gehen ist es ihnen bestimmt nicht wert.«

»Nun, ich glaube, dass wir heute Nacht vor ihnen sicher sind«, meinte Alan. »Sie wissen, dass wir sie gesehen haben. Ich bin sicher, dass sie sich und uns ein bisschen Ruhe gönnen.«

»Aber ich will trotzdem die eine oder andere Runde laufen«, sagte José. »Ich brauche nicht die ganze Nacht bei Noelle zu sein.«

»Es scheint, dass wir Einigung erzielt haben«, stellte Felicia fest. »Wie wäre es jetzt mit einem frischen Kaffee, bevor wir wieder in die Kälte gehen?«

Zu ihrer Überraschung folgte ihr Lance zur Kaffeemaschine und half ihr, die Styroporbecher zu füllen.

»Ich danke dir«, sagte er leise.

»Du kannst mir danken, indem du sauber bleibst«, gab sie zurück. »Und lüge niemanden von uns an.«

Er nickte, aber sein Blick richtete sich bereits wieder auf Mel. Felicia wusste nicht, ob sie ihn auf seine Schwärmerei ansprechen sollte, denn es konnte ihm einen Knacks geben, wenn seine Hoffnungen jäh zerplatzten. Aber dann schaute Mel auf und strahlte Lance an, und Felicia erkannte, dass sie das unter sich ausmachen sollten.

Es wurde still in der Klinik, während sie am Kaffee nippten und ihren Gedanken nachhingen. Das Blut raste nicht mehr durch ihre Adern, da nun die unmittelbare Gefahr vorbei war. Felicia spürte, wie ausgelaugt sie war. Es war ein langer Tag gewesen.

»Ich würde gern noch bleiben und mit euch plaudern«, sagte sie, »aber eine heiße Dusche und mein Bett sind eine zu große Verlockung.« Sie warf den leeren Kaffeebecher in den Abfalleimer. »Wir sehen uns alle morgen wieder. Alan, José, passt gut auf euch auf.«

Zu ihrer Überraschung folgte ihr Gab nach draußen. Er legte eine Hand um ihren Oberarm, nicht zu fest, eher in einer liebevollen Geste, die ihr durch und durch ging. »Nein«, sagte er mit einer Stimme, die keinen Vorwand zuließ und heiße Schauer über ihren Rücken schickte, »du kommst mit zu mir.«

Zwölftes Kapitel

Bei ihrem zweiten Besuch konnte sich Felicia von der Ausstattung des Hotelzimmers überzeugen, das Gab gebucht hatte. Zu ihrer Überraschung handelte es sich um eine Suite mit einem großen Himmelbett. Neben der geräumigen Sitzecke gab es eine kleine Küche, und außerdem gehörte noch ein großes Badezimmer zur Suite. Alles war in Burgund und Gold gehalten, die Schabracken um Bett und Fenster bestanden aus üppigem Brokat. An den Wänden hingen Bilder italienischer Renaissancestädte.

Sie lobte sein phantastisches Zimmer, und er sagte: »Sie hatten ihre Zimmer überbucht, deshalb haben sie mir ihre Flitterwochen-Suite gegeben. Offenbar gibt es nicht viele Brautpaare, die sich im Radisson von Addison amüsieren wollen, deshalb haben sie mich noch nicht rausgeworfen.«

»Das kam dir wohl sehr gelegen«, murmelte sie.

»Bisher ist mir das gar nicht bewusst gewesen – jetzt aber doch.«

Felicia stellte ihre Handtasche auf eine lange, niedrige Kommode und langte in ihre Haare, um den Pferdeschwanz zu öffnen. Als die Haare ihr Gesicht einrahmten, wäre sie am Geruch fast erstickt.

Gab kam auf sie zu, und sie wich unwillkürlich einen Schritt zurück.

»Du hast doch deine Meinung nicht geändert?«

Himmel, nein! Wenn er sie nicht bald berührte, würde sie nach innen explodieren. Aber sie war auch ganz Frau, und ihre Eitelkeit ließ es nicht zu, dass er diesen Geruch an ihr wahrnahm. »Nein, nein. Es ist nur ... Ich habe mich noch nicht richtig säubern können, und meine Haare, nun, sie riechen ein bisschen streng.«

Er grinste breit, aber sie war nicht auf das vorbereitet, was er dann tat. Er bewegte sich schneller, als sie für möglich gehalten hatte, und sie konnte nur überrascht quietschen, als er sie hochhob und fest in seine Arme schloss.

»Das kriegen wir leicht wieder hin«, sagte er und kuschelte sich an eine empfindliche Stelle zwischen Nacken und Schulter. Das Kratzen seiner Bartstoppeln ließ sie geräuschvoll den Atem anhalten.

Sie schloss die Augen, gab sich den herrlichen Sensationen hin und öffnete verwundert die Augen, als er sie wieder auf den Boden stellte – sie befanden sich im Bad.

»Ich habe schon davon geträumt, dich in dieser Dusche zu sehen«, sagte er zwischen sanften Küssen. Dann löste er sich von ihr, drehte die Hähne auf und regulierte die Temperatur des Wasserstrahls. Es war eine Dusche, die offenbar für zwei gedacht war – an den gegenüberliegenden Wänden gab es je einen Duschkopf.

Die Zeit, in der er sich um die richtige Temperatur bemühte, nutzte sie, sich auszuziehen. Als er sich umdrehte, stand sie nackt vor ihm.

Es war, als würden seine Augen eine Nuance dunkler – fast schwarz. Er betrachtete sie genüsslich von oben bis unten und dann wieder hinauf, und sie erschauerte unter seinen intensiven Blicken. Sie wirkten, als würde er ihren ganzen Körper mit den Händen streicheln.

»Du«, sagte er, »siehst fabelhaft aus.« Er begann sich auch auszuziehen, aber er konnte den Blick nicht von ihr wenden.

Sie ahmte sein Spiel nach und betrachtete ihn ausgiebig; und als sich ihre Blicke trafen, sahen sie beide die lustvollen

Gedanken, die sie seit einer Woche gehegt hatten. Erst als er ganz nackt war, löste sie sich von seinem Blick und musterte wieder seinen Körper, nein: Sie bewunderte ihn.

Er sah so aus, wie sie ihn sich am ersten Tag vorgestellt hatte: Die Haare auf seiner Brust waren mit goldenen Spitzen versehen. Und sein Schwanz – oh, ja. Oh, Mann. Schon halb bereit, beschnitten, dick an der Wurzel und dick die Eichel, die einem Champignon glich. Sie konnte an nichts anderes denken, als ihn tief in sich spüren zu wollen.

Aber erst nach einem aufregenden, langen Vorspiel.

Mit zwei Schritten war sie bei ihm, und nun konnte sie die Phantasie ausleben, die sie beim ersten Anblick des Mannes überfallen hatte. Mit gespreizten Fingern fuhr sie langsam durch seine Brusthaare und zupfte behutsam daran.

Er rührte sich nicht vom Fleck. Er beobachtete sie und war gespannt, was sie als Nächstes tun würde. Sie strich mit den Handflächen über seine Nippel und wurde durch ein lautes Luftanhalten belohnt. Seine Hüfte zuckte.

»Ich schlage vor, dass du deinen hübschen Arsch in die Dusche hebst, denn sonst lasse ich dir keine Zeit mehr für deine Reinigung, und die Fliesen auf dem Boden sind verdammt kalt.«

Das Wasser hatte die ideale Temperatur, und nach einem Tag voll Gestank und einem Abend in der kalten Brise konnte Felicia das wohlige Stöhnen nicht zurückhalten, als das heiße Wasser auf sie prasselte.

»He, ich habe dich doch noch gar nicht richtig angefasst«, sagte Gab und zog die Kabinentür hinter sich zu.

»Da siehst du mal, in welchen Zustand du mich versetzen kannst«, prustete Felicia und zog ihn an sich.

Wieder schmiegten sie sich aneinander, aber diesmal störten keine Kleider. Seine Brusthaare rieben über ihre Nippel, als er mit der Zunge über ihren Hals leckte. Sie warf den

Kopf in den Nacken, und sie fühlte sich unter den Strahlen wie unter einem Wasserfall. Durch den gebogenen Rücken ragten ihre Brüste hervor, und er bückte sich.

Felicia hielt sich mit einer Hand an der Duschwand fest und mit der anderen an einer Stange, denn sie traute ihren Beinen nicht, als er ihre Brüste zusammendrückte und beide Nippel gleichzeitig in den Mund saugte. Ihre Haut war so sensibel geworden, dass sie durch das prasselnde Wasser glaubte, er berührte sie überall.

Ihre blind suchenden Hände fanden ein Stück blaugrüner Seife mit einem Duft von frischer Seeluft. Sie schäumte ihre Hände ein, dann rieb sie in kleinen Kreisen über seine Schultern und den Rücken.

Er ließ von ihren Brüsten ab und griff nach dem Shampoo. »Dreh dich um«, sagte er.

Bevor sie das tat, konnte sie nicht widerstehen, mit den eingeschäumten Händen über seinen jetzt harten Schaft zu reiben. Sie schwelgte im Glücksgefühl, als sie sein pralles Stöhnen hörte.

Er schäumte ihre Haare mit dem Shampoo ein, das nach Zitrusfrucht und Kräutern duftete, und massierte den Schaum in ihr Haar ein. Sogar das fühlte sich gut an, dachte Felicia. Sie drückte sich fest gegen ihn, und sein schaumiger Schaft schmiegte sich in die glitschige Kerbe zwischen den Backen. Gab ruckte mit der Hüfte vor und zurück. Seine Hände gingen aus den Haaren und glitten wieder zu ihren Brüsten. Er drückte und zwirbelte sie, während sie ihren Po gegen ihn kreisen ließ.

Sie lösten sich voneinander, damit sie den Schaum aus den Haaren waschen konnte, bevor er ihr in die Augen lief. Als sie damit fertig war, hatte er seine Hände mit der Meeresbriseseife eingeschäumt und tastete ihren ganzen Körper damit ab. Er spielte mit ihren Nippeln, massierte ihre festen

Pobacken und drang verspielt in die Kerbe ein. Er kniete sich hin, umfasste ihre Beine und massierte sie; er begann an den Knöcheln und endete in ihrem Delta.

Es war die reinste Folter. Seine Berührungen machten sie wild, denn er berührte sie überall, nur nicht da, wo sie seine Finger wirklich spüren wollte, wo sie ihn brauchte.

Er richtete sich kurz auf, um einen Duschkopf vom Haken zu holen, dann kniete er sich wieder und wusch den Schaum von ihren Beinen.

Sie hielt es nicht länger aus und stellte einen Fuß auf die geflieste Bank, um ihm Zugang zum Mittelpunkt ihres Sehnens zu gewähren. Er fuhr mit einem Finger leicht über ihre Labien. »Du triefst ja«, sagte er, »und nicht nur vom Wasser.«

Wenn er sie da nicht bald anfasste, würde sie die Dinge in die eigenen Hände nehmen müssen. Sie erwartete seine Finger oder vielleicht sogar seinen Mund. Sie erwartete nicht den heißen Strahl der Dusche, den er direkt auf ihre Pussy hielt. Der kräftige Strahl umspülte ihre Klitoris, die es so dringend nötig hatte. Dann verengte er den Strahl, und das Wasser schoss tief in sie hinein.

Spiralen der Leidenschaft bildeten sich in ihrer Klitoris und strahlten aus. Sie war so nahe ...

»Noch nicht«, sagte er, und sie hätte aufgeschrien, wenn er nicht hinzugefügt hätte: »Das erste Mal sollst du auf meiner Zunge kommen.«

Er legte den Duschkopf neben sich und fand die Klitoris mit dem Mund, und gleichzeitig glitt ein Finger in ihre dunkle Nässe. Seine Zunge stieß die geschwollene Knospe an, immer und immer wieder, und dann schrie sie ihren Orgasmus heraus, als ihr Inneres zu schmelzen begann.

Er stellte sich hin, stieß den Finger rhythmisch in sie hinein und ließ die Daumenkuppe über die Klitoris kreisen, um sie zu einem weiteren Höhepunkt zu bringen.

Sie griff mit geschlossenen Augen nach seinem Schaft, um sich zu revanchieren, aber er zog sie zu der Bank und setzte sich.

»Dreh dich um«, sagte er.

Sie befolgte seine Anweisung, spreizte die Beine und grätschte über ihn.

»Als ich dich am ersten Tag gesehen habe, hast du dich nach irgendwas gebückt. Seither kann ich nur daran denken, dass ich dich mal in dieser Position habe.«

Sie wollte »Yoga« sagen, aber es kam nur ein gekeuchtes Stöhnen heraus, als er sie langsam mit seiner ganzen Länge pfählte. Sie ahnte, was er wollte. Sie beugte sich weiter vor, bis sie sich mit den Handflächen auf dem Boden der Dusche abstützen konnte.

»Himmel, wie geschmeidig du bist«, murmelte er.

Er packte sie an der Hüfte, hob sie an und ließ sie langsam zurückkommen. Wenn er tief in ihr steckte, zuckte ihre Hüfte ein wenig, und sie quetschte seinen Pfahl mit ihren inneren Muskeln. Er stieß gepresst ihren Namen heraus. Ihre Schenkel waren von den beiden Orgasmen noch ein bisschen geschwächt, aber sie gab ihr Bestes, hob sich an und ließ sich genüsslich zurückfallen. Er griff mit einer Hand über ihren Schenkel hinweg und übte genau den richtigen Druck auf ihre Klitoris aus.

»Was für ein unglaublicher Anblick«, keuchte er. »Du hast einen phantastischen Arsch. Ich kann deine Pussylippen sehen, wie sie sich um meinen Schwanz schließen. Oh, Himmel, Felicia.«

Sie konnte ihn kaum hören. In ihrem Kopf schwamm alles, und nicht nur wegen ihrer unbequemen Stellung. Nein, sie spürte, wie sich ein weiterer Orgasmus in ihr aufbaute, unaufhaltsam wie ein Eilzug, und dann schrie sie auch schon auf und mahlte gegen seinen herrlichen Schaft. Sekunden später spürte sie, wie auch er seinen Höhepunkt erlebte.

Er half ihr, sich aufzurichten, und dann dauerte es eine Weile, bis sie wieder durchatmen konnten. Das Wasser prasselte immer noch auf sie herab. Sie rubbelten sich gegenseitig mit den flauschigen Badetüchern trocken und verharrten länger als nötig an den Stellen, wofür sie sich am meisten interessierten.

Sie ließen sich erschöpft aufs Bett fallen.

»Hungrig?«, fragte Gab.

»Himmel, nein, nicht nach dem mexikanischen Essen.«

»Durstig?«

»Was hast du da?«

Er stand auf und öffnete die Minibar. »Champagner«, sagte er und hielt eine kleine Flasche hoch.

»Gekauft.«

Sie ließen die Gläser klingen, bevor sie den ersten Schluck tranken. »Auf unsere erfolgreiche Nacht des Anschleichens.«

Felicia spürte die Perlen, die ihren Gaumen kitzelten. »Ja, es war ein richtiges Abenteuer.« Ihre Augen verengten sich. »Wie bist du eigentlich hereingekommen?«

Sie wunderte sich über sein Grinsen. »Ich habe das Schloss des Lieferanteneingangs geknackt«, gab er zu. »Ein Talent, das ich in den bösen Tagen meiner Jugend entwickelt habe. Aber ich habe hinter mir wieder abgeschlossen.«

»Hast du gewusst, dass Lance irgendwas plant?«

Er schüttelte den Kopf. »Ich hatte den Verdacht, dass irgendwas geschieht, aber ich wusste nicht, durch wen und wann. Deshalb wollte ich dabei sein.«

»Mir ging es genauso. Wir dachten, dass Alan Unterstützung braucht, aber wir haben nicht das Geld, um einen zweiten Mann zu engagieren. Deshalb haben José, Mel und ich uns darauf geeinigt, die Nacht über in der Anlage zu bleiben und auch auf Streife zu gehen.«

»Hast du geglaubt, dass ich etwas mit den Zerstörungen zu tun hatte?«

Sie dachte über ihre Antwort nach, aber sie hielt eine Menge von Ehrlichkeit, und dies mochte ein günstiger Augenblick sein. »Ja, du standest auf meiner Liste«, sagte sie. »Die Serie begann etwa zu der Zeit, als du zu uns gekommen bist.«

»Zähle die Dinge auf, die geschehen sind.«

Nackt schritt er quer durchs Zimmer und hob seinen Laptop hoch. Sie lag bequem auf dem Bett und beäugte seinen festen Hintern, bis er wieder auf dem Bett war.

Sie zählte alle Zwischenfälle auf, vom offenen Ozelotkäfig bis zu den kaputten Abwasserrohren.

»Viele Vorkommnisse könnten auch andere Ursachen haben«, sagte sie und fuhr frustriert mit einer Hand durch ihre fast trockenen Haare. »Ein oder zwei Schulklassen waren da, als der Feueralarm losging. Auch die Sprenkelanlage, aber die ist auch schon alt. Und die Sache mit den Abwasserrohren – nun, an dem Tag waren auch Kinder im Sanctuary.«

»Ist sonst noch etwas Verdächtiges geschehen in den letzten Wochen?«

»Nun, die Sponsoren der letzten Jahre haben sich auffällig zurückgehalten. Für unser Gala-Dinner haben wir längst nicht alle Plätze verkaufen können, und Spenden gehen auch eher zögerlich an. Das mag natürlich daran liegen, dass in letzter Zeit bei uns so vieles falsch gelaufen ist.«

»Ich dachte, du hättest alles im Griff«, sagte er.

»Nur bedingt«, räumte sie ein. »Die Presse erfährt was, und dann fangen die Gerüchte an; nichts Genaues, sodass man auch nicht gegensteuern kann. Aber allmählich setzt sich bei immer mehr Leuten das Gefühl durch, dass mit dem Sanctuary etwas nicht stimmt.«

Dreizehntes Kapitel

Wenn Mel noch irgendwelche Zweifel an Lance gehegt hatte, dann zerstoben sie endgültig, als sie sah, wie er mit ihren Tieren umging. Phu Dog begrüßte ihn wie einen lange verlorenen Freund. In Phu Dogs Hundeleben war jeder sein bester Freund. Als Lance sich mit gekreuzten Beinen auf den harten Holzfußboden setzte und mit der seltenen Golden Retriever / Corgi-Mischung tollte, schlich Gypsy unter dem Sofa hervor.

Die kleine graue Katze hatte Mel aus einem Tierheim mit nach Hause genommen, wo sie mit starken Trittverletzungen abgegeben worden war. Der einzige männliche Besucher, dem sie sich wenigstens zeigte, war José, aber sie blieb stets auf Abstand zu ihm.

Sie schlich sich an Lance heran, hielt sich aber zurück, bis er sie zur Kenntnis genommen hatte. »Hi, kleines Mädchen«, sagte er und streckte seine Hand aus. Gypsy drehte sich einige Male im Kreis, und im nächsten Moment sprang sie auf Lance' Schoß und schnurrte.

Mels Herz schmolz. Sie schlich sich auf Zehenspitzen in die Küche, um den Kaffee zuzubereiten.

Als sie zurückkehrte, setzte sie das Tablett auf dem niedrigen Tisch vor dem Sofa ab. Lance nahm Gypsy vom Schoß und setzte sie behutsam auf den Boden. Er stand auf und zog seine Jacke mit der Kapuze aus. Dabei verzog er schmerzvoll das Gesicht. Mel war entsetzt, als sie den rostbraunen Fleck auf seinem T-Shirt sah. »Was ist passiert?«

Er blickte über seine Schulter. »Ach, das. Ich habe mich an

einem Haken an der Käfigwand verfangen. Einfach doof. Halb so wild.«

Sie hörte die einstudierte Lässigkeit in seiner Stimme, aber das verzogene Gesicht hatte ihn schon verraten. »Ich werde die Wunde mit Wasserstoffsuperoxid auswaschen«, sagte sie entschieden.

Als sie wieder ins Wohnzimmer trat, wäre ihr fast der Erste-Hilfe-Kasten aus den Händen geglitten. Er hatte sein T-Shirt ausgezogen. Sie hatte ein paar Tätowierungen an ihm erwartet, deshalb war der Stacheldraht auf den Bizeps keine allzu große Überraschung. Aber der kunstvoll eingeritzte Drachen, dessen Kopf Flammen über seine linke Brustwarze sprühte und dessen Körper sich vom muskulösen Brustkorb über den flachen Bauch erstreckte, während der Schwanz in seiner Hose verschwand, das war dann doch mehr, als sie bei ihm zu sehen erwartet hatte.

»Oh, der ist aber schön«, brachte sie heraus.

Lance strahlte sie an, so sehr freute ihn ihre Bewunderung. »Das hat wie verrückt gebrannt, aber das war es wert. Doch nun muss ich in Form bleiben – es gibt nichts Schlimmeres als einen aufgeblähten Drachen.«

»Bisher ist dir das gut gelungen«, sagte sie leise.

Sie versuchte, sich auf seine Wunde zu konzentrieren, und es gelang ihr. Zum Glück war es nur ein langer, aber nicht sehr tiefer Kratzer, und sie sah keine Anzeichen einer Entzündung. Sie war in Erster Hilfe ausgebildet – an Tieren jedenfalls, und dieser Teil ihres Gehirns übernahm die Regie, denn wenn es nur nach ihr gegangen wäre, hätten ihre Hände ganz woanders gearbeitet.

Sie wollten über seinen glatten Brustkorb streicheln und die Umrisse des Drachen ertasten und sehen, wo der Schwanz des Tattoos endete, und überhaupt wollte sie erkunden, was er alles unter der Jeans verbarg.

Ihre Finger zitterten ein wenig, als sie ein Mullpflaster auf die Wunde klebte.

Sie hatte vor, ihm sein T-Shirt zurückzugeben, mit ihm den Kaffee zu trinken und ihn dann zur Tür zu begleiten. Ehrlich, das war ihr Plan.

»Ich hoffe, es hat nicht zu sehr wehgetan«, sagte sie.

»Nee.«

»Gut.« Das war der Moment, in dem der andere Teil ihres Gehirns einsprang, jener Teil, der ihr suggerierte, wie sinnvoll körperlicher Kontakt war. Logisches, rationales Denken war nicht mehr gefragt, als sie ihre Arme um seine Hüfte schlang. Es sollte nur eine schwesterliche Umarmung sein.

Okay, vielleicht nicht so sehr schwesterlich. Lance erinnerte sie an die bösen Buben, für die sie während der High School geschwärmt hatte. Und was war schon dabei, wenn es ihr gefiel, sich an ihn zu schmiegen?

Ein paar Sekunden lang gefror er verwirrt, und sie fragte sich, ob sie ihn irgendwie beleidigt hatte. Dann schlossen sich seine Arme um sie und hoben sie vom Boden. Ihre Sinne wurden betört von seiner jungen erhitzten Haut und vom billigen Rasierwasser, das er offenbar benutzt hatte, um die anderen Gerüche des Tages zu überlagern.

»Oh, Himmel, Mel«, stöhnte er und küsste sie.

Mels Körper und ihr gesunder Menschenverstand gerieten aneinander, weil sie nicht wusste, wie sie reagieren sollte. Ihr Verstand sagte ihr, dass er noch nicht mal neunzehn war, und erinnerte sie, dass sie eigentlich auf ältere Männern stand, auf Männern wie José. Aber ihre Beziehung zu José war nichts Exklusives, argumentierte sie, und Abwechslung war die Würze des Lebens. Ihr Körper hielt sich aus dem Streit heraus und reagierte mit absoluter Begeisterung.

Lance mochte ein paar Lektionen in Grammatik und Anstand verpasst haben, aber er hatte gelernt, wie man Herz und Seele in Küsse legte. Es war ein bisschen rau, und das Rasierwasser war auch noch verbesserungsfähig. Aber es war unmöglich, auf die schiere Macht seines Begehrens nicht zu reagieren. Er war beinahe sofort hart; das erinnerte sie an ihre Teenagerzeit, als die Dauererektionen der Jungen zu Kichern, Erstaunen und auch Verlegenheit geführt hatten.

Verlegen war Lance nicht. Er wollte sie so schnell wie es ging mit dem bekannt machen, was er zu bieten hatte; er rieb sich gegen sie, und sie drückte ihr Dreieck lüstern gegen seinen Schaft. Einem Teil von ihr gefiel diese Schamlosigkeit. Auch wenn ihr Gehirn noch ein wenig unsicher war, kribbelten ihre Nerven; ihre Nippel versteiften sich, und der größte Teil ihres Blutes schien zwischen ihren Schenkel zu rauschen. Ihr wurde ganz schwindlig. Sie konnte keinen klaren Gedanken mehr fassen.

Sie erinnerte sich an die kleinen Aufmerksamkeiten, die sie in letzter Zeit auf ihrem Schreibtisch gefunden hatte: Mal hatte er ihr Wiesenblumen mitgebracht, mal ein Rubbellos, einen billigen, aber originellen Becher, eine einzige rote Rose. Und plötzlich wusste Mel, dass Lance nicht dem Sanctuary geholfen hatte, sondern ihr. Und das war ziemlich heftig.

Ihr Verstand konnte sich noch einmal durchsetzen. Sie löste sich von ihm und sagte, noch außer Atem: »Lance, das können wir nicht machen.«

»Ja, ich glaube auch«, stimmte er überraschend gefasst zu. Dann fuhr er fort: »Dein Kaffeetisch sieht nicht sehr stabil aus, das Sofa wäre nicht schlecht, ist aber ein bisschen schmal, auf dem Boden ist es nicht bequem, und ich bin zu kaputt, um es im Stehen zu tun.«

Sie hatte sich bemüht, streng und ernst auszusehen, aber

dann prustete sie los. Und danach wusste sie, dass sie verloren war. Sie lachte nicht über ihn, sondern darüber, dass ihr die Unzulänglichkeit des Wohnzimmers auch schon durch den Kopf gegangen war.

»Ich habe ein schönes großes Bett nebenan«, sagte sie. »Problem gelöst.«

Als sie das beinahe klösterlich eingerichtete Schlafzimmer betraten, ganz in Schwarz und Weiß gehalten, abgesehen von roten Kissen auf dem Bett und den Familienbildern auf der Kommode, fühlte Mel sich benommen vor Lust. Sie nestelte an ihren Kleidern herum, aber sie war so aufgeregt, dass er ihr den BH aufhaken musste.

Felicia wachte auf und wusste zunächst nicht, wo sie war, aber dann hörte sie Gabs Stimme, ein tiefes Murmeln, aber nicht in ihrer Nähe.

Sie erinnerte sich, dass sein Handy geklingelt hatte, und sie hasste sich dafür, dass wieder der Verdacht in ihr keimte. Sie rollte sich auf die Seite und sah, wie er im anderen Zimmer das Gespräch beendete. Er drehte sich zu ihr um.

»Oh, entschuldige, habe ich dich geweckt?«, fragte er. »Ich habe den Zimmerservice wegen des Frühstücks angerufen. Ich sterbe vor Hunger.«

»Ich auch.«

»Ja, es war eine lange Nacht«, sagte er grinsend. Als sie nicht darauf einging, sah er sie stirnrunzelnd an. »Ist alles in Ordnung mit dir? Oder leidest du am Syndrom ›Reue am Morgen danach‹?«

»Nein, das ist es nicht.« Sie biss sich auf die Unterlippe und überlegte, wie sie ihn das fragen konnte, was sie unbedingt wissen musste. »An dem Abend, als wir essen waren und du dein Handy in meinem Auto hast liegen lassen – ich habe es nur deshalb gefunden, weil es klingelte. Ich sah, dass du eine Nachricht von einem Tom erhalten hast.«

»Tom ist mein Boss«, sagte er.

»Aber er rief dich ziemlich spät an. In New York musste es schon nach Mitternacht gewesen sein.«

»Tom«, sagte Gab und legte sich neben sie, »ist noch ein größerer Workaholic als du. Da ich mich tagsüber nicht bei ihm gemeldet hatte, wollte er mich erwischen, bevor ich ins Bett ging.«

Das ergab Sinn. Sie glaubte ihm. »Er fragte, wie weit du mit deinem Problem bist. Du musst zugeben, dass man diese Frage auf verschiedene Weise auslegen kann.«

»Ich will ehrlich zu dir sein«, sagte Gab und setzte sich auf. »Ihr habt verdient, dass man sich für euch einsetzt. Aber das muss unter uns bleiben.«

»Wir tun alles für »The Sanctuary«, sagte sie.

Er nickte. »Ja, davon gehe ich aus. Dies war keine zufällige Überprüfung. Jemand hat bei uns beantragt, dass wir bei euch nach dem Rechten sehen.«

Es war Felicia, als hätte jemand einen Kübel Eiswasser über ihrem Kopf ausgeschüttet. »Jemand hat uns angeschwärzt und bei der Zoologischen Vereinigung eine Überprüfung gefordert? Das ist die Härte.«

»Nein, nein.« Er nahm ihre Hände in seine. »Ich kann dir nicht sagen, wer es war, weil wir Anonymität zugesichert haben. Aber ich kann dir versichern, dass es jemand ist, der es gut meint mit »The Sanctuary«. Jemand, der die Anlage liebt, aber besorgt ist. Fremde Augen sehen vielleicht besser, vor allem, wenn die Probleme von innen kommen.«

Sie starrte ihn an und wollte ihm unbedingt glauben. »Wirklich?«

»Wirklich. Und wenn wir uns verbünden, statt uns gegenseitig zu verdächtigen, werden wir das Problem lösen.«

Es war so verlockend. Viel zu lange stand sie unter dem Stress, »The Sanctuaryz« im Alleingang retten zu müssen. Sie hatte niemanden, mit dem sie sich hätte aussprechen können. Okay, sie konnte mit Katherine, Mel oder José reden, aber sie waren nicht weniger gestresst als sie selbst. Die Vorstellung, sich mit Gab zu verbünden, war wie eine Erlösung für sie. Endlich jemanden zu haben, mit dem sie sich aussprechen konnte. Eine Schulter zum Anlehnen.

Entweder sie traute ihm oder sie traute ihm nicht. Sie musste sich entscheiden. »Ich bin dabei«, sagte sie und fühlte sich schwach vor Erleichterung.

Gab stakste zum Fenster und öffnete die Jalousie. Das Sonnenlicht strömte herein. »Es ist wieder ein heißer Tag – gibt es hier auch mal angenehme Tage? Wir sollten an die frische Luft gehen. Ich will im Freien an deinen Ohrläppchen knabbern und deine Brüste kosen, wenn niemand zuschaut. Du hebst deinen Rock, und ich besorge es dir von hinten. Solche Dinge will ich mit dir machen.«

Eine wunderbare Idee, aber ihr fielen sofort Sachen ein, die sie zu erledigen hatte, auch wenn sie viel weniger angenehm waren.

»Wie spät ist es?« Sie griff zum Wecker und stöhnte.

»Es ist Sonntag«, sagte Gab. »Du hast deinen freien Tag.«

»Ist es wirklich Sonntag? Ich bin völlig durch den Wind.« Sie rieb sich durchs Gesicht und versuchte, ihre Gedanken zu ordnen. »Bis nach der Gala habe ich keinen freien Tag. Erst wenn die Schecks eingelöst sind, kann ich aufatmen. Und wenn alle Rechnungen bezahlt sind. Ich muss ins Büro, damit ich die E-Mails lesen kann.«

»Nein«, sagte Gab. Er griff ihre Handgelenke, hob sie über ihren Kopf und legte sich auf Felicia.

Ein erregender Schauer floss durch sie hindurch. Sie konnte der harten SM nichts abgewinnen, aber kleine Fesselspiele brachten eine willkommene Abwechslung. Sie wusste nicht, ob Gab ähnlich gestrickt war.

»Du bleibst hier«, sagte er. »In meinem Bett. Ich habe deinen Körper noch längst nicht genug genossen. Die einzige Entschuldigung wäre, dass du zu Hause Tiere hast, die du noch versorgen musst. Wenn das zutrifft, werde ich mit dir gehen, denn ich lasse dich nicht mehr aus den Augen.«

Sie schmiegte ein Bein zwischen seine Schenkel und presste es gegen seinen Schoß. »Nun, wenn du darauf bestehst ... Nein, ich habe keine Tiere zu Hause.« Ihre E-Mails konnte sie auch am Abend noch lesen.

Als hätte er ihre Gedanken erraten, strich er mit der freien Hand über ihre Brüste. »Wir haben den ganzen Tag für uns. Und die ganze Nacht.«

Mmm. Ihr gefiel, wie er dachte. Er bot ihr die Abwechslung, die sie so dringend brauchte. Plötzlich fühlte sie, wie der Stress von ihr abfiel. Okay, dann würde sie die E-Mails eben erst morgen lesen.

»Ich muss einen Antrag für eine Förderstiftung ausfüllen«, sagte sie. »Wenn ich ihn nicht bis neun Uhr am Montag abgeschickt habe, verlieren wir vielleicht eine Menge Geld. Also brauche ich eine Pause von zwei Stunden, okay?«

Er dachte darüber nach. »Dann musst du dich davor und danach aber kräftig ins Zeug legen«, sagte er, zwirbelte einen Nippel zwischen Daumen und Zeigefinger und schaute zu, wie sie sich vor Entzücken wand.

»Du bist ein harter Verhandlungspartner«, sagte sie.

»Ja, das hat man mir schon gesagt. Bei dir bin ich sogar sehr hart.«

»Aber ich fasse dich doch gar nicht an.«

»Mir genügt schon, dass ich dich betrachten kann«, sagte er, die Stimme schwer vor Geilheit. »Wenn ich sehen kann, wie du reagierst, wenn ich das hier tue« – er rutschte näher an sie heran und drückte seine Zähne in den Nacken; es war eine Stelle, die er in der Nacht entdeckt hatte – »oder das hier« – er legte eine Hand auf ihre Scham, dann tauchten seine Fingerspitzen in die heiße Spalte, und wie von selbst öffneten sich ihre Schenkel. Er spielte mit ihren Pussylippen, und sie schnurrte vor Lust.

»Siehst du?«

Aber sie hatte vergessen, worüber sie gesprochen hatten. Sie war nass, und sie wollte ihn in sich spüren. »Wie kann ich darauf nicht reagieren?«, fragte sie gepresst.

Sie fühlte seinen harten Schaft an ihren Schenkeln. Sie spreizte sie weiter, und er steckte einen Finger in sie hinein. »Ich möchte deine Zunge spüren«, sagte sie leise.

In diesem Moment klopfte es an die Tür.

Widerwillig ließ er sie los. »Das ist der Zimmerservice mit dem Frühstück«, sagte Gab.

Felicia hätte am liebsten frustriert aufgeschrien, aber dann dachte sie, dass sie dem Kellner einen gehörigen Schrecken einjagen würde. Deshalb richtete sie sich auf und sah zu, wie Gab in seine verwaschene Jeans stieg, die tief auf der Hüfte lag und seinen flachen Bauch zeigte. Seine Erektion stieß gegen den Reißverschluss. Halb angezogen sah er beinahe noch köstlicher aus als nackt. Vielleicht lag es daran, dass sie ihn dann wieder ganz ausziehen konnte – als wäre er das schönste Geburtstagsgeschenk der Welt.

Sie war so sehr in ihre Phantasien verstrickt, dass sie fast vergessen hatte, wie hungrig sie war. Aber dann fuhr Gab den Servierwagen ins Zimmer, und ihre Sinne wurden von Düften attackiert, die ihr das Wasser im Mund zusammenlaufen ließen. Erdbeeren, Brie und ein noch warmes französisches Brot. Rührei mit Speck und Würstchen. Croissants und drei verschiedene Marmeladen. Ein köstliches Sortiment von frischen Teilchen. Orangensaft, Champagner, Kaffee und Sahne.

Sie sah staunend auf die Fülle. Hatte er vor, das halbe Hotel zum Frühstück einzuladen?

Er fing ihren Blick auf und lachte. »Ich wusste nicht, was du am liebsten zum Frühstück hast, deshalb habe ich von allem ein bisschen bestellt. Wir haben zweimal zu Abend gegessen, daher weiß ich, dass du keine Vegetarierin bist.«

Sein Instinkt, eine Menge zu bestellen, war genau richtig gewesen. Der Post-Sex-Hunger zwingt einen dazu, verbrauchte Energie aufzuladen. Als die erste Gier gestillt war, suchten sie sich Sexspielzeuge auf dem Tablett aus.

Er schob eine Erdbeere zwischen ihre Labien, dann beugte er sich hinunter und leckte sie, als wäre sie in Schlagsahne getränkt worden. Die winzigen rauen Samen an der Oberfläche kitzelten sie exquisit, aber dann war sie dankbar, dass er die Frucht herausholte und schluckte und dann weiter leckte, bis sie aufschrie und ihren Saft über sein ganzes Gesicht versprühte.

Sie revanchierte sich, träufelte Champagner über seinen zuckenden Schaft und leckte ihn emsig trocken. Es war keine einfache Aufgabe, denn je mehr sie leckte, desto freizügiger rannen die Sehnsuchtstropfen, und dann leckte sie die Vorboten seines Orgasmus auf und nahm den Schaft so tief in den Mund, wie es nur ging. Mit Händen, Lippen und Zunge machte sie ihn fertig und war stolz darauf.

Und das war erst das Frühstück …

Jemand leckte Mels Hand. »Hör auf, José«, murmelte sie. Dann wurde sie wach. Phu Dog saß an ihrer Bettseite und sah so besorgt aus, wie nur ein Hund aussehen kann, wenn er Hunger hat oder an die frische Luft muss. Das Licht, das unter der Ritze ihrer Jalousie ins Zimmer fiel, verriet ihr, dass es fast Mittag sein musste. Vorher sah ihr Schlafzimmer an der Nordostecke des Hauses keine Sonne.

Warum war José noch bei ihr? Oh, ja, richtig – es war nicht José. (Immer wichtig, sich diese entscheidenden Dinge zu merken, bevor man dem falschen Geliebten einen guten Morgen wünschte.)

Lance lag ausgestreckt auf seiner Seite und schnarchte leise. Seine sonstigen Spikes hatten sich zu Locken gerollt, das würde ihm bestimmt nicht gefallen. Nach der anstrengenden Nacht (sie hatte ihre Orgasmen nicht mehr zählen können) war er so fest eingeschlafen, dass er auch im Koma hätte liegen können.

Lass ihn noch eine Weile schlafen, dachte sie. Er sah im Schlaf so niedlich aus; alle Härte war aus seinem Gesicht gewichen, ersetzt durch eine Unschuld, die er vielleicht nie gehabt hatte.

Sie hatten ihren Spaß gehabt, aber darüber hinaus, glaubte sie, bedeutete er ihr nicht viel, und sie hoffte, dass er das auch so sah, obwohl er schon lange an ihr interessiert war. Sie hätte nichts dagegen, noch einmal eine Nacht mit ihm zu verbringen. Er war voller Energie, voller Akrobatik, und sie mochte den Jungen.

Vierzehntes Kapitel

Am Montagmorgen schwebte Felicia auf einer Wolke aus Hormonen herein. Ihre Schenkel fühlten sich an, als hätten sie am Wochenende an einem Marathon teilgenommen. Die Schultern schmerzten von den verschiedenen akrobatischen Positionen, und sie musste wegen der Knutschflecken am Hals eine hochgeschlossene Bluse tragen. Ihre Bauchmuskeln waren noch wund von den vielen Orgasmen.

Nie hatte sie sich besser gefühlt.

Sie war absichtlich früher da als sonst, damit Gab zu seiner üblichen Zeit eintreffen konnte. Es wäre schwer, Diskretion zu bewahren, wenn sie beide zusammen zum Dienst erschienen wären und dasselbe Grinsen zeigten, das allen verkündete: »Ich hatte in den letzten vierundzwanzig Stunden sensationellen Sex«.

Der letzte Sex hatte sich noch zugetragen, kurz bevor sie das Hotel verlassen hatte. Dadurch geriet sie in Zeitnot, und nach einer gehetzten Dusche verließ sie das Hotel mit feuchten Haaren und ohne Make-up. Innerlich schnurrte sie immer noch, als sie sich an den Schreibtisch setzte. Ihre Gedanken waren bei der vergangenen Nacht.

Sie versuchte, nicht daran zu denken, dass Gab an diesem Abend zurück nach New York fliegen würde. Was für eine miese Planung. Aber auch wenn es nur bei einem One-Night-Stand blieb, dann war es der beste One-Night-Stand ihres Lebens gewesen.

Sie musste sich um ihre Liste der dringend zu erledigenden Aufgaben kümmern, was sie zum Glück ablenken würde. Den Antrag für die Stiftungsgelder hatte sie gestern ausgefüllt. Jetzt musste sie noch mit Debbie sprechen, die Zeitagentur anrufen, um sich zu vergewissern, dass die Kellner engagiert waren, noch ein paar Tickets am Telefon verkaufen und mit der netten Redakteurin vom Lokalradio reden, die gegen ein paar zu verlosende Eintrittskarten einen längeren Beitrag über die Gala bringen wollte. Damit wollte sie anfangen.

Sie wollte gerade zum Hörer greifen, als ihr Telefon klingelte. Seltsam. Wenn sie schon mal um sieben Uhr dreißig im Büro war, hatte sie gewöhnlich mindestens eine Stunde Ruhe.

»Hier ist Bob Alfredi von Alfredi Motors. Findet die Gala noch statt?«

Sie war noch benommen vom Sex und den schlaflosen Nächten, und in diesem Fall geriet das zum Vorteil. Da ihr alles golden leuchtete, wunderte sie sich nicht über die Frage. »Ja, wir haben Sie und Ihre Gattin für die erste Führung zu Noelle und ihren Jungen vorgesehen.« Erst nach ihrer Antwort staunte sie, dass er überhaupt gefragt hatte.

»Gut. Ich wollte mich nur noch einmal vergewissern, nachdem ich den *Independent* heute Morgen gelesen habe – es las sich so, als hättet ihr einige größere Probleme.«

Verwirrt runzelte sie die Stirn. Die Lokalredaktion aus Addison hatte am Samstag kurz über die kaputten Rohre der Abwasserleitung berichtet, aber sie hatte sich dabei in erster Linie auf Felicias Pressemeldung gestützt und geschrieben, dass »The Sanctuary« am Montag wieder öffnen würde. Und jetzt diese Sauerei.

»Nun, es gibt nichts, womit wir nicht fertig werden«, sagte Felicia.

Gleich nach dem Gespräch nahm sie sich die Montagausgabe des *Addison Independent* vor. Auf der Titelseite fand sie nichts, aber dafür kam es knüppeldick auf der ersten Lokalseite. Die Überschrift lautete: *Alle schlechten Dinge sind drei im SCCS.* Die Unterzeile war noch schlimmer: *Stinkt etwas im Katzen-Zoo?*

Felicias Reaktion »Oh, verflucht!« war so laut, dass Katherine sie hören konnte. Felicia hatte nicht gewusst, dass sie schon da war – ging Katherine in diesen Tagen überhaupt nach Hause?

Jedenfalls stand sie in der Tür und wollte wissen, was los war.

Gemeinsam lasen die beiden Frauen den Bericht. Er war zwar kurz, aber es dauerte lange, bis sie ihn gelesen hatten, weil sie immer wieder von Anrufern unterbrochen wurden, die wissen wollten, ob die Gala überhaupt stattfinden konnte.

Addisons South Californian Cat Sanctuary hat sich in Zoo-Kreisen einen hervorragenden Ruf erworben, weil viele seltene Wildkatzen dort in ihrem natürlichen Umfeld leben können und weil die Zucht von gefährdeten Katzenarten zu schönen Erfolgen geführt hat.

Aber die Anlage ist pleite. Für diesen Samstag ist eine große Gala geplant, von der man sich überlebenswichtige Einnahmen verspricht. Doch in den letzten Wochen häufen sich die kleinen und großen Zwischenfälle, die auch die Gala gefährden könnten.

Anschließend wiederholte der Reporter die finanziellen Schwierigkeiten des SCCS, über die schon früher berichtet worden war. Dann wurden die zahlreichen Zwischenfälle aufgeführt, darunter der falsche Feueralarm und das Loch in der Abwasserleitung.

Neben der kaputten Leitung stinkt noch etwas anderes in der Anlage. Damit sprechen wir nicht die Leiterin, Dr. Katherine

O'Dare, oder ihr Team an (obwohl man vielleicht sagen könnte, dass ihre Fähigkeiten als Visionärin größer sind als die einer Managerin).

Wir sprechen von der Pechsträhne, die über den Zoo hereingebrochen ist und die auch den Verdacht nährt, dass es jemanden gibt, der etwas gegen Wildkatzen hat. Wird es der geplagten Mannschaft gelingen, die Probleme bis zum Samstag zu beheben? Und wenn ja, werden die Gäste zweihundert Dollar für ein Ticket ausgeben, um im jüngst umgegrabenen Hof und Garten der Anlage zu sitzen, wo das kaputte Abwasserrohr ausgewechselt werden musste?

Die guten wie die schlechten Nachrichten aus dem SCCS scheinen im Dreierpack zu kommen. Die kürzliche Geburt von vier Amur-Leoparden (sie sind in der Welt die am meisten gefährdeten Großkatzen) und die rasche Hilfe der Stadtwerke am Freitag, um das zum Himmel stinkende Problem zu beseitigen, sind gute Nachrichten – die dritte wäre, dass die Gala am Samstag ein voller Erfolg wird – wenn keine neuen Probleme auftauchen.

»›Mehr Visionärin als Managerin‹«, schnaufte Felicia und warf die Zeitung zurück auf ihren Schreibtisch. »Darf ich den Kerl für dich erwürgen? Haben die eine Ahnung, wie hart …«

Katherine schüttelte den Kopf. »He, sie haben so Unrecht nicht. Ich bin eine Wissenschaftlerin, kein Betriebswirt. Wenn wir uns nicht auf einige Vorstandmitglieder verlassen könnten, erginge es uns noch schlimmer.«

»Ja, zum Glück haben wir Mrs. Turner«, sagte Felicia hinter ihrem Schreibtisch.

»Ich dachte mehr noch an Richard Enoch und Sarah Wu. Valerie kann sogar noch ein bisschen weniger mit Zahlen umgehen als ich – abgesehen von den Zahlen auf ihren

Spenden. Weißt du, Felicia, alles könnte noch viel schlimmer sein, auch dieser Artikel. Gut, die Überschrift ist schlecht für uns, aber sie haben auch etwas wohlwollend über uns berichtet. Nein, so negativ sehe ich die Sache nicht.«

Felicia hatte den Eindruck, als wollte sie sich selbst trösten. Sie konnte nicht antworten, denn das Telefon schrillte, und wieder wollte einer der Sponsoren wissen, ob die Gala denn noch stattfinden konnte.

Zwischen den eingehenden Gesprächen rief Felicia so viele potenzielle Gäste wie möglich an, damit sie vom Artikel nicht abgeschreckt wurden. Sie verfasste eine neue Pressemitteilung und stellte eine neue Prioritätenliste auf. Bis zur Mittagszeit hatte sie noch keine Sekunde an Gab denken können.

Die gute Nachricht war, dass einige – nicht viele, aber sie hielt stur an ihrem Optimismus fest – anriefen und Tickets für die Gala bestellten. Der Artikel hatte sie angeregt, die Heimstatt der Katzen jetzt erst recht zu unterstützen.

In einer Pause zwischen den Anrufen brachte Felicia ihr Budget auf den letzten Stand. Sie fügte die Einnahmen von den neuen Tickets hinzu und konnte bei den Ausgaben die Summe für die Leihstühle hinzuziehen. Sie schreckte auf, als weiche Lippen ihren Nacken kosten, während sie über der Buchführung saß.

»Du bist aber schreckhaft«, sagte Gab grinsend. »Du bist viel zu sehr in deine Zahlen vertieft. Ich habe angeklopft, aber du scheinst nichts gehört zu haben. Dann trat ich ein, schloss die Tür hinter mir, ging zu dir – und immer noch hattest du nichts bemerkt.«

»Aber jetzt weiß ich, dass du da bist, deshalb kann ich die Zahlen eine Weile sich selbst überlassen.« Sie stand auf und kuschelte sich an ihn, dann wollte sie ihm einen flüchtigen Kuss geben.

Flüchtig wurde er nicht.

Felicia rang mit sich und mit ihm, denn sie wollte die Grenzen des Anstands nicht übertreten. Aber der Kuss füllte ihren Bauch mit tanzenden Schmetterlingen. Ihre Haut begann zu kribbeln, ihre Nippel wurden steif, und ihre Klitoris brannte wie in einem Feuer. Sie rieb sich gegen ihn und spürte seine Erektion. Sie trug einen Rock und keine Strümpfe. Es wäre ganz leicht, sich auf einen Quickie einzulassen, gleich hier in ihrem Büro.

»Kann man die Tür abschließen?«, flüsterte Gab. Zwei Menschen – ein verdorbener Gedanke.

»Ich wünschte, das wäre so.« Sie küsste ihn wieder, und diesmal langte sie mit einer Hand an seinen Schoß und drückte Schaft und Hoden. Er stöhnte auf und spürte, wie ein Schauer über seinen Rücken lief.

Sie war außer Atem, als sie sich voneinander lösten, atemlos und zitternd. »Ich habe besondere Wäsche heute Morgen angezogen, extra für dich, aber jetzt ist sie schon völlig nass.« Sie hob den Rock und zeigte ihm den mit kleinen Perlen bestickten Seidenstring. Sie hatte ihn schon vor einiger Zeit in L.A. gekauft und bisher noch nicht angehabt. Feuchtigkeit breitete sich auf dem irisierenden burgundfarbenen Stoff aus. »Ich hoffe, du bist jetzt zufrieden.«

»Noch lange nicht.« Sein Grinsen machte deutlich, dass er die Schau genossen hatte, auch wenn sie ihm noch nicht genügte. »Ich bin erst zufrieden, wenn ich dich zum Schreien gebracht habe.«

Diese Aussicht allein nässte den Seidenstring noch mehr. Warum musste er so schnell schon nach New York zurück?

»Und du?«, fragte er.

»Leider werde ich erst zufrieden sein, wenn ich weiß,

dass die Gala ein großer Erfolg war und ich den Namen des Bastards kenne, der die jungen Kerle bezahlt hat. Und wenn ich Glück habe, werde ich vorher noch mal so richtig befriedigt sein.«

»Nun, mit der Gala kann ich dir nicht wirklich helfen, aber wenn wir unsere Köpfe zusammenstecken, kommen wir bei der Suche nach dem großen Unbekannten etwas weiter. Sollen wir das Mittagessen dazu nutzen?«

Sie wollte ein begeistertes Ja sagen, aber das Telefon kam ihr zuvor. Ein langjähriger Spender war in der Leitung, einer von denen, die bisher noch keine Tickets angefordert hatten, aber am Ende des Gesprächs hatte Felicia ihm zwei Karten verkauft, nachdem sie ihm versichert hatte, dass die Gala tatsächlich stattfand.

Sie sah Gab an und schüttelte den Kopf. »Ich würde gern, aber jetzt rufen die Leute in ihrer Mittagspause an, um vielleicht noch Karten zu bestellen.«

Gab grinste. »Ich kenne die Vor-Party-Panik, deshalb habe ich uns das Essen schon mitgebracht.« Er wies auf eine dicke Burger-Tüte auf dem einzigen freien Stuhl. »Ich dachte, wenn du schon keine Zeit zum Reden hast, sollst du wenigstens was essen.«

»Ich weiß, was ich gern essen würde«, sagte sie und blickte gierig auf seinen Schoß. »Aber ich habe wirklich keine Zeit dafür. Vielleicht am frühen Abend. Und vielen Dank für die Mahlzeit.«

Sie räumte eine Ecke ihres Schreibtischs leer (das war nicht so einfach, wie es sich anhört, denn sie musste eine Hängekartei umstellen, drei benutzte Kaffeebecher entsorgen und einen neuen Standort für das eingerahmte Bild von Pancho Villa finden), und dann saßen sie eng beisammen und genossen ihr Mittagessen. Was für ein Unterschied ein paar Tage ausmachten – statt jede Berührung zu vermeiden, saßen sie nun Schenkel an Schenkel, und keiner konnte die Hände bei sich behalten.

Sie fütterten sich gegenseitig mit Fritten, und als ihre Pappteller leer waren und nach zwei weiteren Anrufen fragte Gab: »Hast du Zeit gehabt, um über einen Verdächtigen nachzudenken?«

Sie griff nach Notizbuch und Bleistift, weil sie die gemeinsamen Spekulationen dem Computer nicht anvertrauen wollte.

»Zuerst Alan«, sagte sie, schrieb seinen Namen und hakte ihn ab. »Ich kann mir nicht denken, dass er dahintersteckt, aber viele der Zwischenfälle geschahen während seiner Wache. Er kennt die lokalen Banden. Aber im Ernst kann ich mir das nicht vorstellen. Er ist ein Schatz.«

»Was ist mit Donovan, der ihn zweimal in der Woche vertritt? Mir gegenüber war er sehr hilfsbereit und sehr offen, aber das spricht noch nicht für ihn.«

Felicia setzte Donovan auf die Liste.

»Und weil wir niemanden außen vor lassen wollen«, fügte Gab hinzu, »sollten wir auch an Valerie Turner denken.«

Sie schnaufte. »Niemals!«

»Aber du hast selbst gesagt, dass sie seltsam ist.«

»Und wie. Aber sie ist ein guter Mensch. Wenn jemand anonym drei Kinder bezahlt, sie in Leopardenkostüme steckt und zum Sammeln von Tür zu Tür schickt, dann würde ich sofort auf sie tippen, aber etwas Boshaftes, Heimtückisches würde sie nie tun.«

»Ich habe gehört, dass sie in Land investiert.«

Wieder schnaufte Felicia. »Investiert ist der falsche Begriff. Sie kauft Land auf und überträgt es dem Naturschutzbund. Sie und Richard Enoch sind sich deswegen einige Male in die Haare geraten, denn er möchte, dass Addison wächst, und sie möchte die Wüste beschützen.«

»Okay, streichen wir sie. Wer hat eigentlich zuerst angeregt, das Land zu verkaufen?«

Sie dachte darüber nach. »Wir hatten ein Angebot von einem Bauträger aus Los Angeles. Diese Firma steht schon auf meiner Liste. Einige Vorstandmitglieder waren zunächst dafür, aber die Mehrzahl war dagegen. Einer der Befürworter war Bruce Schechter, was mich überraschte, denn er war neu in dem Gremium, und ich dachte, er würde sich nicht gleich so weit aus dem Fenster hängen. Wer sonst noch dafür war, weiß ich nicht mehr, das muss ich überprüfen, denn ich selbst war nicht dabei.«

»Wer sind die anderen Vorstandsmitglieder?«

»Dr. Jaxtimer ist auf unserer Seite. Sie ist ihr Leben lang eine Kämpferin für den Erhalt der Großkatzen gewesen, beinahe noch mehr als Katherine. Seit vier Monaten besucht sie Nepal, um dort das Leben der Schneeleoparden zu studieren. David Abrams und Sarah Wu sind das, was ich eine ehrliche Haut nenne. Auf der anderen Seite sind sie beide Geschäftsleute, und es kann natürlich sein, dass die Aussicht auf irgendeinen Handel zu verlockend für sie war.« Sie fügte die beiden ihrer Liste hinzu.

»Richard hat immer großartig für »The Sanctuary« gekämpft, aber in diesem Jahr hat er mächtig nachgelassen. Beim Verkauf der Tickets war er so lax wie nie zuvor. Dafür gebe ich mir selbst die Schuld; ich hätte ihm mehr auf den Füßen stehen sollen. Freiwillige Helfer müssen immer wieder angesprochen und motiviert werden.«

»Schreib ihn auf.«

»Aber ich mag Richard! Ja, gut, ich schreibe ihn auf die Liste, auch wenn er uns Debbie besorgt hat; und dadurch haben wir viel Geld gespart.« Sie seufzte. »Der einzige Lichtblick.«

»Nein, das bist du.« Gab strich über ihren nackten Arm

und berührte dabei auch ihre Brüste, bevor er zu neutralerem Gebiet zurückfand.

Felicia errötete und wölbte den Rücken wie eine glückliche Katze. »Zurück zur Arbeit. Da sind die Leute, die wir entlassen mussten, als wir die Gelder aus der Barbery-Stiftung nicht mehr erhalten haben. Rache ist ein klassisches Tatmotiv. Dann gibt es weitere Bauträger, die an dem Grund und Boden interessiert sein könnten – aber das sind so viele, dass ich sie nicht alle aufschreiben kann.«

»Und andere Feinde? Vielleicht ist eure Bank darauf aus, das Land zu verkaufen, da es plötzlich einen so viel höheren Wert hat.« Während er sprach, strich er über ihre Schultern und den Nacken.

»Wenn wir alle Verdachtsmomente aufgreifen – oh, das fühlt sich viel zu gut an –, müssen wir auch den Zoo von Denver auf die Liste setzen, denn dort war man sehr in Unruhe, weil wir ein bestimmtes Leopardenpärchen erhielten und sie nicht. Ich glaube, das haben sie Katherine bis heute nicht vergeben.«

Sie zog einen Strich unter die Namen und schrieb BANK auf und darunter DENVER ZOO. Gabs Hände bewegten sich nach unten. »Das ist nicht fair. Ich schreibe. Wo war ich? Ah ja, Bank und Zoo. Also, ich glaube, das ist zu weit hergeholt, aber man kann nie wissen.«

»Was sind unsere nächsten Schritte? Abgesehen davon, dass wir einen geeigneten Ort finden müssen, wo wir uns ein wenig unanständiger geben können als hier. Ich hoffe, dass wir uns heute Abend noch mal treffen, bevor ich abreise, aber ich weiß nicht, ob ich so lange warten kann.«

»Wir sollten uns über die Verdächtigen ein Bild übers Netz machen«, schlug sie vor. »Und was den geeigneten Ort angeht, nun, im Keller gibt es einen Raum mit Requisiten für Ausstellungen und andere Events, und den einzigen Schlüssel dazu habe ich. Zum Glück bleibt das Telefon schon seit einer halben Stunde still.«

Sie starrte das fragliche Gerät an, als wollte sie es hypnotisieren. Sie schaltete die Mailbox ein, die jedem Anrufer nun sagen würde: »Ich bin in einer Besprechung.«

Sie hasteten die Treppe hinunter.

Felicia zog an einer uralten Kordel, die von der Fassung der Glühbirne nach unten hing. »Die Hochzeitssuite ist es nicht gerade.« Im trüben Licht der Birne sahen sie gestapelte Kartons, gefaltete Klappstühle und Klapptische und eine Reihe von Kinderstühlen mit aufgemalten Katzenköpfen, Überbleibsel ihres letzten Familientages. Es roch nach Staub und altem Papier.

»Wir lassen uns was einfallen«, sagte Gab. Er schloss die Tür und zog Felicia in seine Arme.

»Es ist schon so lange her«, wisperte sie, obwohl sie wusste, dass es erst ein paar Stunden her war. Aber sie brauchte es, sie brauchte seine Berührungen, seinen harten Körper.

Ein paar Sekunden hielten sie sich fest umschlungen. Gab küsste sie sanft auf die Stirn, auf die Augenlider und auf die Lippen.

Dann flog alles Sanfte aus dem nicht vorhandenen Fenster. Felicia arbeitete mit beiden Händen an Gabs Gürtel, und er zerrte an den Knöpfen ihrer Bluse und schaffte es, sie alle am Stoff zu belassen. Stöhnend betrachtete er ihre Brüste unter den dünnen Dreiecken ihres Seiden-BHs, der zum String passte.

Sein Mund schloss sich um einen seidenbedeckten Nippel. Nasse Hitze löste ein Kribbeln aus, das sich bis zu ihrem Schoß erstreckte. Er nuckelte an den Warzen, und Felicia spürte, wie ihre Labien anschwollen. In ihr pochte es im Rhythmus seines Saugens.

Seine Erektion, noch von weicher Baumwolle bedeckt, lag

hart und klopfend in ihrer Hand, so ungeduldig, als hätte es diesen Morgen (und alles, was vorher geschehen war) nie gegeben.

Seine Hand schlüpfte unter ihren Rock. Er schob den nassen String zur Seite und attackierte sofort den glitschigen Schlitz. Felicia ruckte gegen seine Hand. »Bitte«, hauchte sie.

Zwei Finger beschrieben kleine Kreise dort, wo sie den Druck spüren wollte, und ergänzten das köstliche Saugen an den Nippeln. Sie war jetzt schon ihrem ersten Orgasmus sehr nahe, denn Gabs Necken im Büro hatte sie schon sehr erhitzt. Wenn er seine Finger noch ein bisschen härter kreisen ließ, dann wäre es um sie geschehen.

Es dauerte auch nicht mehr lange, bis sie von den Wellen der Lust geschüttelt wurde. Sie musste sich auf die Unterlippe beißen, um nicht laut aufzuschreien, als er seinen Schaft ansetzte und den String mit einem Ruck zerfetzte.

Normalerweise wäre Felicia nicht begeistert gewesen, dass sie ein Wäschestück verlor, für das sie zehn Dollar pro Quadratzentimeter bezahlt hatte, aber ihr blieb keine Zeit zum Denken, denn Gab hob sie leicht vom Boden an und ließ sie behutsam auf seinen Schwanz nieder.

Als sie miteinander vereint waren, schlang sie die Beine um seine Taille. Seine Hände stützten sie.

Dies war Sex als Naturgewalt. Jeder Stoß drückte ihren Rücken und den Po gegen die Wand, aber in ihrer Hochstimmung trug sogar diese Unannehmlichkeit zu ihrer Lust bei. Felicia grub ihre Fingernägel in seine Haut. Ihre Münder waren in einem brennenden Kuss vereint, und die Zungen fanden sich zu einem betörenden Tanz. Alles geschah viel zu schnell, aber da sie wussten, dass ihnen nur noch ein paar gestohlene Minuten blieben, raste Felicias Libido auf der Überholspur.

Ihr Orgasmus brach über sie herein. Sie schloss die Augen und schrie seinen Namen in seinen Mund. Er pumpte härter und schneller in sie hinein, und später hätte sie nicht sagen können, ob sie bei seinem Höhepunkt auch wieder das Paradies sah, oder ob sich der erste Orgasmus nur noch verlängerte.

Ihnen blieb keine Zeit, noch eine Weile danach zu schmusen, und ihre Umgebung lud auch nicht dazu ein. Felicia kehrte zu ihrer Liste der dringendsten Aufgaben zurück, aber das Lächeln auf ihrem Gesicht war wie eingemeißelt.

Am Ende verzichteten sie auf ein längeres Essen; stattdessen brachte sie Sushi mit nach Hause, und damit fütterten sie sich gegenseitig zwischen Runde eins und zwei. Ihr Schlafzimmer roch nach Sex und Schweiß, und auf Felicias ägyptischen Laken befanden sich jetzt nicht nur Beweise ihres intimen Treibens, sondern auch Sojasaucenflecken.

»Ich muss gehen«, sagte Gab, nicht zum ersten Mal an diesem Abend. Aber diesmal schaute er auf die Uhr und wusste, dass er es nicht länger aufschieben konnte. »Kommst du mit mir unter die Dusche?«

Sie musste an ihr Erlebnis unter der Hoteldusche denken, und die Erinnerung ließ ihre Haut prickeln. »Willst du deinen Flieger verpassen?«

Gab grinste. »Eigentlich ja. Aber ich glaube, für den Moment bist du in Sicherheit; du hast mich geschafft. Aber deine Gesellschaft wäre mir trotzdem lieb.«

Felicia selbst hätte das wohl nicht vorgeschlagen, weil sie Angst davor hatte, er könnte denken, dass sie sich in diesen letzten Minuten zu sehr an ihn klammerte. Nun hatte er es selbst vorgeschlagen, da konnte sie nicht nein sagen.

Unter den beengten Verhältnissen ihrer Kabine beließen

sie es bei der Dusche. Hauptsächlich. Als sie seinen Rücken einschäumte, langte sie um ihn herum und schäumte auch seine Vorderseite ein. Er hatte zwar behauptet, völlig abgeschlafft zu sein, aber unter ihren streichelnden Händen blühte er wieder auf. Gab erwies ihr auch den Dienst des Rückenwaschens, aber er mochte nicht von ihr lassen, bis er auch ihre Brüste und ihre Scham eingeschäumt und massiert hatte.

Dann ließ sich der Abschied nicht länger hinausschieben.

An der Tür fielen ihnen keine Worte ein. Sie war traurig und glücklich zugleich.

Gab sagte: »Ich muss mich bald schon bei dir melden, weil ich wissen möchte, wie die Gala gelaufen ist und so.«

»Und so«, sagte sie lächelnd.

»Aber du weißt, dass ich dich auch sonst anrufen würde, nicht wahr? Ich schicke dir SMS und E-Mails und ...«

»Ja, aber dann will ich dir auch antworten.«

»Wenn nicht, werde ich einen Vorwand finden, um »The Sanctuary« noch etwas genauer unter die Lupe zu nehmen«, sagte er. »Oder vielleicht mache ich das, wenn du dich meldest.«

Sie küsste ihn auf die Nase. »Geh jetzt. Wie kannst du wiederkommen, wenn du gar nicht weggehst?«

Felicia sah seinem Auto nach, bis seine Rücklichter verschwunden waren.

Sie seufzte, ging zurück in die Wohnung, ließ die Jalousien herunter und setzte sich an ihren Laptop. Lust oder nicht, am Samstag musste die Gala zum vollen Erfolg werden, und vorher hatte sie noch eine Menge zu tun.

Fünfzehntes Kapitel

Während sie den Mann betrachtete, der zu ihren Füßen kniete – sein dunkler, gut geschnittener Anzug im starken Kontrast zum grellen geometrischen Muster des turkmenischen Teppichs – fand Valerie Turner, dass Richard der Prototyp des klassischen gut aussehenden älteren Geschäftsmanns war, ein Gentleman vom Scheitel der teuer gestylten grauen Haare bis zu den Sohlen seiner Schuhe. Sein Körper war nicht schlaff – man sah ihm den regelmäßigen Besuch im Fitness-Raum an. (Das traf natürlich auch auf ihren Körper zu, aber sie war gut zehn Jahre jünger, und die Zeit hatte noch nicht so lange an ihr nagen können.) Er hatte Krähenfüße um die blau-grünen Augen, aber mit seiner permanenten kalifornischen Bräune sah er immer noch großartig aus.

Wahrscheinlich hätte er sich mit jüngeren Frauen umgeben können; es gab genug, die sich an ihn werfen würden, angezogen von Erscheinung und Aura, denn er strahlte Geld, Macht und Autorität aus. Diese Aura der Autorität verflog jetzt von Sekunde zu Sekunde immer mehr, und das war der einzige Grund, warum Valerie es so spannend fand, sich mit ihm zu beschäftigen.

Sie ging wieder um ihn herum, inspizierte ihn und hatte nichts dagegen, dass er sie auch anstarrte, denn unter der Intensität ihrer Blicke schloss er nicht die Augen und schaute auch nicht auf den Teppich. Sie wusste nicht genau, ob er noch nicht die richtige unterwürfige Geisteshaltung gefunden hatte, oder ob es ihm so großen Spaß bereitete, sie ebenfalls abschätzend anzusehen, dass er darüber seine Manieren vergessen hatte.

Bei langjährigen Spielgefährten ließ es Valerie gemütlich angehen, aber sie ahnte, dass Richard eher auf die klassische Domina-Rolle stand; hohe Stiefel, Fischnetzstrümpfe und ein Korsett aus Seide und Brokat, in Burgundrot und Gold gehalten. Das Korsett engte ihre Taille ein und drückte ihre Brüste hoch. Sie sah seinen hungrigen Ausdruck und wusste, dass sie richtig entschieden hatte.

Seit der Begrüßung – »Hallo, Richard, knie dich hin« – hatte sie kein Wort mehr gesprochen. Sie hatten sich vorher über seine Vorlieben, seine Grenzen und das Sicherheitswort unterhalten. Er sagte, dass er es liebte, sowohl mental wie körperlich im Ungewissen gelassen zu werden. Damit konnte sie ihm dienen.

Ihr stummes Umkreisen gab ihr Zeit, über ihr weiteres Vorgehen nachzudenken.

Nach einer wunderbaren Nacht mit Katherine war ihr die Idee einer Begegnung mit Richard großartig erschienen, und als sie sich mit Richard am Telefon unterhalten hatte, war sie auch noch davon angetan gewesen. Aber seit er tatsächlich ihr Haus betreten hatte, fragte sie sich, ob dies nicht eine der Ideen war, die sich auf dem Papier überzeugend lasen, in der Ausführung jedoch schwächelten.

Richard mochte attraktiv sein, aber er hatte etwas an sich, was sie eher abschreckte. Deshalb war sie nur bereit, ihn zu »behandeln«, weil sie hoffte, dass sie Katherine damit helfen könnte. Aber ihr Herz und ihr Körper waren nicht wirklich dabei.

Er mochte milden Schmerz, wusste sie, Analspiele und die klassische Erniedrigung – alles Spiele, die sie mit Beinahe-Fremden auf ungezwungenen Partys abhielt. Aber um ihn zu brechen und dann neu zusammenzusetzen (und nur dann hätte sie Katherine geholfen), würde es entscheidend sein, eine emotionale Bindung zu ihm zu finden.

Sie ging noch einmal die Gespräche mit ihm durch, aber sie boten kaum eine Inspiration.

Nun, er selbst schien inspiriert zu sein. Seine Hose bildete jetzt schon ein graues Zirkuszelt, und noch hatte sie ihn nicht berührt.

Zirkuszelt ...

Er hatte gesagt, es wäre kein Problem, sich für sie in Schale zu werfen, wenn sie darauf abfuhr. Wahrscheinlich hatte er was ganz anderes im Sinn: es war erstaunlich, wie viele Männer geilen Phantasien über französische Dienstmädchen oder ungezogene Kinder nachhingen, die endlich ans Licht kommen wollten. Aber er hatte den Fehler begangen, seine Wünsche nicht zu spezifizieren.

Sie lächelte; es war ein böses Lächeln, das den Mann, der vor ihr kniete, erschauern ließ. Jetzt endlich senkte er den Blick.

So gefiel er ihr schon viel besser. Er war nicht mehr der millionenschwere Unternehmer und glich nun einem Mann, den sie sich zurechtbiegen konnte, bis er so war, wie sie es beide wollten.

Das konnte doch noch ein großer Spaß werden.

Sie strich mit der Peitsche über Richards Gesicht, eine absolut schmerzlose Berührung, und doch zuckte er zusammen, als hätte sie ihn geschlagen. Sie legte den Knauf unter sein Kinn und stieß den Kopf in den Nacken. Seine herrische Art mit der Befehlsgewalt, die sie sonst bei ihm sah, war von einer Minute zur nächsten verflogen. In seinem Ausdruck erkannte sie noch eine gewisse Zurückhaltung, aber sie wusste, wie sie darauf reagieren musste.

»Steh auf und zieh dich aus!«, befahl sie. »Ich will dich nackt sehen – sofort!«

Als der Armani in einem Haufen auf dem Boden lag, musterte sie Richard kritisch. »Deine Beine sind spindeldürr«, stellte sie fest. »Und zieh deinen Bauch ein. Du solltest dich wegen deiner Figur schämen. Aber«, sagte sie, »ich schätze, das tust du auch.«

In Wahrheit fand sie, dass Richard für einen Mann über sechzig in bester Verfassung war, was umso mehr erstaunte, da er die meiste Zeit seines Lebens hinter dem Schreibtisch gesessen hatte und darüber hinaus als Gourmet galt. Aber aus seiner Reaktion – sein Gesicht wurde lang und sein Penis groß – schloss sie, dass sie Recht hatte.

»Komm«, sagte sie. Mit der Reitpeitsche leitete sie ihn ins Verlies.

Richards Augen weiteten sich, als er sah, was sie aus dem Schrank im Verlies zog. Er öffnete den Mund und schloss ihn wieder.

»Hast du was zu sagen, Junge, oder gefällt es dir, einen Fisch auf dem Trockenen zu imitieren?«

Seine bisher so stolze Erektion schlaffte ab.

»Leg sie an«, befahl sie.

Sie schlug hart mit der Peitsche zu. Er blieb reglos stehen. Hatte sie mit dem Schlag schon seine Schmerzgrenze überschritten? »Leg sie an oder sage Rot.«

»Ich lege sie an«, sagte er rasch und bückte sich nach den Teilen des Lederharnischs, die sie auf den Boden geworfen hatte. »Aber Herrin, ich glaube nicht, dass ich dabei ernst bleiben kann.«

»Du lachst über meinen Befehl?«

Er hatte Mühe mit der Hose, die ihn eng einschnürte, deshalb konnte er nicht sofort antworten; aber als er fertig war, musste er sein Kichern unterdrücken. »Nein, Herrin.«

Ein Peitschenschlag ins Gesicht fegte das Grinsen fort. »Du lügst mich an.«

Er senkte den Kopf. »Es tut mir leid. Ich habe nicht über Sie gelacht, Herrin. Ich musste über die Lederriemen lachen. Und weil mir gerade einfiel, dass Sie für die Gala ein Zirkusthema haben wollten. Ich konnte mich nicht beherrschen, Herrin.«

»Lachen ist okay. Clowns sollen lachen, aber sie dürfen den Zirkusdirektor nicht belügen. Sehr böse, Clown.«

Sie setzte sich den Zylinder eines Zirkusdirektors auf, schlüpfte in eine bunte Frackjacke aus Brokat und lachte boshaft. Zwischen den Lachanfällen sagte sie: »Setz dir schon mal die Nase auf, Junge. Die Nase ist jetzt dein wichtigstes Teil.«

Fünfzehn Minuten später steckte Richard in einem bunten Clownkostüm, komplett mit lächerlich langen Schuhen, verschnürt wie ein Bündel, das Gesäß in die Luft gereckt. Im Hintergrund spielte Zirkusmusik, eine fröhliche Melodie, bei der Valerie immer in beste Stimmung geriet. Und wenn sie bei Laune war, gelang ihr die Arbeit am besten.

Richards Gesicht war eine Studie wert. Er wehrte sich gegen sie, aber er war wegen des Clownkostüms sehr verwirrt. Der Abend hatte einen unerwarteten Verlauf genommen. Auf der anderen Seite ging sein Atem schneller, und als sie ihn gefesselt hatte, war seine Erektion wieder erwacht.

»Du bist nicht daran gewöhnt, Kontrolle abzugeben oder gar aufzugeben«, sagte Valerie in einem tiefen, dunklen Flüstern. »Du spielst mit den Leuten, aber jetzt hast du nicht mehr das Sagen. Du liebst die Sensationen, die von Schmerz und Erniedrigung ausgelöst werden, nicht wahr? Nur dass du jetzt nicht das Drehbuch geschrieben hast. Habe ich Recht?«

Er nickte. »Ja, Herrin.« Die roten Flecken in seinem Gesicht sahen so aus, als gehörten sie zu seiner Maske als Clown. Sie hatte sich nicht die Zeit genommen, ihn zu schminken.

»Du weißt nicht, was du von dieser Situation halten sollst. Auf der einen Seite bist du nervös, vielleicht sogar gereizt. Auf der anderen Seite bist du schon länger hinter mir her, und das muss doch einen Grund haben, oder?«

Er nickte wieder.

»Und was ist das für ein Grund?«

Er nahm einen tiefen Atemzug und schien vor der Antwort nachdenken zu müssen. »Es heißt, dass es keine Bessere gibt. Und dass Sie sich immer an das Sicherheitswort halten, obwohl Sie unberechenbar seien. Sie geben den Leuten, was sie brauchen, und nicht, was sie wollen, hat man mir gesagt.«

»Und?«

Er schluckte hörbar, bevor er antwortete. »Ich habe … es mir so nie vorgestellt, Herrin. Aber wenn Sie es so wollen …«

»Oh, ja, so will ich es.«

»Dann muss es das sein, was ich brauche.«

»Sehr gut.« Sie strich beinahe zärtlich über seine Haare. Er sah jetzt, da er absolut hilflos war, so viel besser aus, besonders mit der roten Rose und der übergroßen orangefarbenen Fliege, die sie bei dem Kostüm am meisten liebte.

Grinsend ließ sie die Peitsche über Richards Kopf sirren. Der dünne Lederriemen knallte. Die Peitsche berührte ihn nicht, aber der scharfe Knall ließ ihn aufschrecken. Er bäumte sich gegen seine Fesseln auf. Hübsche Reaktion. Lag es nur an der Überraschung, oder gab ihm der Laut der Peitsche etwas? Sie wiederholte das Experiment und erlebte wieder, wie er erschauerte. Ja, Richard fuhr tatsächlich auf Geräusche ab.

Sie beugte sich über ihn und flüsterte in sein Ohr: »Willst du das auf deiner Haut spüren, Junge?«

Ein kaum wahrnehmbares Nicken.

»Bist du sicher?«

Er nickte wieder.

Sie musste kurz nachdenken. Es reizte sie, ihn die Peitsche wirklich spüren zu lassen, aber sie hatte den Eindruck, dass er Schmerzen nicht gut ertragen konnte. Sie musste sich etwas anderes einfallen lassen.

Sie ging ein paar Schritte zurück, zielte sorgsam und schlug zu. Die Peitsche knallte und traf – zwei Handbreit neben seinem Gesäß. Dann strich sie mit dem Lederriemen über die nackte Haut, ehe sie noch einmal zuschlug, aber nur mit einem Bruchteil ihrer Kraft. Seine Haut rötete sich nicht einmal. Aber für Richard war der Knall das erotische Signal. Er zuckte in seinen Fesseln und schnappte nach Luft.

Valerie ließ die Peitsche sinken und ging um ihn herum, weil sie sein Gesicht sehen wollte. Dieser Ausdruck zwischen Agonie und Ekstase war erinnerungswürdig, besonders mit der roten Clownnase.

»Willst du noch einen harten Schlag haben, Clown? Für mich?«

»Ich möchte gern, Herrin. Aber ich weiß nicht ...« Er konnte den Satz nicht beenden, aber sie wusste, was er meinte.

»Du kannst es«, versicherte sie ihm. Sie wusste, was sie vorhatte, aber er wusste es nicht. »Es ist, was du brauchst. Was du verdient hast. Du bist ein sehr böser Clown und hast sogar den Zirkusdirektor verärgert.«

»Ich bemühe mich.«

»Und vergiss nicht – es ist keine Schande für dich, wenn du das Sicherheitswort benutzt.« Sie wusste, dass er das nicht tun würde. Er mochte zwar Angst haben, aber er hatte auch seinen Stolz.

Sie hatte sich eine Cola mit Eiswürfeln mitgebracht. Während sie Richard zappeln ließ, der nicht wusste, wann der letzte Schlag auf seine Backen knallen würde, nahm sie einen Eiswürfel in die linke Hand. Sie ließ die Peitsche sirren und klatschte sie ins Nichts, aber es gab einen ohrenbetäubenden Knall, und im selben Moment berührte sie seine Haut mit dem Eiswürfel.

Richard hob ab.

Es dauerte eine Zeit, bis er sich beruhigt hatte und wieder sprechen konnte. »Muss ich das Clownkostüm jetzt in die Reinigung bringen?«

Er atmete eine längere Zeit tief durch. Sein Ausdruck war noch ein wenig benommen, aber seine Augen konnten Valerie in den Fokus nehmen. »Nein, Herrin, aber es hätte nicht viel gefehlt.«

»Das zeugt ja von einer gewissen Selbstbeherrschung, Clown. Ich werde dich später kommen lassen. Danny, mein Sklave, muss morgen sowieso zur Reinigung, und für ein Teil lohnt sich der Weg kaum.«

Richards Gesicht flammte auf und wurde fast so rot wie seine Pappnase.

»Was ist denn? Macht es dich verlegen, dass mein Sklave über deine Intimsekrete Bescheid weiß?«

Richard nickte, das Gesicht verzerrt.

»Er wird seine Freude daran haben, wenn er hört, was ich an diesem Nachmittag erlebt habe. Ich nenne natürlich keinen Namen, erzähle nur ein paar ausgewählte Einzelheiten. Danny ist bisexuell und hat eine Schwäche für gut aussehende ältere Männer. Er weiß nicht, wen er mehr beneiden soll: dich, weil du meine ganze Aufmerksamkeit erhältst, oder mich, weil ich mit dir spielen kann.«

Sie konnte Richards Ausdruck nicht deuten, aber entsetzt war er nicht. Sie entschied sich, der Sache auf den Grund zu gehen. »Bei all seiner Unterwürfigkeit ist Danny kein passiver Junge.« Sie beugte sich über Richard und flüsterte ihm ins Ohr: »Ich glaube, er würde es dir gern besorgen, während ich dabei bin und zuschaue. Was hältst du davon?«

»Ich würde gern was ... eh ... in meinem Po spüren, Herrin, aber ...« Er wusste nicht, wie er den Satz beenden sollte.

»Aber du magst keine Männer.«

Er nickte, sichtlich erleichtert, dass sie es für ihn ausgesprochen hatte.

»Danny würde dir gefallen. Er ist ein lieblicher Anblick, wenn ich ihn zurechtgemacht habe. Dann sieht er beinahe wie ein kleines Mädchen aus. Du hast bestimmt Angst davor, schwul werden zu können, aber wenn ich Danny befehle, es dir zu besorgen, brauchst du dir nichts vorzuwerfen, denn du hast es ja nicht gewollt. Und ein bisschen neugierig bist du schon, nicht wahr?«

Er wollte den Kopf schütteln, aber er schaffte es nicht. »Ja, vielleicht«, brachte er dann leise hervor. »Ich wüsste gern, wie es sich anfühlt.«

Sie trat für eine Weile aus seinem Blickfeld, aber sie konnte ihn sehen. Ihr war, als könnte sie seine Gier spüren, die Spannung, die in ihm wuchs. Er brauchte diese Erfahrung dringend.

Neben ihr auf der Kommode lag ein Vibrator. Sie cremte ihn ein, trat zurück zu Richard und drückte die Spitze gegen seinen Anus.

»Mehr, bitte«, bettelte er.

»Du bist eine Schlampe«, sagte sie, als er das Gesäß kreisen ließ. »Sprich mir nach: Ich bin eine Schlampe.« Sie schob den Latexstab tiefer in ihn hinein. Er stöhnte und zögerte, ihr zu gehorchen.

Sie tat so, als wollte sie den Stab wieder herausziehen. Das wirkte.

»Ich bin eine Schlampe, Herrin.«

Sie stieß den Vibrator bis zum Anschlag in ihn hinein, und er wäre fast vom Sofa gefallen. Nur seine Fesseln hielten ihn.

»Willst du jetzt kommen?« Dumme Frage. Natürlich wollte er kommen. Aber die Frage gehörte zum Ritual.

»Ja, gern, wenn Sie es mir erlauben.«

»Was würdest du denn für mich tun, wenn ich sagte, dass du kommen darfst?«

»Alles.« Sie sagten immer *alles*, wenn sie verzweifelt nach Erleichterung hechelten.

»Würdest du es dir von Danny besorgen lassen, wenn ich dabei bin und zuschauen kann?«

Ein kurzes Zögern, dann ein leises: »Ja.«

»Würdest du in diesem Clownkostüm mit mir zu einer Party gehen?«

»Himmel, Herrin, ja!« Diesmal zögerte er nicht.

Sie schaltete den Motor des Vibrators ein, und der Latexstab krümmte und bog sich in ihm. »Dann darfst du jetzt für mich kommen«, sagte sie. »Und du wirst einen dicken Scheck für ›The Sanctuary‹ ausstellen?«

Sie konnte nicht sagen, ob sein »Ja« eine Reaktion auf seinen Orgasmus oder auf ihren Befehl war.

Bevor er ging, fragte er – in einer Haltung irgendwo zwischen ehrerbietiger Sklave und selbstsicherer Geschäftsmann –, ob er noch einmal die Ehre haben könnte, ihr Spielgefährte zu sein.

Diesmal wurde sie noch deutlicher. »Es war großartig mit dir, und ich möchte dich gern wiedersehen. Du gibst so einen schönen Clown ab. Aber ich habe dich vorher gewarnt: Ich habe meine Bedingungen.«

»Ich meinte es ehrlich, als ich sagte, dass ich alles dafür

tun würde.« Er lächelte nervös, als er ihre gehobene Augenbraue sah. »Ja, gut, nicht alles. Wir haben ja vorher schon über meine Grenzen gesprochen, und was Danny angeht, so bin ich mir noch nicht sicher. Aber ich würde eine Menge für dich tun. Sag mir deinen Preis.«

»Du weißt, wie viel mir »The Sanctuary« bedeutet, Richard. Schick ihnen einen hübschen dicken Scheck. Gleich morgen. Danach reden wir.«

Sie erwartete ein Nicken, ein Zeichen des Einverständnisses oder irgendwas. Stattdessen trat er von einem Fuß auf den anderen. »Im Moment bin ich knapp bei Kasse. In ein paar Wochen kommt ein Geschäft auf mich zu, das mich die letzten Bargeldreserven kostet.«

Obwohl die Wut in ihr aufstieg, behielt Valerie ihren eisigen Ausdruck bei. Einer wie Richard war nie knapp bei Kasse, wenn es um ein paar tausend Dollar ging. »Ich schätze«, sagte sie kühl, »dass du doch nicht so sehr an mir interessiert bist.« Sie drehte sich um und schritt davon.

Richard folgte ihr auf den Fersen und hielt sie fest. Als sie sich umdrehte, fiel er vor ihr auf den Boden. »Nein, bitte, Valerie, so habe ich das doch nicht gemeint. Ich schicke ihnen morgen den Scheck. Entschuldigen Sie ... Herrin.« Er hob den Blick. »Darf ich wieder hoffen?«

»Natürlich kannst du das. Schick ihnen das Geld, dann sehen wir weiter. Aber verlass dich drauf, ich werde mich bei Felicia erkundigen.«

Er nickte und erhob sich langsam. »Sobald mein Geschäft im Trockenen ist, Valerie, verspreche ich, dass ich mich noch stärker bei ihnen engagiere.«

Sechzehntes Kapitel

Seit Gab nicht mehr da war, fühlte sich Felicia mit einer neuen seltsamen Energie versehen. Irgendwie war es ihm gelungen, ihr rastloses Verlangen zu stillen – größtenteils. Sie gierte noch nach Sex, aber sie hatte das Gefühl, noch ein paar Tage leben zu können, ohne aus der Haut zu fahren.

Sie kanalisierte die Energie in Arbeit um. Dienstagmorgen blätterte sie ihre E-Mails durch, die sich über Nacht angesammelt hatten. Anschließend hielt sie eine Stunde lang Büroputz, und dann archivierte sie die Papierstapel, die auf ihrem Schreibtisch verstreut lagen. Mit einigem Bedauern gestand sie sich ein, dass sie mit der Aloe gescheitert war, und bereitete ihr eine Heldenbestattung im Abfalleimer.

Sie war besonders froh über ihre verschiedenen Aufräum-Aktionen, als kurz nach deren Ende niemand sonst als Richard Enoch dem Sanctuary einen Besuch abstattete.

Mitglieder des Vorstands ließen sich nicht oft blicken und nie unangemeldet. Sie teilten ihre Aufwartung früh genug mit, um sicher zu sein, dass sie die volle Aufmerksamkeit der Leitung erhielten – und das Personal noch rasch Ordnung schaffen konnte, was in den letzten Tagen vernachlässigt worden war.

»Richard!«, rief sie und streckte zur Begrüßung beide Hände aus. Sie trafen sich im Geschenkeladen. »Schön, Sie zu sehen.«

Irgendetwas an Richard war anders als sonst, aber sie konnte nicht sagen, was es war. Attraktiv wie immer mit seinen silbernen Haaren und den glänzenden blauen Augen mit den vielen kleinen Fältchen in den Winkeln, die er sich nicht hatte wegspritzen lassen. Richard war charmant und aufmerksam, und als er sich nach ihrem und Katherines Befinden erkundigte, schien er ehrlich besorgt zu sein.

Auf der anderen Seite hatte sie immer gespürt, dass er keine erotische Ausstrahlung hatte. Als ob er sich zurückhielt und in seinem Innern irgendein Geheimnis verborgen war. Sie hatte sich schon mal gefragt, ob er schwul war. Er gehörte einer Generation an, die sich nicht gern dazu bekennen würde – auch nicht sich selbst gegenüber.

»Felicia, Sie sehen atemberaubend aus wie immer«, begrüßte er sie. Dann fügte er hinzu: »Ich bin überrascht, dass Katherine nicht da ist.«

»Sie nimmt an einer Konferenz mit dem Lincoln Park Zoo und einigen Vererbungsforschern der Felid Taxon Group in Chicago teil. Das ist die Gruppe, die ein Zuchtstammbuch aller bedrohten Arten führt«, erklärte Felicia, während sie ihn den kurzen Flur entlang zu ihrem Büro führte. »Lincoln Park denkt darüber nach, uns einen Schneeleoparden zu Zuchtzwecken auszuleihen. Wenn unsere Katzen trächtig werden, würden wir beide davon profitieren.«

»Wirklich?« Ein Ausdruck lag auf Richards Gesicht, den Felicia nicht deuten konnte. Überraschung vielleicht? »Ich dachte, ihr könntet keine neuen Katzen aufnehmen.«

»Nun, wir müssten uns einschränken, und wir können das auch erst entscheiden, wenn wir wissen, wie viel Geld wir bei der Gala einnehmen. Und wenn die jungen Amur-Leoparden alt genug sind, können wir sie an andere Zuchtstationen des Landes ausleihen.«

»Ich verstehe«, sagte Richard und setzte sich auf den frisch abgestaubten Stuhl. »Es geht also gut im Sanctuary?«

»So gut, wie man es erwarten kann.« Sie lächelte ihn an. »Ich meine, die Woche vor der Gala herrscht überall Chaos.

Aber darüber hinaus geht alles gut. Wir haben siebzig Prozent der Karten verkauft und schon einige großzügige Beihilfen für die Aufzucht der Leopardenbabys erhalten.«

»Oh, das ist ja wunderbar, Felicia. Gratulation.« Richard langte in die Innentasche seines Jacketts. »Das ist auch der Grund meines Besuchs. Ich finde, es ist höchste Zeit, dass ich auch mal wieder etwas spende. Babyleoparden brauchen neue Schuhe und so.«

Felicia lächelte verhalten über seinen dümmlichen Scherz, aber dann strahlte sie entzückt, als sie einen Blick auf den Scheck warf. »Richard, das ist ja wunderbar! Wir danken Ihnen sehr.«

Er rutschte unbehaglich auf dem Stuhl hin und her. »Nun, ich bin froh, dass ich helfen kann, wenn man bedenkt, was in letzter Zeit alles passiert ist. Wissen Sie, bevor ich mich verabschiede, möchte ich ein paar Schritte durch die Anlage gehen. Wäre es möglich, dass Sie mich begleiten?«

Er konnte so köstlich altmodisch in seinen Formulierungen sein. Sie hatte nicht wirklich die Zeit, aber man brüskierte einen Vorstand nicht.

Während sie durch den Garten schlenderten, fragte er, wie die Reparaturen an der Abwasserleitung voranschritten.

Felicia beschrieb mit beiden Armen einen Bogen. »Schauen Sie sich um! Man kann kaum noch sehen, wo sie den Boden ausgehoben haben.« Auch sie konnte nicht glauben, dass sie erst am vergangenen Freitag die Katastrophe bemerkt hatten. Heute war Dienstag, und der Schaden war völlig behoben. »Man sieht noch ein paar Linien im Rasen, weil wir den neu angelegt haben, aber bis zum Wochenende werden auch die Linien verschwunden sein. Ich muss die ganze Mannschaft loben, denn alle haben Überstunden geleistet, viele sogar unbezahlte. Auch Lance hier gehörte zu den unermüdlichen Helfern.«

Lance kam ihnen gerade mit einer Schubkarre entgegen, mit denen sie gewöhnlich das Fleisch zu den Fütterungszeiten vom Kühlschrank zu den Käfigen transportierten. Sie stellte ihn Richard kurz vor und erklärte, dass die neue Gartengestaltung nur deshalb so schnell vollzogen werden konnte, weil Lance seine Verbindungen hatte spielen lassen.

Sie blickte Lance nach, wie er mit der Schubkarre in Richtung Café ging; und wenn sie sich nicht täuschte, federten seine Schritte heute noch ein bisschen mehr als sonst. Sie hoffte nicht, dass er sich klammheimlich darüber freute, wie er ihnen allen Sand in die Augen gestreut hatte.

»Wir haben den Stadtwerken einen langen Dankesbrief wegen der schnellen, zuverlässigen Arbeit geschrieben«, sagte Felicia zu Richard. »Sie hatten uns fleißige, fähige Jungs geschickt.«

»Ja, gut«, murmelte Richard. Er schien ein wenig abwesend zu sein, und jetzt suchte er offenbar das ganze Gelände nach irgendwas ab. Er hatte jetzt das Jaguargehege im Blick, und Felicia spürte so etwas wie ein schlechtes Gewissen. In diesen Tagen erzählten sie dem Vorstand längst nicht alles, auch die letzten Anschläge hielten sie unter Verschluss. Schließlich gab es immer noch keine harten Beweise.

Richard schien wieder in die Gegenwart zurückzufinden. »Gut zu hören, dass alles gut läuft. Ich war besorgt wegen des Artikels gestern.«

Felicia lenkte ihn unauffällig vom Gepardenkäfig weg; Caramel war immer noch ein wenig unruhig.

»Es war nicht die beste Publicity«, sagte sie, »aber was sie zum Schluss geschrieben haben, klang recht positiv; sie wünschen uns Erfolg, und das hört man gern. Einige Spenden sind daraufhin für die Neugestaltung des Gartens eingegangen. Wir haben eine Menge Zuspruch in den letzten

Wochen erfahren, der uns beweist, wie viele Menschen »The Sanctuary« mit Herz und Geld unterstützen. Es würde mich nicht überraschen, wenn wir eine besonders erfolgreiche Gala in diesem Jahr erleben werden.«

»Wer hätte das gedacht?«, murmelte Richard. »Sie haben ein Geschick, Wasser in Wein zu verwandeln. Nun, ich muss jetzt gehen. Beste Grüße an Katherine. Wir sehen uns am Freitag zur Gala.«

»Am Samstag«, erinnerte sie ihn.

Er lachte schnaufend. »Natürlich am Samstag. Passen Sie gut auf sich auf, Felicia.«

Stirnrunzelnd sah sie ihm nach. Das war wirklich seltsam. Was für ein rascher Abgang.

Nun ja. Nicht ihr Problem. Er hatte ihnen einen prächtigen Scheck gebracht. Sie würde einen Dankesbrief formulieren und ihn von Katherine unterschreiben lassen. Sie durfte auch nicht vergessen, ihn in das kleine Buch der Gäste und Sponsoren aufzunehmen; das Manuskript musste bis heute Abend acht Uhr in der Druckerei sein. Also zurück an die Arbeit.

Valerie Turner hatte in ihrer Abwesenheit angerufen. Sie hätte noch ein paar Tickets verkauft, hatte sie auf die Voicemail gesprochen, und auch noch eine fabelhafte Idee. Oh, Gott, dachte Felicia.

Sie überlegte, den Rückruf aufzuschieben, aber vielleicht hatte Mrs. Turner einen ganzen Tisch verkauft, und dann musste sie diesen Namen auch noch in die Sponsorenliste aufnehmen.

»Safari-Thema!«, sagte Valerie.

»Safari?«

»Afrikanische Dekoration, Moskitonetze und Dschungelpflanzen, Stoffe mit Leopardendrucken und Tropenhelme als Souvenir für die Gäste. Vielleicht können wir das Menü auf große Pflanzenblätter schreiben. Ich habe heute meinen alten Tropenhelm gefunden, den Horace mir vor unserer ersten Afrikareise geschenkt hat; und als ich ihn sah, wusste ich sofort, dass wir das perfekte Thema für die Gala haben.«

Felicia blinzelte. Unglaublich. Es war tatsächlich eine gute Idee, wenn sie sich realisieren ließ. Gewiss besser als gezüchtete Blumen und ein paar Votivtafeln, die sie aufstellen wollten – mehr konnte sie sich bei dem knappen Budget nicht erlauben. Sie hatte schon Servietten mit Leopardenmuster gekauft, weil es sie zum Schnäppchenpreis gegeben hatte.

»Mrs. Turner, eine wunderbare Idee! Das einzige Problem, das ich sehe, ist die Zeit – und wir dürfen nicht viel Geld ausgeben.«

»Ach, Darling! Die Moskitonetze kosten nicht viel. Schicken Sie mir eine Kopie des Menüs. Ich gebe es einem Kalligraphen weiter, den ich gut kenne. Um alles andere kümmere ich mich auch. Sie sollten sich um einen Landschaftsgärtner bemühen, der uns Palmen in Kübeln leiht. Wenn das nicht gelingt oder zu teuer wird, werde ich eine Freundin von mir bitten, ihr Treibhaus auszuräumen.«

Felicia konnte nur sagen: »Ich danke Ihnen sehr, Valerie.«

Sie sprachen noch ein paar Einzelheiten ab, und Valerie nannte die Namen der zusätzlichen Gäste. Felicia wollte sich schon verabschieden, als Mrs. Turner rasch fragte: »Felicia, meine Liebe, hat Richard Enoch mit Ihnen über eine Spende gesprochen?«

»Ja, tatsächlich war er heute Morgen hier und hat einen Scheck gebracht. Warum?«

»Oh, er hat erwähnt, dass er eine Spende plane, aber ich dachte, das wäre nur heiße Luft. Gut zu wissen, dass er Wort gehalten hat. Danke.«

Auch diesem letzten Teil des Gesprächs haftete etwas Seltsames an, fand Felicia, aber das konnte ihr egal sein. Ihre dringendste Aufgabe bestand jetzt darin, billiges Dekomaterial für das Safari-Thema zu beschaffen.

Lance drückte die Tür zum Café auf. Mel saß am Tisch und plauderte mit zwei Besucherinnen über Großkatzen. Offenbar war ihr Vortrag gerade beendet, denn sie stand auf, und auch die beiden Frauen erhoben sich, und bevor sie hinausgingen, musterten sie Lance ausgiebig von oben bis unten. Er hätte nichts dagegen, sich intensiv um die beiden Mittdreißigerinnen zu kümmern, aber dann fiel sein Blick auf Mel, die da stand und auf ihn wartete, schön und sexy. Sofort kam die Erinnerung, dass sie ohne Kleider noch schöner und noch verführerischer aussah.

Halt dich bedeckt, Junge.

»Ich habe die Schubkarre gebracht und will dir helfen, sie zu beladen«, sagte er.

»Danke«, antwortete sie lächelnd.

Er folgte ihr in den begehbaren Kühlraum und hoffte, dass die kalte Luft ihn abkühlte. Bisher hatten sie sich während der Arbeit noch nicht einmal geküsst. Er glaubte, dass sie das nicht wollte. War wohl unprofessionell. Auch über ihre sinnliche Nacht hatten sie seither nicht wieder gesprochen. Er wusste nicht, was er davon halten sollte. Zierte sie sich?

Er hegte die vage Hoffnung, dass die abgeschlossene Atmosphäre im Kühlraum inspirierend auf sie wirkte, aber sie waren kaum drinnen, als sie die Hände auf die Hüfte stemmte und die Augenbrauen hob. »Es ist warm hier drinnen, nicht wahr?«

Er überlegte eine Weile, dann nickte er. »Es ist nicht so kalt wie sonst.«

Sie gingen hinaus, und Lance zog die Tür fest zu. »Sie schließt nicht richtig.« Mel drückte ihre Wange gegen das Holz. »Sie fällt nicht ins Schloss.« Es fehlte nur ein Millimeter, das war auch der Grund, warum bisher niemand etwas bemerkt hatte.

Mel ließ sich von Gina, der Kollegin im Café, ein Messer geben und kniete sich auf den Boden. Lance bewunderte ihren kleinen festen Po.

»Aha!«, rief Mel und pulte mit dem Messer einen kleinen Stein aus dem Falz der Tür. Jetzt schloss sie wieder tadellos.

»Gutes Auge«, lobte Lance und wurde von Mels Lächeln belohnt. Sie gingen zurück in den Kühlraum.

»Ich glaube, die Tür war nur das halbe Problem«, sagte er.

»Wie meinst du das?«

»Hörst du was?«

Sie legte den Kopf schief, dann hob sie die Schultern. »Ich höre nichts.«

»Genau«, sagte er. »Da ist kein Summen. Die Kühlanlage läuft nicht.«

»Ist das Fleisch okay?«, fragte José sofort, als sie ihm die Geschichte erzählten.

Sie hockten wieder in der Klinik zusammen, um die neue Situation zu beraten. »Ein paar Stücke waren an der Grenze, aber ich glaube, die haben wir alle erwischt«, antwortete Mel.

»Es wäre schlimmer gewesen, wenn wir es erst zur Gala entdeckt hätten«, sagte Felicia. »Debbie wird den Kühlraum nutzen, und der Geruch des faulenden Fleischs wäre kein gutes Flair für die Horsd'œuvres.«

»Ganz zu schweigen von den Kosten für frisches Fleisch«,

warf José ein und wandte sich an Lance. »Bist du sicher, dass du nichts weißt?«

Lance hob beide Hände. »Absolut sicher. Falls es Just oder Dog waren, haben sie mir kein Wort gesagt. Und ich weiß ganz genau, dass ich es nicht war.«

»Jeder kann an den Ausschalter heran«, sagte Felicia. »Er ist nicht gesichert. Wenn die Tür nicht auch manipuliert worden wäre, hatte ich gesagt, dass es wieder Kinder waren.«

»Und was machen wir jetzt?«, fragte Lance.

»Wir müssen noch mehr die Augen offen halten«, sagte Alan. »Wir müssen eben auf alles in der Anlage achten.«

»Wie wäre es, wenn wir die Anlage in vier Planquadrate aufteilen?«, schlug Felicia vor. »Jeder von uns ist für ein Planquadrat verantwortlich.«

»Das klingt gut«, sagte Alan eifrig. »Morgens und bevor ihr nach Hause geht, inspiziert ihr euer Planquadrat und sichert alles, was euch in den Sinn kommt.«

»Ich stelle eine Liste zusammen«, sagte Felicia.

Mel stand auf. »Ich muss die Katzen füttern«, sagte sie. »Da draußen knurren ein paar hungrige Mägen.«

Verdammt, ich werde herausfinden, wer die Kühlung abgestellt hat, nahm sich Lance vor.

Nach dem Kühlraum-Zwischenfall dachte Felicia, dass sie nun auf alles vorbereitet war. Aber dann musste sie erfahren, dass sie sich in einem Krieg befand. Jemand hatte es auf »The Sanctuary« abgesehen, und sie musste sich endlich eine wirksame Verteidigungsstrategie einfallen lassen.

Aber dann folgte der Schlag am Mittwochmorgen.

An diesem Tag tauchte »The Sanctuary« auf der Titelseite des *Addison Independent* auf.

Und es war sehr, sehr schlecht.

WIRD SCCS GESCHLOSSEN?

Addison, CA – Die Southern California Cat Sanctuary wird derzeit von der Zoologischen Vereinigung überprüft, teilte uns gestern Morgen eine anonyme Quelle mit.

Der Informant berichtete, dass der Zoo mit der Zuchtanlage in der vergangenen Woche von einem Prüfer der übergeordneten Behörde besucht wurde. Unbestätigten Berichten zufolge sollen die jüngsten Schwierigkeiten des SCCS die Zoologische Vereinigung auf den Plan gerufen haben. Ein negativer Bericht, mit dem offenbar gerechnet werden muss, würde bedeuten, dass der SCCS geschlossen werden müsste.

Die Aufgabe der Zoologischen Vereinigung besteht darin, alle öffentlichen Zoos, Aquarien und andere Tierhaltungen zu überprüfen, um sicherzustellen, dass Bundes- und Staatsgesetze befolgt und die Tiere angemessen behandelt und gehalten werden.

Voller Wut griff Felicia zum Telefon.

Nach der Hitze und der geringeren Luftfeuchtigkeit in der kalifornischen Wüste litt Gab unter der hohen Feuchtigkeit des Sommers in New York. Trotzdem summte er heiter vor sich hin, als er das Fenster seines Büros öffnete. Der Verkehrslärm drang zu ihm hoch, aber wenigstens bewegte sich die Luft, auch wenn sie kaum kühler war.

Das Fenster quietschte laut. Das Gebäude war wenigstens fünfzig Jahre alt, und während es den Charme der Jahre hatte, verhielt es sich manchmal so, als wollte es in Ruhe gelassen werden.

Den ganzen Morgen über hatte er in Konferenzen gesessen, danach blieb gerade noch Zeit, um im Deli an der Ecke Kaffee und Brezel zu kaufen. Jetzt setzte er sich gemütlich hin und bereitete sich auf die Spesenabrechnung seiner kalifornischen Dienstreise vor.

Seine kalifornische Reise. Er musste grinsen. Dies war ganz sicher eine der lustvollsten Dienstreisen seines Lebens gewesen. Oh, es hatte auch früher schon Frauen gegeben, die versucht hatten, ihn zu verführen, um ihn zu einem positiven Bericht zu überreden. Aber er ließ sich nicht bestechen – auch wenn er den eindeutigen Angeboten der Frauen nicht immer widerstanden hatte.

Felicia war ein ganz anderer Fall. Sie hatte gewartet, bis sie relativ sicher sein konnte, dass er nicht der böse Bube war. Sie hatten sich gegen den Feind vereinigt – auch wenn sie noch nicht wussten, wer der Feind war.

Er hatte auf dem Rückflug die Finanzberichte des SCCS lesen und analysieren wollen, aber die Kombination aus zu viel Sex und einem Nachtflug haute ihn um – er war erst aufgewacht, als die Maschine auf dem Asphalt des JFK aufsetzte.

Er wollte nicht an Finanzberichte denken. Er wollte an Felicia denken und an diese sensationellen Strings mit den angenähten Perlen. Dann klingelte sein Telefon, und er konnte nicht glücklicher sein, als er auf dem Display sah, dass Felicia in der Leitung war.

»Ich habe gerade an dich gedacht.«

»Ha! Das kann ich mir denken!«

Das klang nicht sehr positiv. Es hörte sich so an, als knirschte sie mit den Zähnen. Er hoffte, dass kein neuer Anschlag stattgefunden hatte. »Ist alles in Ordnung?«

Dann legte sie los.

Erst allmählich konnte er sich zwischen den Vorwürfen »Wie konntest du nur?« und »Hättest du nicht wenigstens den Schneid haben müssen, mir vorher etwas zu sagen?« ein wenig Gehör verschaffen.

»Langsam, bitte«, sagte er. »Von welchem Bericht redest du?«

»Von deinem Bericht, du Bastard! Von deinem negativen Bericht.«

»Felicia, ich habe meinen Bericht noch nicht geschrieben. Erstens kann ich damit erst anfangen, wenn ich die Zahlen nach deiner Gala erhalten habe, und zweitens wird es kein negativer Bericht werden. Mehr kann ich dir nicht sagen, aber alles, was ich gesehen habe, spricht dafür, dass »The Sanctuary« eine großartige Anlage ist.«

Er stieß den Atem aus und fuhr mit einer Hand durch seine Haare. Es war heißer in seinem Büro geworden. »Ich werde ein paar Empfehlungen in meinem Bericht erwähnen, aber ihr seid weit davon entfernt, geschlossen zu werden.«

»Weit entfernt? Ehrlich?« Ihre Stimme klang ängstlich.

»Ja, ehrlich.« Er legte seine ganze Überzeugung in die beiden Worte. »Wie kommst du auf die Idee, dass der Bericht negativ sein könnte?«

Sie erzählte ihm vom Zeitungsartikel, dann las sie ihn am Telefon vor.

Sein Kinn wurde hart. »Das ist der pure Wahnsinn«, sagte er. »Woher haben die ihre Informationen?«

»Anonyme Quelle«, zitierte sie. »Und einmal sprechen sie von ›unbestätigten Berichten‹.«

»Sie haben nicht einmal versucht, mit mir Kontakt aufzunehmen. Ist das überhaupt legal?«, fragte er. Durch die Leitung hörte er ein Stöhnen. »Ist alles okay bei dir?«

»Die Leute rufen alle an. Sie werden an meine Voicemail verwiesen, aber ich muss jetzt auflegen, damit ich sie anrufen kann.«

Gab überlegte schnell. »Tu das nicht. Ruf niemanden an. Gib mir eine halbe Stunde. Ich rufe dich an. Geh sonst nicht ans Telefon. Warte auf meinen Anruf.«

Er legte auf, dann war er schon aus seinem Büro, rannte über den Flur und rief laut Toms Namen.

Felicia hatte die Phrase »die längste halbe Stunde meines Lebens« schon oft gehört, aber erst jetzt verstand sie die ganze Bedeutung. Sie ging zu Katherine, erklärte ihr die Situation und bat auch sie, nicht ans Telefon zu gehen. Anschließend lief sie in den Geschenkeladen und zu dem freiwilligen Helfer, der die Termine für Gruppenbesucher vergab. Alle wussten nun, dass eine halbe Stunde lang keine Anrufe angenommen werden sollten.

Als sie Gabs Nummer auf ihrem Display sah, hob sie hastig den Hörer auf. Katherine stand neben ihr, und Felicia schaltete den Lautsprecher ein.

»Tom ist außer sich«, sagte Gab. »Die Zeitung hat gestern Abend offenbar einen halbherzigen Versuch unternommen, ihn zu erreichen, nachdem er das Büro schon verlassen hatte. Seiner Ansicht nach ist der Artikel eine einzige Verleumdung. Sie werden morgen eine Richtigstellung bringen. Im Moment steht noch nicht fest, ob er sie trotzdem verklagen wird. Er ist noch in seinem Büro und schreit den Redakteur zusammen.«

Felicias Magen drehte sich, aber dann beruhigte er sich rasch wieder. Vor dem Schreibtisch ließ sich Katherine auf den Stuhl sinken.

»Ich habe hier das offizielle Statement der Zoologischen Vereinigung, das du jedem geben oder vorlesen kannst«, sagte Gab. »Willst du mitschreiben?«

Felicia griff nach einem Stift und schrieb mit. Da standen so wunderbare Sätze wie »In einer Vorabinformation teilen wir mit, dass »The Sanctuary« beispielhaft geführt ist« oder »Es besteht absolut keine Gefahr, dass die Anlage von der Schließung bedroht ist.«

»Gab, ich danke dir«, sagte Felicia. »Entschuldige, dass ich so über dich hergefallen bin.«

»Schon gut. Du hattest einen guten Grund, so aufgeregt zu sein«, sagte er. »Aber da ist noch eine Sache.«

Der Klumpen in ihrem Magen drehte sich wieder, als sie den Ernst in seiner Stimme hörte. Ihre Finger klammerten sich um den Stift. »Was denn?«

»Tom hat den Herausgeber der Zeitung dazu gebracht, ihm die ›anonyme Quelle‹ zu nennen«, sagte Gab. »Es war Richard Enoch.«

Siebzehntes Kapitel

Gab stand von seinem Laptop auf und ging die paar Schritte in die enge Küche. Obwohl er nur seine Shorts trug und die Klimaanlage auf vollen Touren lief, fühlte er sich klebrig.

Oder auch nur schmutzig. Er hatte in den Archiven gewühlt und bisher nur herausgefunden, dass er zum Privatdetektiv nicht geboren war. Stundenlang hatte er gesucht und gelesen, und nichts Gescheites hatte sich daraus ergeben. Er hatte sich über Richard Enochs Geschäfte informiert (keine Verbindung zu Bauträgern erkennbar), hatte David Abrams' Scheidungsakte eingesehen (gegenseitiges Einvernehmen, keine Unterhaltszahlungen) und die Insolvenzpapiere von Sarah Wu studiert (keine Auffälligkeiten).

Er nahm ein Bier aus dem Kühlschrank und ging zurück an den Computer. Er hatte die Bauträger unter die Lupe genommen, die ein Angebot für das Gelände des Sanctuary abgegeben hatten. Aber bisher war er auf nichts gestoßen, was die Leute verdächtig machte.

Er hielt die schwitzende Bierdose in der Hand und nahm einen Schluck. Er starrte auf den Bildschirm, nachdem er eine Liste aller Namen aufgerufen hatte, auf die er bisher gestoßen war. Übersah er irgendwas?

Zwanzig Minuten und viele Blätter später sprang er auf und rief: »Eureka!« Er verfolgte den Geschäftsnamen zu einer anderen Firma und von dort zu einem dritten Unternehmen. Und dort fand er endlich Namen, die bisher auf keiner Liste aufgetaucht waren und trotzdem mit einigen verlinkt zu sein schienen.

Die Suchmaschine Google half ihm bei den Namen weiter. Er stieß auf einen Joseph Estabrook und auf eine Lindsay Chamaine, eine Fotografin, die sich auf künstlerische Fotos von lesbischen Szenen spezialisiert hatte. Das klang nicht nach dem, was er suchte, aber er druckte die Seite trotzdem aus.

Vielleicht konnte Felicia mit den Namen etwas anfangen, und wenn nicht, hatte er einen guten Vorwand, noch einmal mit ihr zu sprechen.

Felicia lag entspannt auf ihrem Bett, ein Glas Wein auf dem Nachttisch. Heute Abend hatte sie sich relativ früh verdrückt, weil sie Zeit für ein ausgiebiges Bad haben wollte. In zwei Tagen fand die Gala statt, und sie war in den letzten Wochen immer ein bisschen früher zur Arbeit gegangen.

Während sie im Bad gewesen war, hatte Gab angerufen und die Nachricht hinterlassen, dass sie zurückrufen sollte, ganz egal, wie spät. Sie hatte sich trocken gerubbelt und war in ein grünes Satinnachthemd geschlüpft. Sie machte es sich auf dem Bett bequem, bevor sie ihn anrufen wollte. Er hatte sich gut gelaunt angehört, und sie hoffte, das für sich (oder für sie beide) nutzen zu können.

Ihre Haut war noch feucht und duftete vom Badezusatz nach Gardenien. Es kribbelte jetzt schon zwischen ihren Beinen, wenn sie nur an Gab dachte. Sie nahm einen Schluck Wein, ließ ihn auf der Zunge zergehen und steckte die Ohrstöpsel des Telefons ein, bevor sie Gabs Nummer wählte.

Beim zweiten Klingeln meldete er sich. »Wie war dein Tag?«

»Zum Glück ereignisarm«, sagte sie. »Der *Independent* hat die Richtigstellung gebracht – sie gaben sich übrigens ziemlich zerknirscht, ich schicke dir morgen ein Fax. Fünf Leute haben Karten bestellt, weil sie uns gerade wegen der Attacke der Zeitung unterstützen wollen. Ich hatte also viel zu tun, aber nichts lief schief.«

»Haben wir Richard abgeschreckt?«

Sie zögerte. »Ich weiß, dass wir zu neunundneunzig Prozent davon überzeugt sind, dass Richard mit den Anschlägen zu tun hat«, sagte sie. »Aber eigentlich ergibt das keinen Sinn. In letzter Zeit hat er einige Unzulänglichkeiten gezeigt, aber das macht ihn noch nicht zum kriminellen Drahtzieher, der die nächtlichen Zerstörungsaktionen steuert.«

»Es ist nicht das erste Mal, dass die bloße Anwesenheit der Zoologischen Vereinigung zu Spekulationen führt«, räumte Gab ein. »Aber für mich ist Richard Enoch unser Verdächtiger Nummer eins.«

»Ja, er hat sich sehr verdächtig verhalten«, stimmte sie zu. »Aber er hat kein Motiv. Warum gibt er uns eine großzügige Spende, wenn er will, dass wir geschlossen werden?«

»Gute Frage«, sagte Gab. »Ich habe recherchiert, wer die Leute der Firma sind, die das Angebot für euer Gelände abgegeben haben.«

Felicia setzte sich auf. Ihr Herz klopfte. »Und?«

»Richard hat nichts mit ihnen zu tun – jedenfalls habe ich es ihm nicht nachweisen können.«

»Oh.« Sie legte sich in die Kissen zurück.

»Ich will dir trotzdem die beiden Namen geben. Vielleicht sagen sie dir mehr als mir.«

Sie griff nach Stift und Papier. »Schieß los.«

Er begann mit der Adresse der Firma in L.A., auch wenn sie diese Anschrift wahrscheinlich irgendwo in ihren Unterlagen haben musste. Dann schrieb sie die beiden Namen hin, die Gab ihr am Telefon nannte.

»Joseph Estabrook besitzt eine Reihe von Restaurants der gehobenen Klasse«, sagte sie nach einem weiteren Schluck

Wein. »Ich nehme an, dass es sich um ihn handelt. Er hat unserer Aids-Stiftung, für die ich damals gearbeitet habe, immer viel Geld gespendet. Aber für den SCCS hat er, glaube ich, noch nie gespendet. Vielleicht ist so ein spezialisierter Zoo nicht sein Ding. Und dann Lindsay Chamaine – also, dieser Name kommt mir irgendwie bekannt vor.« Sie klopfte den Stift gegen ihre Zähne. »Ich gehe morgen früh noch einmal alle Spendenlisten durch.«

»Arbeite nicht zu hart«, mahnte Gab.

»Nein, aber ich kann erst zurückschalten, wenn die Gala vorbei ist.«

»Nimmst du dir dann ein paar Tage frei?«

Sie hatte noch keine Zeit gehabt, darüber nachzudenken. »Ja, das sollte ich eigentlich tun. Sobald die Dankesbriefe in der Post sind.«

»Gut«, sagte er. »Nimm dir wenigstens eine halbe Woche frei.«

»Wer bist du? Mein Urlaubsplaner?«

Sie hörte das Lachen in seiner Stimme. »Wenn ich dich dadurch zum Entspannen bringe, ja, dann will ich auch dein Urlaubsplaner sein.«

»Ich weiß schon, wie ich mich entspannen kann«, sagte sie. »Ich habe gerade heute Abend ein langes Bad ausgekostet.«

Er schwieg einen Moment, dann fragte er: »Schaumbad?«

»Ja.«

»Welcher Duft?«

»Gardenien.«

Er nahm einen tiefen Atemzug. »Hast du noch das Badetuch um dich geschlungen?«

»Nein, ich habe mich umgezogen.« Sie beschrieb ihr kurzes Nachthemd von der schmalen Spitze um den tiefen Ausschnitt bis zu den Spaghettiträgern, wovon einer gerade von ihrer Schulter rutschte. »Und was ist mit dir? Was hast du an?«

»Warte mal.« Es knisterte in der Leitung, als er den Hörer hinlegte, dann war da ein Rascheln, als er sich wieder meldete.

»Du hast dich ausgezogen, nicht wahr?«, fragte sie lachend. »Das ist nicht fair.«

»Ich habe doch nur meine Shorts angehabt«, sagte er. »Und du bist nicht hier, um mir zu helfen.«

Es juckte sie in den Fingern, sein Hemd auszuziehen und die Goldspitzen seiner Brusthaare zu sehen. Seinen Gürtel zu öffnen und die Shorts mit den Boxershorts in einem Zug nach unten zu ziehen.

»Was würden wir denn anstellen, wenn ich jetzt bei dir wäre?«, forderte sie ihn heraus.

»Ich würde hinter dir stehen, deine Haare im Nacken hochheben und den Gardenienduft tief einsaugen«, antwortete er prompt. »Dann würde ich in deinem Nacken zu knabbern anfangen. Du zitterst und reibst den Satin gegen meinen Schoß.«

Wenn sie sich nicht auf den Kissen aufstützte, würde sie mit einer Hand an den Hals greifen und über die Stelle streicheln, die von seinem versprochenen Knabbern schon kribbelten. »Und weiter?«, fragte sie.

»Ich würde dich gegen mich pressen, damit du spürst, wie hart ich bin. Ich lege meine Hände auf deine Hüfte und reibe sie auf und ab. Meine Zähne graben sich in deine Schulter. Ich erinnere mich noch gut, wie du das letzte Mal darauf reagiert hast. Du hast gestöhnt und mich gepackt, und deine Hüfte rotierte, als hätte ich deine Pussy angefasst.«

Oh, ja, auch sie konnte sich daran erinnern. Er hatte sie wirklich gebissen, sanft, aber fest, und dann hatte er die

Stelle mit seinem Speichel gesalbt, als wollte er den erotischen Schmerz lindern.

Ihre Hüfte bewegte sich auf dem Bett hin und her, und das Nachthemd rutschte höher.

»Sind deine Nippel hart?«, fragte er.

Sie beschrieb, wie sie unter dem Stoff deutlich zu sehen waren, weil sie sich aufgerichtet hatten. »Berührst du sie? Tu's für mich, bitte.«

»Du kannst mich gar nicht zurückhalten«, grunzte er. »Soll ich den Satin über deine Nippel reiben?«

»Ja.« War das ihre Stimme? Es hörte sich wie ein Wimmern an.

»Mach es. Reibe den Satin über die Nippel. Reize sie mit den Fingernägeln durch den Stoff.«

Sie folgte ihm, und ihr Atem wurde schwer. »Es fühlt sich gut an«, ächzte sie, »aber es ist nicht genug.«

»Was willst du denn?«

»Es muss härter sein.«

Er schwieg eine Weile. Sie wusste, dass er mit ihr spielte. Ihre Zähne knirschten, aber sie versprach sich, ihn nicht anzubetteln.

»Quetsch sie.« Seine Stimme klang rau durchs Telefon. »Zwick sie, und dreh sie so hart, wie es geh. Sage mir, wie es dir gefällt.«

»Gut, wirklich gut.« Wie konnte sie die Sensationen schildern, die durch ihren Körper rasten? »Es macht mich heiß.«

»Glaubst du, dass du auf diese Weise kommen kannst? Nur vom Spielen mit deinen Nippeln?«

»Ich weiß es nicht. Vielleicht.« Vielleicht mit dir. Aber das sagte sie nicht, weil sie sich nicht sicher war. Am Telefon war es einfacher, gewisse Dinge auszusprechen. Sie konnte ehrlich in die Dunkelheit flüstern. »Ich will es das nächste Mal versuchen – falls es ein nächstes Mal gibt.«

»Oh ja«, stieß er heraus. »Es wird ein nächstes Mal geben, darauf kannst du dich verlassen. Aber hör jetzt auf.«

Aufhören? Sie wollte nicht aufhören.

»Ich möchte, dass du deine Finger leckst«, sagte er. »Dann spielst du wieder mit den Nippeln. Der Stoff soll nass werden. Und setz deine Fingernägel wieder ein.«

Sie gehorchte, auch wenn sie nicht genau wusste, was er im Schilde führte. Er ließ sie nicht lange im Unklaren.

»Das ist meine Zunge auf deinen Brüsten. Ich sauge und nage durch den Stoff an ihnen.«

Diesmal begann sie zu stöhnen und stellte sich seinen Mund und seine streichelnden Hände auf ihrem Körper vor. Ihre Nippel wurden noch härter, und die Feuchtigkeit auf dem Satin reagierte auf die Klimaanlage. Kalt und heiß. Eis und Feuer. Sie sagte es ihm.

»Gut. Ich wünschte, ich wäre bei dir. Ja, ja, deine Brüste fühlen sich so gut unter meinen Händen an. Ich kann den Duft der Gardenien riechen.«

»Kannst du meine Hände auf deinem Kopf spüren, die dich näher an mich heranziehen?«

»Ja, absolut. Zeige mir, was du willst. Sage es mir.« Dann, aufs Geratewohl: »Willst du mal Nippelklammern benutzen?«

»Nein, ich glaube nicht. Nicht, wenn es schmerzt.« Aber wenn sie so aufgeheizt war wie jetzt, würde sie sich wohl nicht beklagen, wenn er ihre Nippel damit traktierte. Der Schmerz würde das Blut in ihren Kitzler schießen lassen.

»Sie sollen nur den Druck ein bisschen erhöhen«, sagte er. »Ich würde sie gern mal an dir sehen. Es gibt welche mit niedlichen Glöckchen. Wenn du auf mir liegst, würde ich die Augen schließen und dem Bimmeln der Glöckchen zuhören, während es dir kommt.«

»Oh ja.« Felicias Pussy zog sich zusammen, als sie sich

seinen Schwanz tief in ihr vorstellte. Sie beugte sich vor und wollte die Schublade des Nachtschranks öffnen.

»Was machst du?«

»Hast du was dagegen, wenn ich ein Spielzeug nehme? Es ist nicht damit zu vergleichen, als wenn du in mir wärst, aber …«

»Ja, sicher. Aber benutze es ernst, wenn ich es dir sage.«

Sie biss sich auf die Lippe. Sie brauchte ihn so dringend in sich. Sie konnte ihn nur hineinschieben und den Vibrator nicht einschalten … Nein, sie wollte, dass er die Show bestimmte. Sie wollte seinen Launen hilflos ausgeliefert sein und ihre Lust in seine phantasievollen Hände legen. Auch wenn sie dabei wahnsinnig wurde, weil sie so dringend kommen musste.

»Trägst du ein Höschen?« Als sie verneinte, sagte er: »Spreiz deine Beine.«

Kühle Luft wehte zwischen ihre Schenkel, aber sie reichte bei weitem nicht gegen die Hitze aus, die aus ihr strahlte.

»Teile die Labien mit deinen Fingern.«

Sie konnte den würzig-süßen Duft ihrer eigenen Erregung riechen. »Ich bin so nass«, murmelte sie. »Glitschig von meinen eigenen Säften.«

»Du musst dich schmecken«, sagte er. Lass mich hören, wie du deine Finger abschleckst. Du schmeckst so gut, Felicia. Ich könnte stundenlang von dir naschen.«

Er hatte ihr schon seine Fähigkeiten beim Cunnilingus gezeigt. Der Gedanke, dass er sie stundenlang leckte, bis sie kam und kam und kam, schickte einen Schauer nach dem anderen über ihren Rücken.

Sie vermisste ihn.

»Was ist mit dir?«, fragte sie. »Was machst du? Lass es mich sehen.«

»Ich bin nackt«, sagte er, einen Anflug von Lachen in der

Stimme. »Und ich bin hart. Wenn ich mit dir rede und wenn ich daran denke, was du gerade tust, dann muss ich ja steinhart werden.«

»Reibst du dich selbst?« Felicia liebte die Vorstellung, wie seine Hand an dem Schaft auf und ab rieb.

»Ein wenig. Ich verreibe gerade ein paar Sehnsuchtstropfen auf der Eichel. Aber ich will noch nicht kommen. Dies soll ganz für dich sein, Felicia. Wie heiß kann ich dich am Telefon machen?«

»Sehr heiß«, sagte sie. »Ich bin nass, und ich brauche dich in mir.«

»Streichle deine Klit, aber sanft«, wies er sie an. »Schiebe deine Erleichterung hinaus. Während du das tust, beschreibe mir, wie dein Spielzeug aussieht.«

»Es ist glänzend blau«, sagte sie und hielt den Vibrator hoch, als hätte sie ihn noch nie richtig gesehen. Nun, gewöhnlich drückte sie ihn sofort und voller Ungeduld zwischen ihre Schenkel. »Die Form kommt der Wirklichkeit sehr nahe, leicht gekrümmt und mit dicken Adern versehen. Die Wurzel ist wie ein Häschenkopf geformt, und die Ohren vibrieren.«

»Ich habe diese Dinger schon mal gesehen«, murmelte er. »Ich wette, du liebst es, die Ohren gegen deine Klitoris zu drücken, was? Dann gehst du ab wie eine Rakete.«

»Mmm«, hauchte sie. »Ich nenne ihn Mr. Twist.«

Übers Telefon hörte sie ein seltsames Geräusch. Gab lachte, oder er unterdrückte ein Lachen. Nun, das war ihr egal: Mr. Twist hatte sie schon öfter befriedigt als Gab.

Aber sie wollte, dass er sie am Telefon glücklich machte. Sie wollte, dass er ihr sagte, sie sollte bald kommen. Sie war nicht daran gewöhnt, sich zurückzuhalten, wenn sie masturbierte, und die viel zu langsam reibenden Finger um den Kitzler herum – oh, sie wurde noch verrückt.

Sie sagte: »Ich muss bald kommen.«

»Okay«, sagte er zu ihrer Überraschung. Dann: »Aber noch nicht sofort.«

Verdammt.

»Lege Mr. Twists Kopf« – und jetzt hörte sie, wie er sich bemühte, nicht zu lachen – »zwischen deine Labien, aber noch nicht weiter hinein.«

Sie war so nass, dass der Kopf leicht hineinglitt. Ihre Beine zitterten von der Anstrengung, der Lust zu widerstehen, den Vibrator tief ins Innere zu stoßen. Er wies sie an, jetzt ein Stück tiefer, dann noch mal einen Zentimeter, und endlich war er ganz versenkt.

»Himmel, ich wünschte, das wäre ich tief in dir«, sagte er.

Sie brachte keine Antwort zustande. Auch sie wünschte, es wäre Gab, aber ihr Mr. Twist war das Nächstbeste. Er füllte sie aus. Seine folgende Anweisung hätte sie beinahe ins Paradies gebracht. »Schalte den Vibrator ein.«

Da der Schaft tief in ihr steckte, drückten sich die Häschenohren gegen ihre Klitoris. Sie legte den Schalter um, und die Ohren bewegten sich hin und her.

Sie war so aufgeladen, dass sie beinahe sofort kam. In ihr bildete sich eine Spirale, die sich immer weiter ausdehnte, je schneller der Vibrator pulsierte. Sie zog den Schaft heraus, schob ihn hinein, und dann wurde sie vom Orgasmus wild durchgeschüttelt. Wie durch eine Nebelwand hörte sie Gabs Erleichterungsschrei durchs Telefon.

Erschöpft fiel sie in die Kissen zurück.

Obwohl er Tausende von Meilen von ihr entfernt war, hatte er doch die Kraft, ihre Welt ins Wanken zu bringen.

Lindsay Chamaine hörte sich verdammt vertraut an, aber auch als sie ihre Listen überflogen hatte, konnte Felicia keinen Hinweis auf sie finden.

Ihre Computerdaten taugten nicht viel, deshalb musste sie in die handgeschriebenen Listen gehen. Sie begann mit Richard.

Ihre Hände wurden feucht, als sie seine Akte herauszog. Sie hatte von diesem Phänomen schon gehört, es aber noch nie selbst erlebt. Feuchte Hände und ein schwankendes Gefühl im Magen.

Es war eine dicke Akte. Fast von Anfang an war Richard bei ihnen. Sie arbeitete sich von heute nach hinten vor. Bis sie eine handgeschriebene Notiz von Katherine fand: *Juni 2001: Scheidung von Lindsay Chamaine. Datensatz abändern.*

Deshalb war ihr der Name vertraut gewesen. Lindsay und Richard hatten sich lange vor Felicias Zeit beim SCCS scheiden lassen, aber sie musste irgendwann einmal auf den Namen gestoßen sein. War Richard nun schuldig oder unschuldig? Ein verschleiertes Komplott, in das seine Ex verwickelt war, oder hatte er seine Ex als Strohfrau benutzt?

Mehr fand sie nicht über Richard und erst recht nicht über Lindsay. Aber es gab jemanden, der mehr über die beiden wusste.

Valerie Turner.

Sie kannte jeden. Ob es eine schmutzige Scheidung war oder eine schnelle, einvernehmliche – sie würde es wissen.

Felicia war froh, dass sie Mrs. Turner gespeichert hatte, denn ihre Finger zitterten heftig.

»Felicia, Schatz, ich wollte gerade anrufen, um mich danach zu erkundigen, wie meine Tische zueinander stehen. Es tut mir leid, wenn ich in letzter Minute solche Umstände mache, aber einige meiner Freunde können sehr unverschämt werden, wenn ich sie nicht im Auge behalten kann.« Ihre Stimme klang tief und ein bisschen amüsiert, ganz sicher nicht so, als wäre sie noch nicht lange wach.

»Bisher haben Sie dreiundzwanzig Gäste. Ich werde Ihnen später sagen, wie die Tische stehen, dann können Sie mir bei der Sitzordnung helfen. Aber ich hoffe, dass Sie mir bei einer etwas delikaten Angelegenheit helfen können.«

»Ich bin ganz Ohr. Ich freue mich immer, wenn ich helfen kann.«

Wie konnte sie ihr Anliegen am besten formulieren? Felicia vertraute Mrs. Turner, aber niemand konnte nicht wissen, wie weit ihre Loyalität zum Freundeskreis ging. »In letzter Zeit ist einige Male ein Name als Kandidatin für den Vorstand aufgetaucht, aber das könnte eine delikate Sache werden, deshalb bitte ich Sie um Rat. Es geht um eine Lindsay Chamaine.«

»Lindsay? Wie seltsam! Sie hat mir nicht gesagt, dass sie in unsere Gegend zurückzieht. Nachdem sie und Richard sich getrennt haben, ist sie nach San Francisco gezogen.«

»Ich habe gehört, dass sie in Los Angeles ein Geschäft gegründet hat. Es geht um Immobilien oder Grundstücke.«

Valerie schnaufte. »Unmöglich! Sie ist Fotografin, eine sehr gute, aber sie hat absolut keinen Sinn fürs Geschäftliche. Richard hat einen seiner Leute abgestellt, ihre Buchführung zu übernehmen. Aus steuerlichen Gründen ist sie auf dem Papier Besitzerin von einigen von Richards Firmen. Die Reinigungskette gehört dazu und vielleicht auch noch einige andere.«

»Auch heute noch? Sie sind seit Jahren geschieden.«

»Länger schon, als sie verheiratet waren. Lindsay war nicht die Vorzeige-Ehefrau, deshalb konnte die Ehe nicht gut gehen. Aber heute sind sie bessere Freunde denn je.«

Felicia atmete tief durch. Ein paar Minuten lang hatte sie gehofft, sie hätte es mit einem Szenario »Ex übt Rache« zu tun, dann wäre der Mann, den sie schätzte und respektierte, nicht der Täter, sondern das Opfer. Aber leider schien es so nicht zu sein.

Wenn Richard jetzt ihr Büro betreten hätte, hätte sie ihn mit ihrem Laptop erschlagen.

Sie zwang sich, ganz locker zu klingen. »Ich kann mir nicht vorstellen, dass die Geschichte über Lindsay völlig an den Haaren herbeigezogen ist. Gibt es einen neuen Ehemann, der Bauunternehmer oder Grundstücksmakler ist?«

Vom anderen Ende der Leitung perlte ein Lachen zu ihr herüber. »Als ich sagte, dass Lindsay nicht der Typ der Vorzeige-Ehefrau ist, wollte ich eigentlich sagen, dass sie Richard wegen einer Massagetherapeutin namens Inge verlassen hat. Aber das haben Sie nicht von mir gehört.«

»Ja, selbstverständlich«, murmelte Felicia. »Hat Richard Enoch denn irgendwas mit Grundstücks- und Baugeschäften zu tun?«

»Richard weiß ganz genau, wie sehr mir der Erhalt der Wüste am Herzen liegt, deshalb würde er mir nicht erzählen, wenn er bei solchen Geschäften involviert wäre, weil er sich meine Vorwürfe nicht anhören will. Ja, möglich ist es. Er hat seine Finger in allen Geschäften, von denen er sich einen Profit verspricht.«

Während Valerie sprach, war sie nachdenklicher geworden. »Es geht nicht um Lindsay, und sie will auch nicht in den Vorstand, nicht wahr? Ihre Fragen, Felicia, haben was mit den Problemen der jüngsten Zeit zu tun. Sie haben etwas Neues herausgefunden.«

Eine halbe Sekunde überlegte Felicia, ob sie lügen sollte. Valerie war impulsiv und exzentrisch, aber sie war alles andere als dumm, und sie würde eine Lüge heraushören.

Außerdem war sie ein Mitglied des Vorstands, zu dem Felicia großes Vertrauen hatte. »Lindsay ist auf dem Papier die Besitzerin der Firma, die versucht, unser Gelände zu kaufen. Zusammen mit Joseph Estabrook, dem die Kette der noblen Restaurants gehört.«

»Dessen Schwester gerade einen Treuhänder der Barbery Stiftung geheiratet hat. Ich war bei der Hochzeit dabei – und Richard auch.«

Felicia benutzte einige Worte, die sie normalerweise einem Vorstandsmitglied gegenüber vermieden hätte. Sie entschuldigte sich sofort.

»Schon gut, Felicia. Ich habe an viel krassere Schimpfworte gedacht. Und das sind Leute, die ich zu meinen Freunden gezählt habe.«

»Das Problem ist, wir haben die Verbindungen jetzt zwar nachgewiesen, aber die gemeinen Taten haben wir ihnen noch nicht beweisen können.« Felicia sackte auf ihrem Stuhl zurück. Jetzt hatte sie die Antworten, aber sie wusste nicht, was sie mit ihnen anfangen sollte.

»Überlassen Sie den nächsten Schritt mir, Felicia«, sagte Valerie Turner, und in ihrer Stimme schwangen Gift und Galle mit. »Ich kenne Richard gut. Ich habe einen ganz bestimmten Plan.«

Sonst zuckte Felicia zusammen, wenn Valerie ankündigte, dass sie einen Plan hätte. Aber diesmal war sie froh. Vielleicht waren jetzt Valeries krause Ideen gefragt.

Achtzehntes Kapitel

Einen Vorteil hatte es, wenn man in der südkalifornischen Wüste eine Gala im Freien plante: Auf das Wetter konnte man sich verlassen.

Jedenfalls klammerte sich Felicia an diese Erfahrung. Das war der einzige positive Gedanke, der ihr am Samstagmorgen um acht Uhr kam, als um sie herum die Hölle ausbrach.

»Ich weiß, dass die Zelte noch nicht aufgestellt sind«, sagte sie einem nervösen Mann des Stuhlverleihers am Telefon. »Der Lastwagen des Zeltverleihs hatte gestern Abend eine Panne auf dem Highway. Aber heute Morgen waren sie so früh wie möglich hier.« Was bedeutete, sie selbst war seit Sonnenaufgang in der Anlage, um das Chaos gering zu halten. Schließlich würden die Touristen und Schulklassen bald kommen. Bis dahin musste das größte Durcheinander aus dem Weg geräumt sein. Aber sie bezweifelte, dass der Stuhlverleiher Verständnis für sie hatte.

»Lady, ich glaube, dass Sie Probleme haben. Aber ich habe mich genau an unseren Termin gehalten. Wenn das Zelt nicht steht, werfen wir die Stühle in den Hof, und alles andere ist nicht mehr unser Problem.«

»Geben Sie mir noch zehn Minuten.« Sie griff zu ihrem Handy. »John, sobald die Toiletten sauber sind, gehst du mit den Reinigungskräften zu den Zelten. Sie sollen beim Aufbau mithelfen. Nimm jeden mit, der kräftig genug aussieht, um nützlich zu sein. Wir treffen uns da.«

»Wie ist es mit mir? Bin ich kräftig genug, um nützlich zu sein?«

Sie wirbelte herum, als sie die unerwartete Stimme hörte. Das konnte nicht wahr sein.

Es war wahr.

Gab sah vom sandfarbenen Haar bis zu den hängenden Socken zerknittert aus. Schatten lagen um seine Augen, er war unrasiert und hielt eine Starbucks-Tasse wie eine Reliquie in der Hand. Er sah großartig aus.

»Ich bin zu alt für zwei Nachtflüge in einer Woche. Aber ich hoffe, ich kann helfen.«

Dann sagte er nichts mehr, denn Felicia (sie ging davon aus, dass der Stuhlverleiher nicht mehr wichtig war, und dass alle anderen zu beschäftigt waren) gab seinem Mund etwas Besseres zu tun.

Er nahm sie in die Arme und drückte sie an einen Körper, der plötzlich nicht mehr schlaff war – im Gegenteil, in einer Gegend ragte etwas sehr Strammes auf. Hitze strahlte von ihrem Bauch aus; ihre Nippel wurden steif, und ihre Säfte begannen zu fließen. Ihr ganzer Körper pulsierte und pochte vor Verlangen, aber gleichzeitig empfand sie auch eine große Ruhe, als wäre sein Körper ihr Zuhause, und sie kehrte nach längerer Reise zurück.

Sie befanden sich allein im Verwaltungsgebäude. Sogar Katherine war draußen. Sie könnten sich wieder in den Keller verdrücken, denn Felicia lechzte danach, vor Gab auf die Knie zu fallen und seinen Schaft tief in den Mund zu nehmen. Sie selbst zehrte noch von ihrer jüngsten Ekstase mit Mr. Twist, angestachelt von Gabs Phantasien, was er alles mit ihr anstellen würde, wenn er bei ihr wäre. Es war ihr jetzt wichtig, ihn zu schmecken.

Jemand klopfte ihr auf den Rücken. Sie zuckte zusammen und fuhr herum. Der Stuhlverleiher knirschte mit den Zähnen. »Liebe ist was Schönes und all das, aber ich muss irgendwo abladen.«

Sie lösten sich voneinander. »Komm«, sagte sie und fasste Gab bei der Hand. »Bauen wir ein großes Zelt auf.«

Als sie unterwegs zum Zelt waren, blockierte eine Frau in einer Bluse mit der Aufschrift »Feehans Blumen« ihren Weg. »Ich weiß, dass Sie uns erst später erwarten, aber eine Hochzeit in Braeburn hat unseren Terminplan über den Haufen geworfen.«

Felicia lachte nur. Unvorhergesehene Schwierigkeiten waren leichter zu ertragen, jetzt, da Gab da war.

Während Felicia noch dabei war zu überlegen, wo sie den Blumenschmuck aufbewahren könnte, lief einer der freiwilligen Helfer auf sie zu. »Die ersten Essenssachen sind da. Wo stellen wir sie ab?«

Ihr Handy klingelte. Valerie Turner. Sie nahm den Anruf entgegen, während sie zum Zelt ging.

»Felicia, Darling!«, rief Valerie. »Ich war gestern Abend auf einer Party und habe noch zwölf Karten verkauft.« Die Frau hatte zu viel Energie. Wieso war sie um diese Zeit schon auf den Beinen, und dann auch noch so frisch, wenn sie gestern Abend auf einer Party war?

»Wunderbar.« Felicia rang sich ein Lächeln ab und hoffte, dass ihre Stimme fröhlich klang. »Das Geld können wir gut gebrauchen.« Auch wenn es bedeutete, dass sie die Sitzordnung ein viertes Mal ändern musste. »Darf ich Sie später wegen der Namen anrufen? Die ersten Lieferanten sind da, und ich finde auf die Schnelle hier draußen keinen Kuli.«

Zum Glück schien Valerie Verständnis für die Situation zu haben. »Sie wissen, dass ich E-Mails hasse, aber ich vertraue mich mal wieder dem einundzwanzigsten Jahrhundert an und schicke Ihnen die Namen. Versuchen Sie, die Ruhe zu behalten, meine Liebe.«

»Hi!« Debbie näherte sich ihr mit fliegenden Schritten.

Die sehr blonden Haare türmten sich gefährlich hoch auf ihrem Kopf, und doch sah es irgendwie lässig und kunstvoll aus. »Tut mir leid, dass ich stören muss – ich sehe, dass hier der Teufel los ist –, aber das Café ist abgeschlossen. Haben Sie einen Schlüssel?«

Felicia hatte den Schlüssel, aber er hing an ihrem Bund mit fünfzig anderen Schlüsseln zu den verschiedensten Räumen des SCCS, und in der jetzigen Situation hätte sie nicht mal ihrer Mutter die Schlüssel anvertraut.

Sie sah hinüber zum Rasen. Gab hatte offenbar den Fahrer des Stuhlverleihs davon überzeugt, dass er schneller abladen könnte, wenn er mithalf, das Zelt aufzustellen. Wunderbar, was Gab alles schaffte.

»Ich schließe Ihnen die Tür auf«, sagte Felicia.

Als Felicia die Tür aufzog und das Licht einschaltete, ging Debbie gleich in den Kühlraum. Felicia nahm an, dass sie sehen wollte, wie viel Platz ihr blieb oder ob die Straußensteaks gut gelagert waren, die sie vor ein paar Tagen hatte anliefern lassen. Aber dann hörte sie Debbie fluchen.

»Was ist los?«, fragte Felicia und schaute hinein.

Zuerst gab Debbie keine Antwort. Dann schüttelte sie sich und sagte: »Brr, es ist verdammt kalt.«

»So soll es auch sein«, sagte Felicia lachend. Aber sie musste an den Mittwoch denken, als Mel festgestellt hatte, dass die Tür blockiert und die Kühlung ausgeschaltet war. Ob Debbie dafür verantwortlich war?

Nein, das war absurd. Debbie war verantwortlich für das Menü. Und sie war ein guter Caterer. Jetzt siehst du schon überall Gespenster, schalt sich Felicia.

»Ich schicke Ihnen jemanden, der hilft, Ihre Sachen vom Van in den Kühlraum zu bringen«, bot Felicia an. »Kann ich sonst noch etwas für Sie tun?«

Debbie schüttelte den Kopf. »Nein.«

»Lassen Sie mich wissen, wenn Sie noch etwas brauchen.«
Ihr Handy klingelte, und sie rannte hinaus.

Jeder rannte herum, als stünden ihre Haare in Flammen. Lance wusste, wie wichtig das Gelingen der Gala für den ganzen SCCS war, aber er konnte sich nicht vorstellen, dass sich alle so sehr unter Stress setzten.

Er wurde mit dem Druck fertig, indem er gelassen blieb. Er ging den Leuten aus dem Weg und wartete, bis jemand etwas von ihm haben wollte. Dazwischen ging er still seiner Arbeit nach. José lobte ihn, weil er einige der Käfige ausgemistet hatte, dabei traute ihm José immer noch nicht über den Weg.

Jetzt schickte ihn Felicia zu der großen blonden Frau mit den dicken Titten. Ja, das war schon eher eine Arbeit nach seinem Geschmack. Er drückte die Tür zum Café auf und sah sich stirnrunzelnd um. Wo war sie denn?

Dann sah er, dass die Tür von der Küche zum Weg hinter dem Gebäude offen stand. Er trat an die Tür und sah Debbie.

Sie rauchte, und der Rauch ließ ihn auch nach einer Zigarette lechzen. Es lagen schon ein paar Kippen auf dem Boden zu ihren Füßen. Er fand, dass sie sich ein wenig leichtsinnig verhielt – Brandgefahr und so. Wäre das nicht die Krönung, wenn sie auch noch ein Feuer so kurz vor der Gala hätten? Jetzt ließ sie die Kippe fallen und stampfte sie mit den Füßen in den Dreck.

Er fand es schade, dass sie heute keine hohen Absätze trug. Aber er hatte mal in einem Restaurant gearbeitet und kannte sich mit den Vorschriften aus – Stilettos, vorne und hinten offen, waren nicht erlaubt.

Während er zuschaute und nicht genau wusste, wie er

sich zu verhalten hatte (das lag auch an seiner Latte, die in seiner Hose wuchs, denn Stilettos oder nicht, sie war immer noch heißheißheiß), zog sie ein Handy aus der Tasche und stanzte die Zahlen mit einem spitzen Finger.

»Ich bin's, Debbie«, meldete sie sich. »Ja, natürlich bin ich hier. Wir haben ein Problem. Sie haben bemerkt, dass die Kühlung ausgeschaltet war.«

Wau. Lance wich einen Schritt zurück, damit er nicht sofort zu sehen war. Das hörte sich nicht gut an. Es ergab keinen Sinn, aber er wusste, dass er genau zuhören sollte. Felicia würde das unbedingt wissen wollen.

»Das Zeug, das ich vorab angeliefert habe, ist nicht schlecht geworden.« Debbie schüttelte wieder eine Zigarette aus ihrer Schachtel, dann hielt sie plötzlich ein Feuerzeug in der Hand. »Ja, ich weiß, dass wir uns etwas anderes einfallen lassen müssen, um das Menü zu verderben. Fällt dir etwas ein? Ja, ich habe gehofft, du würdest eine kluge Idee haben.« Sie zündete die Zigarette an und nahm einen tiefen Zug. Nervös streifte sie die Asche ab. »Oh, danke, ja, sehr gut. Nein, nein, es darf nicht zu offensichtlich sein. Schließlich habe ich einen Ruf zu verlieren. Was soll das heißen, du wirst meinen Ruf ruinieren?«

Ihre Stimme wurde schrill und hatte nichts mehr von der heiseren Verführung an sich. »Bastard«, knurrte sie, fuhr sich mit einer Hand durch die aufgetürmten Haare, zog noch einmal an der Zigarette und entsorgte dann die Kippe auf die übliche Weise.

»Fick dich ins Knie.« Sie stieß ihr Handy zurück in die Tasche.

Auf Zehenspitzen zog sich Lance zur Eingangstür zurück. Er öffnete sie und ließ sie laut ins Schloss fallen. »He, Miss Landstrom, sind Sie da?«

Debbie stand in der Hintertür, lächelnd und kichernd. Er bemerkte, dass sie den Lippenstift neu aufgetragen hatte –

ein glänzendes Pink, das auf ihr T-Shirt abgestimmt war. Das T-Shirt selbst war schlicht, wenn auch ein bisschen tief ausgeschnitten.

»Hi, Süßer«, sagte sie. »Ich musste mir mal einen Stängel reinziehen. Sobald ich mit dem Kochen begonnen habe, kann ich nicht mehr rauchen.«

»Ich soll Ihnen helfen, das Zeug reinzuschleppen.«

»Oh, prima.«

Als sie zur Tür gingen, sagte er: »Eh, ich habe früher bei Bella Lugosi gearbeitet, das ist der Italiener auf der State. Wenn Sie irgendwelche Hilfe brauchen ...« Wenn er in ihrer Nähe bleiben konnte, würde er sie im Auge behalten und sie vielleicht dabei erwischen, wie sie das Essen ruinierte.

Sie betrachtete ihn in einer Mischung aus Überraschung und berechnendem Kalkül. »Wirklich?«

Er nickte.

»Nun, mein Lieber, dann bist du engagiert. Ich habe heute nicht genug Personal und könnte zwei Hände mehr gut gebrauchen.«

Lance trottete hinter ihr her und bewunderte den festen Po in Jeans, die so stramm saßen, dass man keine Sliplinien darunter sehen konnte. Egal, was geschah, er hatte wenigstens eine Zeitlang einen hübschen Anblick. Debbie mochte böse sein, aber sie war verdammt geil dabei.

Wenn alles gut verlief, hatte er eine weitere Gelegenheit, Mel zu beeindrucken. Er hatte schon einmal den Helden gespielt, und das hatte ihm Glück gebracht. Wenn er hunderte alte Knacker davor bewahrte, vergiftet zu werden, war das doch eine Nacht mit Mel wert, oder?

Normalerweise hatte Valerie keine Session am frühen Nachmittag einer großen Gala angesetzt. Eine gute Session erforderte Zeit und Konzentration, und sie hatte noch eine Menge zu tun. Aber statt in der Anlage zu helfen oder eine gute Zeit bei Therapeutin oder im Haarstudio zu verbringen, befand sie sich im Verlies.

Man musste Prioritäten setzen. Was auch immer sie bei den Vorbereitungen leisten konnte, stand in keinem Vergleich zu dem, was sie an diesem Ort in burgundrotem Leder erreichen konnte.

Wenn es denn gelang.

Richard steckte wieder im Clownkostüm, dieses Mal in voller Gesichtsbemalung. Er bettelte um ihre Gunst, nackt und mit der Wange an ihren Stiefelfuß gepresst.

Wenn sie nicht so misstrauisch geworden wäre, hätte sie sich wie eine Schneekönigin darüber gefreut, dass er nach nur einer Session so gefügig geworden war. Er ließ sich von ihr leiten, auch wenn er offenbar keine Clowns mochte. Genau so sollte es sein, aber gewöhnlich brauchte man mehr Zeit, um dieses Vertrauen aufzubauen.

Schade, dass das Vertrauen so einseitig war. Heute plante sie, fünfundzwanzig Jahre der Selbstbeherrschung und des Respekts auszublasen wie ein Kerzenlicht.

Falls Richard nicht gegen den SCCS intrigierte, dann würde er ihr gegenüber völlig offen sein, bevor sie mit ihm fertig war. Wenn sie ihn aufgebrochen hatte, würde sie es ihm schuldig sein, ihn für einige Zeit als Diener zu benutzen.

Und wenn er doch in der Sache drinhing, nun, dann hätte sie ihn trotzdem aufgebrochen, aber das wäre ihr egal.

Bisher war alles gut verlaufen. Heftige verbale Beleidigungen. »Erzwungener« Oralsex. Sie hatte schon vorher gewusst, dass es ihm behagen würde, wenn sie ihn auf dem Tisch festband und sich auf sein Gesicht setzte. (Sie hatte Recht behalten). Sie hatte nicht damit gerechnet, dass es ihr dabei kommen würde, aber seine Zunge war irre geschickt und hatte Raketen durch ihren Körper gejagt, während sie darüber nachdachte, welche Bestrafung für einen Verräter angemessen wäre.

Danach hatte sie ihn auf die Folterbank gebunden und ihm den Hintern verhauen. Sie glaubte, an seine Schmerzgrenze herangekommen zu sein. Das rote Gesäß kontrastierte mit den orangen und purpurnen Streifen seines Clownkostüms.

Jetzt war es Zeit für den finalen Coup.

»Bist du noch bei mir?«, fragte sie.

Richard nickte. Sein Gesicht zeigte ein glückliches Grinsen. Ja, er war bei ihr, aber nur vage. Große Teile seines Gehirns hatten das Haus schon verlassen.

Ausgezeichnet.

Sie nahm ihm die Clownmaske und die Perücke ab und zog ihm eine Lederkapuze über den Kopf. Er stieß verdutzte Laute aus, aber er sagte nichts.

»Ich glaube an Diskretion«, sagte sie; ein Satz, der mehr Fragen aufwarf, als er Antworten brachte.

Sie schritt um ihn herum und ließ ihre Fingernägel über seine empfindliche Haut gleiten. Als sie hinter ihm stand, stieß sie einen Finger in ihn hinein.

»Danny ist in den letzten Wochen ein braver Junge gewesen, er hat hart gearbeitet und musste hinnehmen, dass ich ihn eine Weile ignorierte, weil ich mit den Vorbereitungen für die Gala beschäftigt war. Glaubst du nicht auch, dass so ein guter Sklave eine Belohnung verdient hat?«

Unter der Kapuze stieß Richard ein Geräusch aus, das als »Ja« hätte verstanden werden können.

Sie stieß den Finger ein wenig härter hinein. »Ich will was hören.«

»Sie haben Recht, Herrin.«

»Ich bin froh, dass du das auch so siehst.« Sie drückte auf den Knopf an der Wand. »Danny, komm bitte nach unten.«

»Mit Vergnügen, Herrin.«

Die Laute unter der Kapuze klangen nach Besorgnis, aber Richard sprach das Sicherheitswort nicht aus, und er beklagte sich auch nicht.

»Ich habe dir gesagt, dass er eine Schwäche für ältere Männer hat.« Sie sprühte mehr Fettcreme in die Kerbe. Er schüttelte sich, aber das lag bestimmt nicht daran, dass die Creme so kalt war. »Deshalb möchte ich ihm gern etwas Gutes tun.«

Schritte auf der Treppe. Valerie grinste vor sich hin. Danny konnte sich heranschleichen wie eine Katze, wenn es sein musste, aber diesmal wollte er unbedingt, dass Richard sein Kommen wahrnahm.

Richard zuckte sichtbar. Valerie warf einen Blick auf seine Körpermitte. Hart wie heißer Marmor.

Danny näherte sich. Grinsend blinzelte er Valerie zu. »Ein köstlicher Anblick«, sagte er mit so viel Boshaftigkeit in der Stimme, wie Valerie ihm nicht zugetraut hätte.

Valerie zog ihren Finger zurück und ließ Danny an ihre Position treten. Er packte Richards Hüfte mit seinen kräftigen Händen. Richard stieß würgende Stöhnlaute aus.

»Bist du bereit?« Valerie wartete darauf, dass Richard das eine Wort aussprach, das die Session beendete. Oder dass er wenigstens irgendeinen Protest hören ließ. Stattdessen hob er seinen Hintern ein wenig höher.

»Das wird ein gewaltiger Spaß werden«, sagte Danny und spreizte Richards Backen. Er sollte die männliche Kraft auf seiner Haut spüren. Während er die Backen noch auseinander hielt, trat er einen Schritt zur Seite, damit Valerie zwischen die Schenkel ihres »Opfers« treten konnte. Sie hielt einen mittleren Dildo in der Hand, teuer und mit realistischem Gewebe, und bohrte ihn langsam in Richards Öffnung.

Richard ging fast durchs Dach, als die Penetration begann. Er ruckte mit dem Gesäß nach hinten, als wollte er den Stab tiefer in sich aufnehmen. »Oh, ja«, murmelte er, »oh, ja … mehr …«

Sie stieß hinein und fand keinen Widerstand. Er begann zu weinen; gebrochene Schluchzer eines Mannes, der sich diese Abart nie gestattet hatte. Einen Augenblick fürchtete Valerie, sie könnte zu weit gegangen sein. Aber selbst durch die Tränen bettelte er um mehr.

Er schien es nicht zu bemerken, als die kräftigen Hände auf seine Hüfte durch kleine zierliche ersetzt wurden, während Danny an die Seite trat. Irgendein Teil von ihm muss doch etwas merken, dachte Valerie und stieß wieder zu, hart, heftig, ohne Gnade.

Plötzlich hörte sie auf. Valerie schaltete ein winziges Tonband ein, das in ihrem Mieder verborgen war. Sie wusste nicht, ob ein solches Tonband auch vor Gericht zugelassen sein würde, aber ihr genügte es, wenn sie sein Geständnis für sich und ihre Freunde dokumentieren konnte – falls es überhaupt ein Geständnis gab.

»Richard, welches Spiel treibst du?«

»Ich … eh, ich weiß nicht.« Seine Stimme klang weit weg. »Was immer du willst.«

»Ich will, dass du mir jetzt die Wahrheit sagst. Ist Lindsay die Besitzerin der Bauentwicklungsfirma, die ein Angebot für den SCCS abgegeben hat?«

Stille, nur durch ein Schluchzen unterbrochen.

»Du kannst dir denken, wie erstaunt ich war, als ich hörte, dass Lindsay Geschäfte mit Grundstücken macht. Das scheint so gar nicht ihr Ding zu sein. Deshalb denke ich, dass du dahintersteckst, und du weißt doch, wie neugierig ich bin. Also, verrätst du es mir jetzt?« Sie schob den Dildo wieder in ihn hinein.

»Ja«, antwortete er fast unhörbar. »Sie ist so nett und hilft mir – wegen der Steuer. Ab und zu stecke ich ihr was zu, damit sie und Inge gut leben können.«

Ihr wurde ganz übel. Ihre Befürchtung war bestätigt. Aber sie wollte mehr aus ihm herausholen.

»Warum hast du dich für die Gala so ins Zeug legen wollen und dann doch nichts getan? Die arme Felicia und ich mussten alle deine Kontaktleute noch einmal abfragen.«

»Ich wollte Felicia diese zusätzliche Arbeit nicht aufhalsen. Sie ist viel zu gut. Und du bist viel zu vernarrt in den SCCS.«

Eigentlich wusste sie genug, aber einen Sachverhalt galt es noch zu klären. »Katherine sagte mir, dass junge Leute abends eingedrungen sind und die Gepardin verletzt haben.«

»Idioten! Ich hatte ihnen untersagt, den Tieren was anzutun.«

»Du kleiner Scheißer«, zürnte Valerie und schlug mit den Händen auf ihn ein. »Du bist widerlich! Und ich hoffe, du landest im Gefängnis und gerätst in eine Zelle, wo dich ein Bursche hart rannimmt.«

»Danke, Herrin«, keuchte Richard, als es ihm kam.

Ich darf nicht vergessen, den letzten Teil des Bandes zu löschen, dachte Valerie.

Neunzehntes Kapitel

Mel zwängte sich durch den Hintereingang des Geheges der Geparde, schwere Eimer mit Fressen in beiden Händen.

Warte mal. Die Tür hätte geschlossen sein sollen, aber sie hatte sich dagegen gedrückt und sie aufgestoßen.

Sie setzte einen Eimer ab und hielt den anderen so, dass sie ihn als Waffe schwingen konnte. Im nächsten Moment musste sie lachen. José stand da. »Ist alles in Ordnung?«, fragte sie.

»Ja, ich wollte mich nur um Fidget kümmern. Sie wird jetzt geschlechtsreif, und da Katherine nicht will, dass sie trächtig wird, müssen wir sie und Chachi trennen.«

»Du sagst mir nichts Neues.« Sie hatte die Entwicklung des jungen Gepards verfolgt, und das wusste auch José. Für sie stand fest, dass er auf sie gewartet hatte.

»Nun, ich bin froh, dass ich dich mal allein antreffe. Du hast mich nicht mehr angerufen. Bist du immer noch sauer auf mich?«

Mel lachte nervös. »Ich hatte wirklich viel zu tun – und richtig sauer war ich gar nicht auf dich. Aber wir müssen miteinander reden.« Sie stellte auch den zweiten Eimer ab und sah sich um. Nun, es war unwahrscheinlich, dass jemand hier vorbeikam, denn dieses Terrain war den Besuchern nicht zugänglich, und das Personal hatte alle Hände mit der Gala zu tun. Trotzdem senkte sie die Stimme: »Lance und ich …«

»Du hast Lance gevögelt?« Er klang mehr amüsiert als verärgert, aber Mel fühlte, wie sie errötete.

»Es war so eine Laune. Aber du und ich, wir haben nie darüber gesprochen, ob wir mit anderen schlafen ...«

José trat ein paar Schritte näher. »Wie meinst du das? Wir reden doch die ganze Zeit darüber. Felicia. Die alte Freundin, die du getroffen hast, als du in Washington warst, um Khan abzuliefern. Und dann Denise – ich habe diese Woche eine E-Mail von ihr erhalten. Die nächste Konferenz der Veterinäre exotischer Tiere findet in San Diego statt.«

Mel war noch mit den Gedanken woanders, schließlich hatte sie sich auf ein umfassendes Geständnis eingerichtet. Jetzt sah José ein Lächeln auf ihrem Gesicht. »Dann höre ich wieder neue Geschichten?« Mels Neugier meldete sich stets, wenn José sich mit seiner Fernbeziehung traf, einer rothaarigen bisexuellen Frau, deren Spezialgebiet Reptilien waren.

»Wenn ich sie richtig verstanden habe, könntest du in der nächsten Geschichte selbst eine Hauptrolle spielen. Ich habe ihr von dir erzählt, und das hat ihr gut gefallen.«

Aber Mel war auf einer Mission und entschlossen, sich schuldig zu fühlen. »Das ist was anderes. Aber als ich mit Lance ...«

José legte seine Arme um sie. »Du warst sauer auf mich. Ich weiß. Hast du es getan, weil du es mir heimzahlen wolltest, oder weil du geglaubt hast, es könnte Spaß machen?«

»Spaß. Neunundneunzig Prozent Spaß und ein Prozent Rache.«

»Und war es gut?«

Jetzt konnte Mel sich nicht länger schlecht fühlen, dafür sah José sie viel zu inbrünstig an. Und die Hände, die über ihren Körper streichelten, ließen sie die Schuldgefühle vergessen. Die Erektion, die gegen ihre Hüfte drückte, war der Beweis dafür, dass er nicht verärgert war. »Ja, verdammt, es war sehr gut, und wenn du nichts dagegen hast, werde ich mich noch mal mit ihm treffen.«

»Warum sollte ich was dagegen haben? Solange du mir alle Einzelheiten erzählst. Oder wenn du mich mitmachen lässt. Ich möchte gern sehen, wie du auf uns beide reagierst.« Seine tiefe Stimme begann zu schnurren, und der Klang erwischte Mel direkt zwischen den Schenkeln.

Am liebsten hätte sie ihn in die Büsche gezerrt, aber da lief Fidget herum; und als wollte sie auf sich aufmerksam machen, hörten sie plötzlich ein knurrendes Jaulen, das sofort von einem männlichen Gepard beantwortet wurde.

»Das kommt von all den Pheromonen, die du ausstößt, Mel. Du hast das arme Tier zur Wollust getrieben.« José zog seine Schutzhandschuhe an. »Wir werden Fidget jetzt in ihren eigenen Käfig bringen. Sag mal, hast du nach der Gala schon was vor?«

Mel küsste ihn, dann griff sie nach einem Knüppel, die für Notfälle immer vor den Gehegen standen. »Ja. Ich werde dir eine Gutenachtgeschichte über einen bösen Jungen erzählen.«

Felicia nutzte ein paar freie Minuten aus, um aus ihren Shorts zu schlüpfen und ihr neues Cocktailkleid anzuziehen. Es wäre ihr viel zu teuer gewesen, aber sie hatte es beim Ausverkauf erstanden und deshalb nicht widerstehen können. Das Kleid war im Mandarin-Schnitt geschneidert, war aus feiner chinesischer Seide, und auf dem Rücken war, rot auf rot, ein Drache eingestickt. Der hohe Kragen fand seine Balance durch einen tiefen Rücken. Der enge knielange Rock war auf beiden Seiten hoch geschlitzt, nur deshalb konnte sie normal darin gehen.

Mel hatte ihr die Haare geflochten, und den Zopf trug sie um den Kopf wie eine Krone. Die Frisur war so gut wie unzerstörbar, und selbst beim Umziehen war sie nicht in Gefahr.

Zum Schluss schlüpfte sie in hinten offene rote Schuhe.

Hohe Absätze hätten besser ausgesehen, aber sie würde den ganzen Abend auf den Beinen sein, und das eine oder andere Mal würde sie auch laufen müssen.

Sie stand im Besucherzentrum, das durch die üppige Dschungeldekoration ein ganz anderes Aussehen angenommen hatte, und gab den drei Studentinnen, bei denen die Gäste sich anmeldeten, letzte Anweisungen. Genau in diesem Moment wurde sie von Valerie Turner erkannt.

Verdammt. Zu spät, um sich zu ducken.

»Felicia, Schatz, ich muss mit Ihnen reden.« Fordernd wie immer. In einem schwarz-burgundroten Modell von Gaultier mit Spangen und Bändern (ein wenig risikohaft für eine Frau in ihrem Alter, aber irgendwie passte es zu ihr) und mit einem an vielen Stellen eingedrückten Tropenhelm (er musste so alt sein wie Valerie selbst) sah sie wie aus einer vergessenen Welt aus.

»Nur einen Moment, bitte. Ich muss nur noch ein paar Sätze loswerden, dann bin ich sofort für Sie da.« Felicia wandte sich wieder den Studentinnen zu. »Wenn jemand kommt, der auf dieser Liste steht, geht jemand bitte sofort zu Dr. O'Dare, denn das sind VIPs. Und wenn Medienleute da sind, meldet euch über Funk bei mir.«

»Felicia ...« Valerie berührte ihren Arm, aber Felicia atmete nur tief ein und setzte ihre Anweisungen fort. Valerie wollte wahrscheinlich die Sitzordnung an ihren Tischen ändern, aber das sollte sie dann bitte selbst machen.

Valerie stellte sich zwischen Felicia und ihre Zuhörer. »Felicia, ich muss darauf bestehen. Entschuldigt, Mädchen, das wird nur zwei Minuten dauern.« Sie nahm Felicias Arm und führte sie auf die Damentoilette.

Sobald sie drinnen waren, änderte sich Valeries Ausdruck auf eine bedrückende Art und Weise. Wie weggeblasen war die höfliche Art, sie ließ jetzt erkennen, wie sich die Wut in ihr aufstaute, und ihr Kleid und der Tropenhelm ließen sie wie eine gefährliche Zauberin aus einem Fantasyfilm wirken.

Felicia wich unwillkürlich zurück und wollte näher zur Tür. Valerie war in ihren Augen immer eine harmlose, verschrobene reiche Lady, aber die Blicke der Frau waren alles andere als harmlos. Wenn sie den Charakter der Frau schon so falsch eingeschätzt hatte, waren dann auch ihre Absichten ganz andere? Was war, wenn Felicia selbst ihr verraten hatte, dass sie mehr wusste, als Valerie bisher geglaubt hatte?

Felicia rückte zentimeterweise näher an die Tür heran.

Valerie packte ihr Handgelenk. Felicia wirbelte herum. Bevor sie wusste, wie ihr geschah, fand sie sich keiner Bewegung mehr fähig. Beide Hände auf dem Rücken, mit dem Gesicht an die geflieste Wand gepresst.

»Hören Sie mir jetzt zu?«, wisperte Valerie, die Stimme intensiv und boshaft. »Es ist wichtig.« Himmel, die Frau roch gefährlich. Ihr Parfum durchdringend und fast männlich und auch sexuell.

Felicias Herz raste. Sie zitterte und fühlte sich wie das Kaninchen vor der Schlange.

Dann blinzelte Valerie, und der Griff um Felicias Gelenke lockerte sich. »Es tut mir leid, Felicia. Ich wollte Ihnen keinen Schrecken einjagen. Aber seit ich hier eingetroffen bin, habe ich versucht, Sie unter vier Augen zu sprechen, aber Sie sind mir immer wieder entwischt.«

Ihre Stimme war irgendwo zwischen der »exzentrischen Erbin« aus einer Sitcom und einer Angst einflößenden Hexe.

»Reden Sie mit mir«, forderte Felicia sie auf, nachdem sie einige Male kräftig durchgeatmet hatte.

»Richard hat gestanden, dass er hinter den Problemen steckt, die Sie hier hatten. Ich habe sein Geständnis auf Tonband aufgenommen.«

»Er hat es Ihnen gestanden? Wie haben Sie das denn …?

Nein, sagen Sie es mir nicht.« Nach der kleinen Demonstration eben konnte sie sich denken, wie das Geständnis zustande gekommen war. »Haben Sie genug, dass wir zur Polizei gehen können?«

Valerie nickte, und Felicia wollte ihr Handy aus der Tasche holen.

»Warten Sie bis nach der Party, meine Liebe. Es ergibt kein gutes Bild, wenn Addisons Polizei ihn hier vor allen Gästen verhaftet. Ich habe ihn gebeten, heute Abend mein Tischherr zu sein, damit ich ein Auge auf ihn halten kann.«

Noch vor zwei Minuten hätte Felicia nichts von der Idee gehalten, dass Valerie irgendeinen im Auge behält. Jetzt aber war sie relativ sicher, dass Richard sich unter den wachsamen Blicken dieser Frau nichts erlauben würde.

»Ich meine, wie viel Ärger kann er uns jetzt noch bereiten? Die ganzen Vorbereitungen sind abgeschlossen und …« Es fiel Felicia wie Schuppen von den Augen. Sie spürte, wie ihr die Farbe aus dem Gesicht wich. »Oh, mein Gott! Mrs. Turner, Richard hat den Caterer engagiert! Vielleicht hat Debbie den Auftrag, uns alle zu vergiften.«

Felicias Handy klingelte, als sie es gerade aus der Tasche geholt hatte, um doch die Polizei anzurufen. Es war Mel.

»Felicia, wir haben ein Problem in der Küche – ein großes Problem. Komm zu José, dann erzähle ich dir alles.«

Bevor Felicia hinauslief, wandte sie sich an Valerie. »Können Sie Katherine ablenken? Wenn sie etwas davon erfährt, wird sie zusammenbrechen.«

Ein eigenartiges Lächeln umspielte Valeries Gesicht. »Kein Problem.«

Felicia musste jede Unze ihrer Selbstbeherrschung abrufen, um nicht die Schuhe auszuziehen und quer über den Rasen zu rennen. Und sie musste lächeln und mit den Gästen, die sie ansprachen, kurz plaudern. Als sie sah, wie Valerie ihr zur Seite sprang, indem sie alle Leute, die Felicia aufhielten, ablenkte und in eine andere Richtung bugsierte, hätte sie am liebsten laut aufgelacht. Valerie hatte sich einen dicken Blumenstrauß als Dankeschön verdient, am besten aus afrikanischen Lilien, die zum Thema passten.

Alan begrüßte sie an der Tür der Klinik. Mel lief aufgeregt auf und ab. José war nicht zu sehen; entweder zeigte er einer letzten Gruppe die jungen Katzen, oder er sah nach Noelle.

»Richard Enoch ist der Drahtzieher hinter den kleinen und großen Katastrophen«, begann sie ohne Einleitung. »Und er hat Debbie engagiert. Was läuft schief in der Küche?«

»Debbie will das Essen sabotieren«, sagte Mel. »Lance hat das herausgefunden. Er hat schon mal in einem Restaurant gearbeitet und sich Debbie angedient. Deshalb hat er sie im Auge behalten können.«

»Oh, Scheiße«, entfuhr es Felicia. »Was stellt sie denn mit dem Essen an?«

»Lance sagt, dass sie natürlich um ihre Karriere besorgt ist, deshalb halten sich ihre Aktionen in Grenzen. Sie hat flüssige Seife als Salatdressing genommen, und Lance hat diese Szene fotografiert.« Mel hielt ihr Handy hoch. Das Bild war zwar klein, aber man sah Debbie mit dem Behälter der Flüssigseife in der Hand. Das nächste Bild zeigte Hand und Behälter in einer Großaufnahme.

Mehr brauchte Felicia nicht zu sehen.

»Lance sagt, niemand wird daran sterben, aber einige werden sich schlecht fühlen oder sich übergeben müssen. Wer weiß, was sie noch alles anstellt, wenn wir ihr die Zeit dazu lassen«, sagte Mel.

»Wo ist Lance jetzt?«, fragte Alan.

»Noch in der Küche«, antwortete Mel. »Er versucht, sie aufzuhalten.«

»Ich kümmere mich darum«, sagte er. Seine Augen sahen entschlossen aus. »Gehen wir.«

Als sie über den Rasen hasteten, sah Felicia, wie die Gäste Platz nahmen. Sie erhielten Getränke von der Bar und konnten sich an den Kanapees laben, deshalb würden sie vielleicht gar nicht bemerken, dass das Dinner nicht mit einem Salat begann. Sie konnte nur hoffen, dass Debbie nicht schon die Kanapees verdorben hatte.

Jetzt war der große Abend da, und Katherine konnte endlich aufatmen. Die Spenden der lokalen Firmen waren nicht so hoch, wie sie gehofft hatten, aber Felicia war es gelungen, die Kosten für die Gala gering zu halten, deshalb reichten die Spenden dafür aus, und der Erlös aus den Kartenverkäufen ging als Gewinn in die Bücher. Das hatten sie in erster Linie Valerie zu verdanken, die in den letzten Tagen noch einmal kräftig die Werbetrommel gerührt hatte.

Bei der Versteigerung würde auch noch einiges in die Kasse fließen, denn – wieder dank Valerie – es gab einige wertvolle Stücke zu ersteigern. Sie hatte alle ihre Verbindungen spielen lassen. Dazu gehörte auch ihr Reisebüro (»Ich wollte gerade meine Reise nach Vietnam buchen, als ich einen Geistesblitz hatte«), das eine Kreuzfahrt durch den Südpazifik gespendet hatte. Der Freund eines Freundes hatte seine Villa in der Toskana für einen zweiwöchigen Urlaub zur Verfügung gestellt.

»Schau dir nur die schöne Dekoration an«, sagte Katherine zu Valerie. »Man kann kaum glauben, dass die meisten Stücke kostenfrei waren.«

Die Kellner und etwa die Hälfte der Gäste trugen Tropenhelme, hübsch verziert mit einem Band im Muster eines Leopardenfells. Lance' Freund, der Landschaftsgestalter, hatte ein Dutzend Palmen in Kübeln geliefert. Valerie und Sarah Wu hatten Souvenirs ausgeliehen, die sie von ihren Reisen mit nach Hause gebracht hatten, und die Zusage einer privaten Führung durch die Anlage hatte den Manager einer Stofffabrik dazu veranlasst, Moskitonetze zu spenden, die als Verzierung auf den Tischen lagen und an den Zeltstangen hingen. (Die Netze waren Überbleibsel der letzten Saison, meistens in Altrosa oder Limonengelb, aber das war bei der gedämpften Beleuchtung kaum zu sehen.)

»Diese afrikanischen Masken und die Batikstoffe haben nicht viel gekostet«, sagte Valerie. »Horace liebte es, in den Basaren zu feilschen.«

Horace Turner war seit fast zwanzig Jahren tot. Katherine wünschte, sie hätte ihn kennen gelernt. Durch das, was Valerie über ihn erzählte, hatte sie aber ein festes Bild von ihm, auch ein Freigeist wie seine Frau.

»Eines Tages sollte ich Manny fragen, was die Sammlung wert ist.« Valerie wies auf einen Gentleman im Frack. »Er arbeitet für Sotheby's.«

»Woher kennst du all diese Menschen?«

Valerie beschrieb eine lässige Geste, wie man sie von den Filmstars der dreißiger Jahre kannte. »Oh, man lernt sie hier und da kennen.« Sie legte einen Arm um Katherines Schultern und massierte mit der Hand ihren Rücken. Katherine hatte Mühe, Haltung zu bewahren. Sie hätte sich gern an Valerie geschmiegt.

»Einige sind alte Freunde aus unserer Zeit in L.A., und andere kenne ich, seit ich im Vorstand des Naturschutzbunds war. Wieder andere kenne ich aus interessanteren Umständen. Diese Gruppe da zum Beispiel.« Sie zeigte auf drei Männer und zwei Frauen, die Männer in eleganten Fräcken, die Frauen in Abendkleidern, die direkt aus der *Vogue* hätten stammen können.

»Eine der Frauen ist eine Vollzeitsklavin, und der Mann neben ihr ist der Sklavenhalter. Einer der Männer schließlich steht auf Windeln, ein anderer liebt es, seine Frauen mit Plastikplanen zu umhüllen, bis sie wie eine Mumie aussehen, und eine Frau trägt einen Keuschheitsgürtel. Würdest du auch einen haben wollen, meine Liebe? Es würde mir gefallen, wenn du meinetwegen leidest. Später würde ich es dir wieder gutmachen.«

Katherine biss sich auf die Lippe, als eine Hitzewelle sie erfasste. Es war paradox, aber die Vorstellung eines Keuschheitsgürtels erregte sie.

Valerie fügte hinzu; »Ich überlasse es dir, mit ihnen zu plaudern und herauszufinden, wer worauf steht.« Dann fiel ihr Blick auf die Tür, und sie setzte ein strahlendes Lächeln auf. »Da kommt Richard schon. Ich hatte gehofft, dass er sich wie meistens verspätet. Schade. Es bringt mir großen Spaß, dich zu necken.« Sie senkte die Stimme. »Sobald du kannst, gehe zur Toilette und zieh dein Höschen aus. Ich werde das später überprüfen.« Sie fuhr in ihrer normalen Stimmlage fort: »Ich muss mich mal bei meinen Freunden sehen lassen.«

Mit schwachen Knien blieb Katherine zurück. Sie musste sich an der Bar festhalten. Es war kein Fehler, das Höschen auszuziehen. Es war sowieso durchnässt.

Sie stürmten ins Café. Felicia lief voraus und bemühte sich, so wütend auszusehen, wie sie war. Alan und Mel folgten ihr dichtauf.

Trotz der Klimaanlage war es in dem Raum schweißtreibend heiß, was an der Reihe der dampfenden Teller entlang der Theke lag. Alle Tische waren an die Wand gerückt worden und wurden als Zwischenstation für die einzelnen Gänge benutzt. Die kleinen Teller mit einem Shrimpcocktail würden jetzt von den Kellnern serviert werden. Für eine Küche, in der böse Ränke geschmiedet wurden, duftete es köstlich.

Debbie war nicht Schauspielerin genug, um die Panik zu verstecken, die in ihren Augen aufstieg. Lance senkte rasch den Blick und widmete sich dem Abwasch an der Spüle.

»Debbie, kann ich einen Moment mit Ihnen sprechen? Unter uns?«, fragte Felicia. Sie wollte die beiden Assistenten der Chefin nicht verunsichern.

»Ich habe wahnsinnig viel zu tun«, sagte Debbie und zwang ein Lächeln aufs Gesicht. »Wirklich, ich habe keine Minute zu verschenken. Hat es nicht Zeit, bis wir den Hauptgang serviert haben?«

»Nein, hat es nicht«, sagte Felicia streng. »Es ist wichtig.« Sie wies auf die Hintertür.

»Aber ich kann nicht ...«

»Doch, Sie können«, sagte Alan in einem so schneidenden Ton, dass Felicia zusammenzuckte.

»Ich liebe es, wenn er mit seiner Cop-Stimme spricht«, raunte Mel der Freundin zu.

Mit zwei Schritten stand er neben Debbie, und gleichzeitig hakte er die Handschellen von seinem Gurt. Debbie war wie auf dem Sprung, aber Alan legte eine Hand in ihren Rücken, und bevor sie irgendwas Dummes unternehmen konnte, hatte er ihr die Handschellen angelegt.

»Bei einer attraktiven blonden Frau hat mir das immer schon Spaß gebracht«, murmelte Alan.

»Aber das dürfen Sie nicht tun!«, protestierte Debbie.

»Doch, ich kann«, antwortete Alan gelassen. »Man nennt es einen Bürgerarrest. Sobald die Cops eintreffen, übergebe ich Sie der Staatsgewalt.«

»Nein, Sie irren sich!« Debbie schaltete blitzschnell um. »Ich habe nichts getan! Er war es – er ist der Kriminelle!« Sie hielt ihren ausgestreckten Zeigefinger auf Lance.

Lance sah von Debbie zu Felicia. Sein Ausdruck war nicht zu deuten, aber Felicia ahnte, dass er es gewohnt war, als böser Junge beschuldigt zu werden.

»Ein hübscher Versuch, aber jetzt bin ich erst richtig stinkwütend auf Sie«, sagte Felicia. »Wir wissen, dass er auf unserer Seite steht. Er hat ein paar schöne Fotos geschossen, wie Sie den Salat verdorben haben.« Sie wandte sich an Alan. »Bring sie hinaus, bis die Polizei eintrifft.« Das Gebiet zwischen den Gebäuden war abgesperrt, deshalb konnten sie von den Gästen nicht gestört werden.

Lance streckte die Zunge heraus, als Debbie hinausgebracht wurde.

»Sie und Sie.« Felicia zeigte auf die beiden Assistenten. »Haben Sie was damit zu tun?«

Bevor sie antworten konnten, schaltete sich Lance ein. »Ich glaube nicht«, sagte er, »es sei denn, dass Debbie sie eingeweiht hat, als ich auf der Toilette war. Ich kenne die beiden, sie sind beide von Bella Lugosi, wo ich auch gelegentlich arbeite.«

»Nun?«, fragte Felicia die beiden.

Sie schüttelten den Kopf, die Augen weit aufgerissen.

»Gut.« Die Hände auf der Hüfte, ging Felicia zu den Kochtöpfen und Pfannen. Alles hätte von Debbie schon präpariert werden können, aber auf den ersten Blick war nichts zu erkennen.

Sie hätte entsetzt sein und in Panik geraten sollen. Eine Stimme in ihrem Hinterkopf kreischte. Aber sie blieb ruhig. Sie fühlte, wie das Adrenalin durch ihren Körper schoss. Kämpfen oder untergehen.

Sie würden kämpfen, und sie würden gewinnen.

»Hört zu«, sagte sie entschlossen. »Ich muss jetzt kurz mit Mrs. Turner sprechen, dann muss ich noch jemanden anrufen. Ich werde uns noch zusätzliche Hilfe beschaffen. Irgendwie werden wir das Ding durchziehen.«

Lance hob zögernd seine Hand.

Felicia musste über seine schüchterne Art lächeln. »Bring deine Ideen unters Volk, Lance.«

»Ich ... eh, ich habe Kochkurse im College belegt, und dann habe ich online einen Kursus im Restaurantmanagement angefangen«, sagte er. »Ich glaube, ich weiß, was wir tun müssen.«

»Ausgezeichnet. Fangt an. Ich bin in ein paar Minuten wieder zurück.«

Sie trat aus dem Café und sah hinüber zu den langen Reihen der Tische. Als sie Valerie Turner sah, begegneten sich ihre Blicke. Felicia nickte. Valerie rückte den Stuhl nach hinten und stand auf.

Zum Glück saß Katherine am anderen Ende des Pavillons und war in ein Gespräch vertieft. Felicia wusste, dass sie der Chefin bald sagen musste, was derzeit ablief, aber vorher gab es noch etwas anderes zu erledigen.

Die Polizei traf in Rekordzeit ein. Offenbar gab es in Addison eine ruhige Nacht.

Felicias Ruhe war ins Schlingern geraten, als sie sich die Reaktion der Gäste vorstellte, wenn gleich zwei Menschen – darunter ein sehr angesehenes Mitglied des Vorstands – in Handschellen abgeführt wurden. Es war unmöglich, Richard ins Verwaltungsgebäude zu locken, ohne sein Misstrauen zu erregen.

Valerie sagte, sie sollte sich nicht aufregen, ihr sei schon was eingefallen.

Die ältere Frau zog ein Weinglas an sich heran und tippte mit einem Löffel dagegen. Bei diesem Klang ebbten die Gespräche ab, und alle schauten auf Valerie.

»Wir haben uns für den heutigen Abend etwas Besonderes einfallen lassen«, begann sie. »Ihr habt euch alle so großzügig verhalten, und ich weiß, dass auf Teufel komm raus bei der stummen Auktion geboten wird. Aber es gibt noch eine letzte Möglichkeit, euch von eurem Geld zu trennen.«

Sie hätte das Timing nicht besser wählen können. Felicia starrte Valerie offenen Mundes an. Vielleicht – aber auch nur vielleicht – war sie doch nicht so abgehoben durchgedreht, wie sie immer geglaubt hatte.

Während sie redete, näherte sich die Polizei.

Valerie fuhr fort: »Ihr habt sicherlich gehört, dass wir auch während der Gala noch um Spenden bitten. Dazu ist uns etwas Neues eingefallen. Wir werfen jemanden ins Gefängnis, und wir bitten euch, eure letzten Scheine aus den Börsen zu holen, damit wir die Kaution für die Person aus unserer Mitte stellen können. Hört sich das nicht originell an?«

Wie sie die Frage stellte, wagte sich niemand eine negative Äußerung. Es gab stattlichen Beifall, und einige fleißige Barbesucher riefen ausgelassen: »Hurra!«

»Ausgezeichnet. Dann habe ich die Ehre zu verkündigen, dass unser Gefangener der Stunde unser Vorstandsmitglied Richard Enoch ist.« Richard saß an einem der kleinen Tische in Valeries Nähe. Sie hauchte ihm einen Kuss zu und winkte, ganz die Gesellschaftsdiva, die vielleicht ein bisschen viel Schampus getrunken hatte.

Felicia fand, dass es gefährlich sein konnte, Richards Arrest zu verkünden, bevor die Polizei bei ihm war. Richard stand auf und ging ein paar Schritte auf den Ausgang zu, aber dann hatte das Gesetz ihn schon im Griff. Er wehrte sich dilettantisch gegen die kräftigen Cops, dann warf er

Valerie einen Blick zu, der als vorwurfsvoll oder auch als enttäuscht gedeutet werden konnte.

Sie lief zu ihm, tätschelte seine Wange und sah ihm nach, wie die Polizisten ihn abführten.

»Sperrt ihn ein und werft den Schlüssel weg!«, rief einer der Gäste.

Felicia blickte hinüber zum Café und sah, wie Alan seine Gefangene ebenfalls an die Polizei übergab. Nun waren sie die Chefköchin endgültig los.

Oh, verdammt. Das Dinner.

Zwanzigstes Kapitel

Katherine drängte sich durch die Menge, eine steile Falte zwischen den Augenbrauen. Felicia zog sie ins Café und überließ es Valerie, sich in ihrer souveränen, bewundernswerten Art um die Gäste zu kümmern.

Zur gleichen Zeit kehrte Gab mit dem Nachschub an Eisstangen zurück. Er hatte die Tasche mit dem kühlen Inhalt über die Schulter geschlungen und warf sie jetzt hastig auf die Theke, während er den Polizisten und den Festgenommenen nachstarrte.

»Also war es doch Richard!«, rief er Felicia zu.

»Was war Richard?«, fragte Katherine. »Und warum haben die Polizisten auch den Caterer mitgenommen?«

»Wir haben jetzt nur Zeit für eine Kurzversion«, sagte Felicia. »Über die Einzelheiten können wir uns nach der Gala unterhalten. Richard stand hinter den Sabotageakten der letzten Wochen, und er ist auch verantwortlich für ausbleibende Gelder der Sponsoren. Er ist nämlich Miteigentümer der Firma, die unser Land kaufen will. Er hat Debbie engagiert, und sie hat versucht, das Essen zu vergiften. Lance, der Gute, hat sie überführt, bevor sie Schlimmeres anrichten konnte.«

Lance hörte seinen Namen und schaute hoch. Er hatte sein Hemd ausgezogen, und die Ausläufer einer Brusttätowierung waren unter der weißen Kochschürze zu sehen Er hackte Wassermelonen klein und wischte sich mit dem Oberarm den Schweiß von der Stirn, während er ihnen mit dem bedrohlich wirkenden Beil zuwinkte.

»Sind das die Wassermelonen für die Katzen?«, wollte Katherine wissen.

Wassermelonen gehörten zu den Lieblingsspielzeugen der Tiger, und viele Besucher brachten sie als Geschenke für die Tiere mit.

»Ich habe sie alle gründlich abgewaschen«, sagte Mel, ohne von ihrer Schüssel aufzusehen, deren dampfenden Inhalt sie kräftig rührte. Sie trug eine Kochmütze, die sich keck zur Seite neigte. »Dieses Luder hat den Salat versaut, aber Lance hatte die Idee, Obst als ersten Gang zu servieren. Damit gewinnen wir Zeit.«

»Das richtige Dressing hatte sie noch nicht verdorben«, warf Lance ein, »wir können es für die Melonen verwenden. Wir sind fast fertig und müssen noch nur portionieren. Jede Schale aber nur halb voll.«

Da er noch hackte, verstand Felicia seinen Einwurf als Bitte um Hilfe. Felicia nahm einen Löffel und begann damit, kleine Schalen mit den Melonenstücken zu füllen. Sie war nun wirklich kein As in der Küche, aber wenn Mel (die bei sich zu Hause nur Tierfutter und Kaffee bevorratete) sich zutraute, in einer Schüssel zu rühren, dann würde sie den Salat portionieren können.

»Was ist mit dem Nachtisch?«, fragte einer von Debbies Assistenten wie aus heiterem Himmel. »Ich meine, sie hat die Masse mitgebracht, eine dunkle Schokoladenmousse mit einem Flair von Amaretto. Darin könnte man alles Mögliche verstecken.«

»Weg damit«, entschied Lance, überraschend selbstbewusst. »Jeder, der sich Krimis im Fernsehen anschaut, weiß, dass Zyankali nach Bittermandel schmeckt. Ich glaube nicht, dass selbst Debbie so verrückt wäre, aber warum sollen wir ein Risiko eingehen? Jemand soll zwei Eimer Eiscreme mit einer geilen Sauce organisieren.«

Mel hörte einen Moment auf zu rühren und sah Gab an. »Ich würde gehen, wenn du die Sauce weiter rührst.«

Er hob die Schultern und zog seine Jacke aus. Sie setzte ihm ihre Kochmütze auf, dann begab er sich ans Rühren, wobei er Felicia leicht anstieß. Sie standen fast nebeneinander in der engen Küche.

Die bloße Berührung tat Felicia gut. Sie freute sich darüber, dass er so bereitwillig in die Bresche gesprungen war.

»Du kannst mit unserer Kreditkarte zahlen«, sagte Katherine zu Mel.

Dass sie etwas gesagt hatte, war ein Fehler. Die andere von Debbies Assistenten, eine rundliche, mütterliche schwarze Frau, wandte sich an Katherine. »He, du da mit den roten Haaren«, sagte sie, »du siehst so aus, als würdest du dich mit dem Grill auskennen. Behalte die Steaks im Auge, ja? Ich muss mich um die Entrées für die Vegetarier kümmern.«

Katherine schaute an ihrem Abendkleid hinab, hob die Schultern und gehorchte.

Es war schon gut, dass sie ihren Platz in der Tür aufgegeben hatte, denn jetzt drängte eine kleine Herde von Kellnern herein, die den ersten Gang servieren wollten, der aber noch nicht ganz fertig war. Felicia ließ den Löffel noch ein bisschen schneller schöpfen. Bisher hatte sie versucht, ihr Seidenkleid zu schonen, aber wirklich erfolgreich war sie damit nicht gewesen.

»Wie kann ich helfen?«, fragte jemand, dann zwängte sich José an den Kellnern vorbei. »Mel hat mir einen Zettel auf den Tisch gelegt, ich soll mich hier so schnell es geht melden. Hier bin ich.«

Er sprach zu Felicia, aber Lance antwortete. »Hilf ihr.«

Felicia spürte, dass José Mühe damit hatte, dass Lance offenbar das Kommando übernommen hatte, aber dann lächelte er und bewaffnete sich mit einem Löffel.

Die ersten Tabletts mit Wassermelonen wurden aus der Küche getragen.

Gab nutzte den unübersichtlichen Betrieb in der Küche, um mit einem Finger über Felicias bloßen Rücken zu streicheln. Sie erschauerte wohlig.

Vielleicht war es gar nicht so schlecht, für so viele ein Dinner zusammenzustellen – wenn man sich in der richtigen Gesellschaft befand.

Eine der freiwilligen Helferinnen trat in die Küche, ein Glas Rotwein in der Hand. »Ich dachte eigentlich, wir könnten jetzt Party machen«, sagte sie, »aber eine ältere Dame in einem seltsamen Kleid hat mir aufgetragen, in die Küche zu gehen und Dr. O'Dare zu sagen, dass es Zeit für ihre Rede ist. Sie sind Dr. O'Dare, nicht wahr? Ich schätze, dann übernehme ich wohl den Grill, was?«

Die Assistentin, die sich zwischendurch um die Vegetarier gekümmert hatte, flog behände heran und überprüfte ein Steak mit der Gabel. »Nein, du teilst die Teller aus und fängst an, das Fleisch darauf zu legen. Nach der Rede von Dr. O'Dare muss der Hauptgang serviert werden.« Dann wurden ihre dunklen Augen rund, als ihr bewusst wurde, dass sie die Direktorin an den Grill beordert hatte.

Katherine grinste und floh.

Der Assistent übernahm Gabs Sauce, damit er bei der Aufteilung auf die Teller mithelfen konnte. Als er sich an Felicia vorbeidrückte, strich er ihr über den Po.

Ihr war, als müsste sie schmelzen.

Ja, auch eine Krise kann ihr Gutes haben.

Felicia schob die letzten Reste des Essens – viel war das nicht, denn entweder waren die Gäste hungrig bis unter die Arme gewesen oder sie konnten einem »kostenlosen« Dinner nicht widerstehen oder beides – auf ein Fach im Kühlraum. Sie achtete darauf, dass die Tür fest schloss und stieß einen tiefen Seufzer aus.

Mel, José und Lance hatten sich für morgen freiwillig für den Abwasch gemeldet (schon seltsam, sie schienen sich geradezu um diesen zusätzlichen Dienst zu reißen). Am Montag wollte sich Felicia darum kümmern, das Leihgeschirr an die Firma zurückzugeben, denn sie ging davon aus, dass Debbie das nicht selbst tun konnte.

Sie ging ihre Liste der dringenden Arbeiten durch. Am Montag würden Zelte und Stühle abgeholt; im Moment waren ein paar Männer dabei, Tische und Stühle zusammenzuklappen. Anschließend würde der Rasen gepflegt werden müssen. Für den Montagnachmittag hatte sie sich Buchhaltung und die ersten Dankschreiben vorgenommen.

War es das? War die Gala, die unter einem so schlechten Stern gestanden hatte, wirklich und wahrhaftig vorbei?

Es war verrückt, aber sie fühlte ein starkes Bedauern. Die verdammte Gala hatte eine lange Zeit ihr Leben dominiert. Jetzt stoppte der Adrenalinfluss in ihrem Körper, und ihr war, als fehlte etwas. Was sollte sie denn nun den ganzen Tag tun?

Ihre Stimmung hob sich um mehrere Punkte, als sich die Tür öffnete und Gab hereinkam, eine Flasche Champagner im Arm.

»Das sieht himmlisch aus«, sagte sie und nahm Plastikbecher aus dem Regal.

»Wir haben es redlich verdient«, sagte er. Sein Hemd stand am Kragen offen. Er sah phantastisch aus.

Sie hatte ihn noch nicht gefragt, wann er nach New York zurückfliegen würde. Sie hoffte, dass er wenigstens noch diese Nacht bleiben konnte. Sie hatte noch genug Energie für eine Nacht mit ihm, und sie konnte sich nichts Schöneres vorstellen, als morgen den ganzen Tag im Bett zu verbringen. Aufstehen nur für den Pizza-Service oder für die Dusche.

Ja. Sie duschte gern mit ihm.

Sie leerte den ersten Becher in einem Zug. Von den Perlen prickelte ihre Nase. »Aber jetzt nur halb«, sagte sie, als sie ihm den Becher zum Nachfüllen hinhielt. »Ich muss noch nach Hause fahren, und erst jetzt wird mir bewusst, wie wenig ich heute gegessen habe. Wir können den Rest der Flasche doch mitnehmen – oder steht noch eine andere Flasche herum?«

»Felicia, wir müssen reden«, sagte Gab.

Ihre Stimmung sackte in ein Loch. Er sah sehr ernst aus. Und jeder wusste, was diese Ankündigung »Wir müssen reden« in Wahrheit bedeutete. »Ich werde dir jetzt etwas sagen, was dir nicht gefallen wird.« Jetzt würde er ihr von seiner Frau in New York erzählen. Von seiner Frau und seinen Kindern, und alle hatten diese goldenen Haarspitzen wie ihr Daddy.

»Ich weiß, es ist ein bisschen früh, aber ich habe schon eine Weile darüber nachgedacht«, begann er. »Auch schon bevor ich dich kennen gelernt habe. Ich will dich nicht erschrecken, weil jetzt alles so schnell geht oder weil ...«

In seiner hastigen kleinen Rede waren die Worte »Frau« und »Kind« nicht aufgetaucht, was ein gutes Zeichen war. Schlecht war allerdings, dass sie nichts verstanden hatte.

»Gab«, sagte Felicia geduldig. »Wovon sprichst du?«

Er nahm ihre Hände in seine. »Die Zoologische Vereinigung denkt schon länger über eine Filiale in Los Angeles nach. Einer der Gründe, warum ich zum Sanctuary geschickt wurde, bestand darin, dass ich mich nach geeigneten Büroräumen umsehen sollte, und in der Zwischenzeit sollte ich auch darüber nachdenken, ob ich die neue Filiale an der Westküste leiten will.«

»In L.A.?«, rief Felicia. Jetzt schwamm ihr ganzer Kopf. »Du ziehst her?«

»Ich habe schon darüber nachgedacht, bevor wir uns kennen lernten«, sagte er. »Ich will dich nicht hetzen, und ich will auch nicht, dass du den Eindruck erhältst, ich ginge viel zu ernst mit unserer Beziehung um.« Er strich mit dem Handrücken liebevoll über ihre Wange. »Aber ich will ehrlich sein: Du bist ein Grund, warum ich Tom gesagt habe, dass ich die Filiale leiten will. Es bietet uns die Möglichkeit, dass wir uns besser kennen lernen.«

»Eh ... ja, gern.« Sie war nicht in der Lage, einen klaren Gedanken zu formulieren. Sonnenschein durchflutete sie. Er hatte immer noch nicht von »Frau« und »Kind« gesprochen, und nun war sie sicher, dass sie auch nicht mehr auftauchen würden.

»Wir können die Dinge so langsam angehen, wie wir wollen«, sagte er.

»Ja, machen wir es langsam«, stimmte sie fröhlich zu und schlüpfte mit der Hand in seine Hosentasche.

»Felicia!« Er klang überrascht, aber nicht schockiert.

»So langsam, wie wir wollen«, sagte sie und war entzückt, als sie spürte, wie er unter ihren Fingern zu zucken begann. »Aber mit dem Sex haben wir ja schon mal angefangen, und obwohl es langsam auch ganz schön ist, hat ein Quickie auch seine Meriten.«

»Ganz meine Meinung.« Sein Kuss schickte Schockwellen durch ihren Körper. »Aber wir dürfen uns nicht erwischen lassen. Ich habe den Bericht immer noch nicht geschrieben – er musste bis nach der Gala warten –, und wir wollen nicht, dass jemand glaubt, du hättest mich über Gebühr beeinflusst.«

Bevor sie ihn fragen konnte, wohin sie denn gehen sollten, hatte er sie in den Kühlraum gezogen. Sie ließen die Tür einen Spalt offen, damit sie nicht aus Versehen eingeschlossen wurden, dann begannen sie wieder mit den Küssen.

Felicias Nippel stellten sich steil auf von der Kühle des Raums und der Hitze ihrer Erregung. Kein Stress, keine Sorge, keine Gala – nur intensives Verlangen.

Sie hatte sich nicht die Mühe gemacht, einen BH unter dem Kleid zu tragen, so konnte Gab sofort mit den harten Spitzen spielen. Er nahm sie zwischen Daumen und Zeigefinger und drückte sie leicht.

»So hart wie am Telefon«, raunte er. »Aber jetzt bin ich da.« Er senkte den Kopf und nahm eine Brustwarze in den Mund, nagte und biss und saugte, und sie spürte Echos seines Tuns in ihrer Klitoris. Er wechselte zur anderen Brust.

Er hielt inne, bis er Hose und Shorts abgestreift hatte. Die Erektion zuckte in der Kälte, aber sie verlor ihre Härte nicht. »Ich habe dich vermisst«, sagte er und stöhnte auf, als sie ihn mit einer Hand umfasste und langsam auf und ab massierte.

Er drehte sie um, und gehorsam hielt sie sich mit den Händen an einem Regal fest, schob den Po hinaus und schwenkte ihn verführerisch hin und her. Eigentlich hätte das eisige Metall unter Armen und Händen viel zu kalt sein sollen, aber sie war so erhitzt, dass die Kontraste die Sensationen nur noch verstärkten.

Sie bemerkte, wie er ihr Kleid hochhob und stieß einen Pfiff aus, als er den fast nackten Po sah. Ein schmaler feuerroter String unterstrich die beiden Hälften.

»Ich hätte Lust, ein bisschen länger mit dir hier zu spielen«, sagte er und strich mit den Händen über ihre empfindliche Haut. »Ich könnte dafür sorgen, dass deine Haut so rot leuchtet wie der String. In der Kälte würden die Schläge besonders gut brennen, glaubst du nicht auch?«

Sie konnte nur mit einem lang gezogenen Stöhnen reagieren, denn während er redete, schlüpfte er mit einer Hand nach vorn unter den String. Geschickt strich er über ihre Klitoris, und in wenigen Minuten hatte er sie bis an den Rand des Orgasmus gebracht.

»Ich schätze, für solche Spiele haben wir später mehr Zeit«, fuhr er fort. »Jetzt sollten wir uns beeilen, bevor wir hier entdeckt werden. Kannst du dich beeilen, Felicia? Ich will spüren, wie es dir kommt.«

Seine lockende Stimme brachte ihr Fässchen zum Überlaufen. Ihre Hüfte ruckte vor und zurück, als sie vom Orgasmus erfasst wurde.

Im nächsten Moment schlüpfte er in sie hinein und hielt sich an ihre Hüfte fest, als er in sie hineinpumpte. Er fühlte sich so gut an, seine Länge füllte sie aus. Sie warf die Hüfte nach hinten, um auf seine Stöße zu reagieren, und fühlte erneut, wie sich in ihr ein weiterer Höhepunkt zusammenbraute.

Dann, über das Summen des Kühlaggregats und ihr lautes Stöhnen, hörten sie, wie die Tür zum Café aufgerissen wurde. Sie erstarrten und bewegten sich nicht mehr. Felicia wollte aufschreien, sie war doch schon wieder so nahe.

»Hallo? Hallooo …«

Oh, nein. Sie drückte ihre heiße Stirn gegen das kalte Metall. Valerie Turner.

»Felicia, meine Liebe, sind Sie da? Hm, ich könnte schwören, dass ich Sie hineingehen aber nicht herauskommen sah.«

Gab flüsterte ihr ins Ohr: »Sag kein Wort.« Wusste er denn nicht, dass sie kein Interesse hatte, diese Wonne zu beenden, um mit Mrs. Turner zu reden?

»Nun, ich bin auch nur hier, um mich zu verabschieden.« In ihrer Stimme lag das Wissen, was Felicia in diesem Moment im Kühlraum trieb.

Gab steckte bis zum Anschlag in ihr. Ihre Muskeln zuckten um ihn herum. Seine Hand schlängelte sich nach vorn und strich über ihre Klitoris.

Es wurde immer schwieriger, sich still zu verhalten.

In ihrem Bauch flatterten Schmetterlinge. Ihre Muskeln spannten sich. Gab zog sich langsam zurück, und noch mehr Zeit ließ er sich, wieder tief in sie einzudringen.

»Oh, und ich wollte Ihnen noch ein kleines Geheimnis mit auf den Weg geben«, fuhr Valerie Turner fort. »Nur unter uns Mädchen, denn ich weiß doch, wie wütend Sie auf Richard sind. Ich habe der Polizei gesagt, sie sollten Richard gründlich untersuchen, für den Fall, dass er irgendwas bei sich versteckt hat. Können Sie sich vorstellen, wie überrascht die Polizisten sein werden, wenn sie sehen, dass sein Hintern mit roten und blauen Striemen übersät ist? Das war's schon, Kind, und viel Spaß noch.«

Noch im Hinausgehen hallte ihr lautes, fröhliches Lachen nach.

Felicia war ganz verdutzt vom »Geheimnis unter uns Mädchen«, aber dann konnte sie sich nicht weiter damit beschäftigen, denn Gab hatte seine Stöße aufgenommen und fuhr auch fort, ihre Klitoris zu stimulieren. Felicia hielt das Regal umklammert und fürchtete, sie könnte es aus der Wand reißen.

»Himmel, ja!«, keuchte Gab und bewegte sich plötzlich viel schneller.

Felicia spürte seinen Orgasmus, und als sich ihre Säfte vermischten, begann sie am ganzen Körper zu zittern und wurde mitgerissen.

Erst danach, als ihr Orgasmus abgeklungen war, begann

sie zu kichern. Gab lehnte sich über sie, und sie spürte, wie sich sein Oberkörper vor Lachen schüttelte.

»Ich glaube, ich kann dir jetzt verraten, dass sie es war, die bei der Zoologischen Vereinigung um eine Überprüfung ersucht hat«, sagte er. »Weißt du, ich bin froh, dass sie auf unserer Seite steht.«

Ende

Ein heißes und provozierendes Thema, das keine Leserin kalt lässt

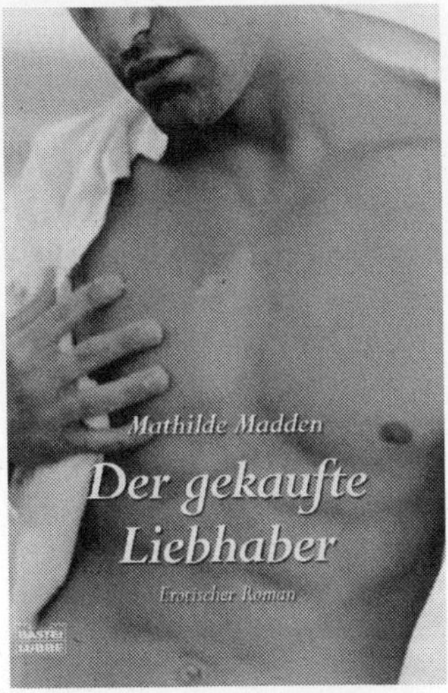

Mathilde Madden
DER GEKAUFTE LIEBHABER
Erotischer Roman
256 Seiten
ISBN 978-3-404-15682-5

Als Sophie Taylor ihre ultimative Phantasie – einen Mann für Sex zu bezahlen – an ihrem 31. Geburtstag das erste Mal laut äußert, sind ihre Freunde eher verdutzt als empört. Ihre Freundinnen wollen Sophie helfen, ihren Traum zu erfüllen. Sogar ihr Freund Rex erweist sich als behilflich. Doch was ist mit Mark Valentine, der voller Geheimnisse steckt und sich artig anbietet?

Eine Augen öffnende Reise in das aufregende Land der dunklen Lüste

Pamela Kyle
GEISEL DER LUST
Erotischer Roman
256 Seiten
ISBN 978-3-404-15697-9

Alison genießt nichts mehr, als ihren schwerreichen Ehemann zu demütigen und zu quälen. Aber dann wird sie zusammen mit ihrer besten Freundin entführt. In den folgenden Wochen müssen sich die Frauen mit ihrer Gefangenschaft arrangieren, und dabei entdecken sie viel über ihre Sexualität. Für Alison ist das neue entbehrungsreiche Leben der Weg in eine überraschende Wende.

Bastei Lübbe Taschenbuch